精益思想丛书

低成本 零缺陷 持续改善

精益六西格玛物流

从战略到实施

Lean Six Sigma Logistics
Strategic Development to Operational Success

（美）　托马斯·格士柏
（Thomas Goldsby）　　著
罗伯特·马荻勤克
（Robert Martichenko）

王 华 译

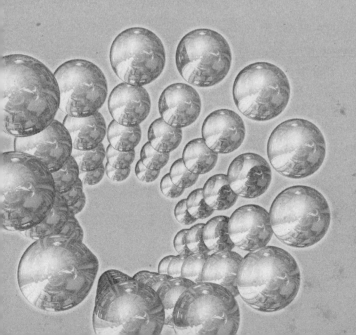

机械工业出版社
China Machine Press

Thomas Goldsby，Robert Martichenko. Lean Six Sigma Logistics：Strategic Development to Operational Success.

Copyright © 2005 by J. Ross Publishing，Inc.

Simplified Chinese Translation Copyright © 2008 by China Machine Press.

本书版权登记号：图字：01-2008-2449

图书在版编目（CIP）数据

精益六西格玛物流：从战略到实施/（美）格士柏（Goldsby，T.），（美）马荻勤克（Martichenko，R.）著；王华译.—北京：机械工业出版社，2008.9

书名原文：Lean Six Sigma Logistics：Strategic Development to Operational Success

ISBN 978-7-111-24638-1

Ⅰ. 精… Ⅱ. ①格… ②马… ③王… Ⅲ. 物资企业—企业管理：质量管理 Ⅳ. F253.3

中国版本图书馆 CIP 数据核字（2008）第 103451 号

机械工业出版社（北京市西城区百万庄大街 22 号 邮政编码 100037）
责任编辑：王洪波 版式设计：刘永青
北京京北印刷有限公司印刷 · 新华书店北京发行所发行
2008 年 9 月第 1 版第 1 次印刷
170mm×242mm · 17.25 印张
标准书号：ISBN 978-7-111-24638-1
定 价：42.00 元

凡购本书，如有缺页、倒页、脱页，由本社发行部调换
本社购书热线：（010）68326294
投稿热线：（010）88379007

目 录

译者序

为什么这本书是物流人的必读书

为什么要翻译这本书

我一贯坚持认为，一个物流人绝对不能把自己的领域局限于运输、仓储等方面，而是必须着眼于整个供应链，着眼于整个流程。只有整个供应链得到了优化，才能使物流管理达到终极目的。如果只是把物流职能局限于管理运输，局限于如何优化线路，如何将仓库的 5S 做好，那么这种思想其实已经过时了，这也绝不是一个真正物流人所应该有的思想。作为当今的物流人，必须要有战略性思考能力。首先要着眼于全局，然后才是细节，就如同建造大厦，必须先画出设计图，然后才是添砖加瓦。

本书的第二作者罗伯特，在 2007 年 10 月以 LeanCor 公司总裁的身份受邀参加了在上海举行的 "2007 全球精益高峰论坛"。这次的论坛主题是 "精益供应链"，博世、德尔福、爱默生以及麦肯锡公司高层都有出席，同时，一些精益大师包括精益理论的创始人詹姆斯·沃麦克（James Womack），也作为嘉宾发表了高屋建瓴、真知灼见的演讲。罗伯特除了做 "精益供应链" 的主题演讲外，还主持了为时一天的以 "精益物流" 为主题的研讨会。每个嘉宾演讲之后都有很多人提问题，罗伯特的演讲也不例外，但他的回答比较独特，比较经典，甚至让大家开怀大笑。让我记忆犹新的是，他那个经典的回答："It depends!"（看情况）我问过他这样一个问题："如果我有两个可以选择的供应商，一个离我 1 小时车程，另一个离我 10 小时车程，我应该选择哪一个？"之所以问这个问题是因为，我怀疑身边的一些公司在实施精益的过程中犯了教条主义错误，对书上的东西生搬硬套，即使远的地方有好的供应商也不要，而去选择离自己近、表现一般的供应商（因为它们要模仿丰田，让供应商分布在自己旁边），然后给自己的工厂带来很多麻烦。但是，罗伯特先生对我的提问只简单地回答一句"看情况"，这当然无法满足我的要求，于是他又接着解释，选择供应商的主要考察指标不是要看这个供应商离我们远还是近，而是要看"stability"（稳定性）。这个回答让我很满意，和我的想法一致。

对和自己观点相同的人一定会有好感，然后爱屋及乌，对他写的书《精益六西格玛物流》也产生兴趣。当拜读完本书的英文版之后更是爱不释手，利用精益思想来进行物流管理，不但在国内是少见的，而且在西方国家也是不多的。于是决定将本书翻译出来，让中国的物流人和即将成为物流人的人们有机会学习其中的先进理念。

这本书写了什么

本书的一大特色就是在实践的基础上，考虑到物流管理的特性，批判地融合了各种物流管理理论的思想，将适合于物流实践管理的思想、工具融进作者所创造的"物流桥模型"当中，从而给读者提供了一个明确的方法，使读者像一个旅行者拿着的指南针和地图一样，有据可依，可以将大量的时间放在解决问题上面。这本书是理论和实践结合的产物，它采百家之长而集一家之言。

首先，本书借鉴了迈克尔·波特的价值链概念、丰田的价值流图以及后来广为所知的供应链概念，向读者介绍了作者独创的物流桥模型，其目的是要利用物流来连接供方的流程和企业的流程，并且连接企业的流程和客户的流程，达成沟通供方和客户的目的。这个物流桥模型也吸收了价值链的思想。

同时，由于物流本身并不是增值的，物流基本上是一种成本，因此本书也基于创建成本优势战略的基础来论述降低"物流总成本"的意义所在。

其次，本书借鉴了彼得·圣吉系统性思考的思想，并把它用到物流上，即局部降低成本可能导致整个供应链的总成本上升，局部增加成本可能导致整体系统成本的降低，但是没有一个确切的答案，还应该"It depends!"（看情况）本书反复强调"物流总成本"的概念，强调理解各个物流环节的相互影响，强调整体优化而非局部优化。

最后，本书批判性地选取并发展了精益和六西格玛相关的思想和工具。

麻省理工学院前教授、精益企业研究院（LEI）的总裁詹姆斯·沃麦克是全球第一个总结丰田生产方式，并且向世界推广精益思想的管理大师，他在《改变世界的机器》这本书里面首次提出了"Lean"（精益）这个概念。他强调每一个组织必须确定三点：（1）目的（Purpose）；（2）流程（Process）；（3）人（People），也就是说，定义目标、制定达到目标的流程、调配适当的员工来执行流程，这才是精益管理层和领导人的核心任务。本书论述了为达到最低物流总成本，应该定义什么样的战略目的，应该有怎样的流程，使用什么样的工具来发展这些流程，并且需要什么样的人以及如何发展这些人相应的能力，正是对精益思想的实践应用。

六西格玛技术是源于摩托罗拉，然后发达于通用电气的一门质量管理技术，其目标是发现问题的根源，然后通过分析技术来解决波动性问题，从而实现流程的稳定性。

流动和消除浪费是精益的特征，消除波动达到稳定是六西格玛的任务。本书的核心就是在告诉你如何在物流中创造流动、消除浪费，并且利用六西格玛工具来达到流程的稳定性，最后降低物流总成本。

总之，本书首次提出了物流中的 7 种浪费，发明了"物流桥模型"，指出了物流桥模型的 3 个战略性原则、9 个细化原则和 27 个战术以及一些必须熟练掌握的工具。

这是一本非常有特色的书，全书框架清晰，结构严谨，涵盖广泛，是指引物流人完善其专业化的行动地图和指南针。它不仅教你如何发展战略，更重要的是，它提供了众多让你实施战略的工具。没有工具，战略只能是空中楼阁。

谁应该读这本书，为什么

本书不仅涉及物流战略而且涉及运作层面，因此作者指出，不论你是负责一个配送机构，还是负责一个全球供应链，精益六西格玛都将提供大量的帮助。另外，不管你是为商业组织服务，为非营利性组织服务，还是为政府实体服务，这同样无比适用。最低限度，相信你可以学到新的、可以运用于你目前的业务运营和战略的法则。从最好的方面说，物流专业人士可以使用物流桥模型来设计、发展和实施综合物流战略。

在中国，我认为凡是做物流管理或者供应链管理的人，还有对物流或供应链管理有兴趣的人；无论你是在学校、工厂还是在物流公司或者咨询公司，无论你是一名学生、还是物流经理或者物流咨询顾问，本书都是你的必读书，值得你仔细研读。

1. 有物流经验尤其是精益实践经验的人

本书对他们很有帮助，可以为他们提供一个查漏补缺的机会，看哪些知识点、技能点自己还需要去掌握，并最终帮助建立起一个完善、能够应对任何物流挑战、适合你自己的模型。更重要的是，本书还可以帮助他们纠正一些误区。他们可以反思自己的组织是如何实施的，为什么做了很久效果仍然不令人满意，有哪些误区，在哪些地方误入歧途了，在哪里又南辕北辙了。

本书可以帮助他们纠正形式主义方面的误区。比如可视化控制是精益思想的一个重要方面，但可视化应该是基于一定目的的，而不是为了可视化而可视化，这是实施精益六西格玛物流中要避免的。形似没有用，要神似。

本书还可以帮助他们纠正教条主义方面的误区。比如信息系统的事情，有的公司在实施精益的过程中很排斥信息系统，觉得手工就可以了，但适当地使用信息系统还是有好处的，连丰田都使用了很多信息系统，甚至使用了自动分拣系统来分拣看板卡。现在很多知名物流公司都是以其信息系统而著名的。

2. 物流管理经验较少或者有志于从事物流管理的人

本书的物流桥模型涵盖了物流管理的方方面面，既有战略发展和计划的思想，也有具体的实施工具，对于入门者非常有指导价值。他们可以把这本书当成职业生涯发展的指南针和路标，然后去拓展阅读相关的其他书籍，以建立一个完善的知识和技能框架；对于入门者可以少走弯路，减少时间的浪费。

这本全球第一次集中论述精益和六西格玛物流的书，希望能够使你开卷有益。当然我并不是说你只要读这一本书就够了，这是不够的。本书只是给你一个框架，至于框架中的细节，包括其中列出的一些工具，还需要深化，还需要阅读其他的专著，参考网络的资料，不断学习。按照本书的指引，你不会走错路，正如海尔集团（亦是译者曾服务过的公司）的首席执行官张瑞敏常引用穆罕默德的话："只要找到路，就不怕路远。"

出版这本书的中文译本，有很多人要感谢，首先要感谢原书的作者给予了此次翻译机会，尤其感谢第一作者托马斯，他在我翻译过程中多次解答了一些细节问题，以保证本书的翻译尽可能精确。还要感谢我的家人，没有他们的支持，要在有限的时间内独自一人完成这本书的翻译、校对也是难以完成的任务。

是为序。

王　华
2008 年于上海

前　言

作为物流和供应链方面的专业人士，我们不约而同地认识到，时间是一种稀有资源，我们必须惜时如金。这意味着我们必须小心翼翼地选择读什么书，如履薄冰地选择通过什么途径和方法来发展我们本专业的能力。当我们真正花时间来读一本业内的书的时候，假若幸运的话，我们是能从中学到一两条可以帮助我们应对日常责任和挑战的"锦囊妙计"的。

作为本书的作者，我们在构思本书框架的时候，理所当然将此牢记于心。从一开始我们就反复自问，是否有什么课题或话题与今日的物流和供应链的实践者密切相关。我们不断自问，是否每一个论点都能够经得起"那又怎么样？"的疑问和推敲。

最后，我们还花了大量的时间来构建本书的框架。在加拿大东安大略省宁静的本森湖（Benson Lake）畔，我们设计出了我们认为驱动物流流程的关键因素。这可不是一件简单的事情。必须先看看我们这两位作者的背景：一个是兼有实践思维的学院派，一个是兼有学院思维的实践派。我们无数次争论理论的实用性，但有趣的是，学院派争论理论的实用性，实践派争论理论的严密性！我们从中得到什么经验教训了呢？首先，理论总是和战略直接相关；其次，实用性总和战术性的现实相关。然而可以肯定的是，要取得任何成就，战略战术两者缺一不可。我们必须知道我们要完成什么，而且必须理解我们要怎样去做。

我们的讨论主要是围绕着"流动"这个主题进行的，不是从库存流动的角度，而是从这本书本身流动的角度。我们一再提醒自己，一定要让读者把本书看成一个有机的整体，因此到最后他们会说："我明白了，我知道了。"最后，物流桥模型诞生了。

物流桥模型是指南针和地图，它会帮助我们设定在战略上要到达的目的地，并指引我们如何去完成这个"运作性的旅行"（operational jour-ney）。这不是一个一步一步教你"如何做"的指南，而是一条通往批判性思考的道路。在我们看来，如今的物流和供应链管理正是需要这种批判性的思考。我们需要能够运用不一样的眼光来看待运营（operation）；我们需要理解价值何在，浪费何在；我们需要在价值和消除浪费之间取得平衡。这也正是我们写作本书的主要目的。

我们真诚地感谢你拿出宝贵的时间读这本书，希望此书能够帮助你实现个人的专业目标和组织的目标。同时，我们希望你"拥抱"物流桥模型，增强你批判性和前瞻性地审视供应链的能力。

托马斯·格士柏和罗伯特·马获勤克

致 谢

　　著书在挑战性方面不逊于任何经历，在荣耀性方面也不逊于任何经历。我们把它比做征服一座大山，因为登山是人类活动中最让人筋疲力尽的。写一本书的困难程度和登山几乎一样。这也愈发让我们意识到在我们远征的途中，要感谢很多人给予的帮助。

　　我们要感谢许多朋友和同事的支持和工作。特别要感谢这些人无价的支持：道格拉斯·波一多（Douglas Boyd）、布伦特·巴希尔（Brent Buschur）、帕斯卡·格里弗斯（Pascal Dennis）、杰克·赫因斯（Jack Hines）、托德·斯当克（Ted Stank）、格伦·赖特（Glen Wright）、艾克·科旺（Ike Kwon）、帕梅拉·卢布什（Pamela Ruebusch）、海伦·扎克（Helen Zak）、蕾切尔·里根（Rachel Regan）、斯蒂芬·斯加俄腾（Steve Scholten）、迪安·迪克逊（Dean Dixon）和理查德·贺兰（Richard Holland）。我们要感谢戴维·科密特（David Kmet）、汤姆·塔兰托（Tom Taranto）、安东尼奥·童（Antonio Tong）、莎拉·万里斯（Sarah Valles）以及俄亥俄州大学的所有研究生们，感谢他们在过去5年中对研究的协助。我们要特别地感谢莎拉，是她实现了书中的图形可视化。

从写作的角度说，我们要感谢德鲁·基尔曼（Drew Gierman）以及 J. Ross Publishing 的团队，要非常感谢卡罗尔·波一多（Carole Boyd）和琼·马获勤克（June Martichenko），是他们把这本书从书稿变成了近似最终的版本。我们还感谢《物流季刊》（*Logistics Quarterly magazine*）的弗雷德·穆迪（Fred Moody），是他鼓励我们撰写关于供应链问题一书。

我们还要衷心地感谢乔（Joe）和苏简·格士柏（Sujane Goldsby）。最重要的，也许我们必须感谢我们各自的妻子，凯瑟琳·格士柏（Kathleen Goldsby）和科琳·赫因斯（Corinne Hines），感谢她们照顾到了我们人生最重要的方面，使我们在致力于"爬山"的同时仍然其乐融融。还有，但也是重要的，我们要感谢我们各自可爱的孩子们：艾玛（Emma）、艾顿（Aiden）、埃米尔（Emilee）和阿比盖尔（Abigail），是他们教会了我们，"你可以一面在笔记本电脑上工作，一面还可以设法保持心情愉快。"

最后，我们意识到写一本书不仅在准备和流程上和爬山类似，而且在"产出"上也类似。到达峰顶后，风光无限好，但很快发现还有很多高峰需要攀登。

作者简介

托马斯·格士柏 博士（**Dr. Thomas J. Goldsby**）

现任肯塔基大学供应链管理的副教授，他也曾经在俄亥俄州立大学和艾奥瓦州立大学任教。格士柏博士拥有埃文斯维尔大学的管理学学士学位、肯塔基大学的 MBA 学位和密歇根州立大学的博士学位。

在进入大学任教以前，格士柏博士是胜牌（Valvoline）润滑油公司的物流分析员。他以前也为位于华盛顿的国家科学院运输研究部（Transportation Research Board of the National Academy of Sciences）工作,．也是肯塔基大学运输研究中心的一名研究员。他同时也是多家制造商、零售业者和物流服务提供商的顾问。

格士柏博士是物流战略管理和供应链整合方面的专家。他的研究成果发表在著名的院校杂志和专业杂志上。他经常在院校研讨会、深度性的专题培训、专家会议上演讲，他在北美洲、南美洲、欧洲和亚洲都提供过培训课程。

格士柏博士也是一名颇具竞争力的马拉松选手，目前和妻子凯瑟琳、两个孩子艾玛和艾顿住在肯塔基州的列克星敦。他的邮件地址是：goldsby. l@uky. edu。

罗伯特·马荻勤克 (Robert Martichenko)

是位于肯塔基州[⊖]弗洛伦斯的 LeanCor 公司的总裁。LeanCor 为那些想用精益生产模式和六西格玛思想来消除组织中浪费的公司，提供物流和供应链管理服务。

他拥有超过 10 年的运输、咨询和第三方物流的经验，包括几个运营启动阶段的物流项目，其中就有位于印第安纳丰田发动机工厂的"绿地"启动项目。除了拥有多年经验外，他还拥有加拿大温莎大学的数学学士学位，贝克学院财务管理方面的 MBA 学位，同时他也是一名训练有素的六西格玛黑带。

马荻勤克先生也直接参与到美国供应链管理专业协会（Council of Supply Chain Management Professionals），精益研究院[⊜]（Lean Enterprise Institute，LEI），圣路易斯大学的供应链联盟（Supply Chain Consortium at Saint Louis University）和《物流季刊》（*Logistics Quarterly magazine*）中来。

他出生于加拿大安大略的蒂明斯（Timmins），现居住于肯塔基州，和妻子科琳、两个可爱的女儿以及多种宠物享受着天伦之乐[⊜]。他的电子邮件地址是：Robert@leancor. com。

⊖ 精益生产起源于丰田汽车，而丰田在美国肯塔基州有一个工厂，因此很多研究、实践精益的专业人士、咨询公司聚集于此。——译者注

⊜ 精益研究院是世界上最有名的、研究推广精益思想的组织，其创始人是 James Womack。Womack 先生以前是麻省理工学院（MIT）的教授，他和他的研究小组最早研究、总结丰田生产模式，首次在《改变世界的机器》（*The Machine That Changed The World*）一书中提出精益的概念，然后创立精益研究院，在全世界推广精益思想。在中国也成立了与 LEI 有密切联系的、以推广精益为核心的组织——精益企业中国（Lean enterprise China，LEC）。——译者注

⊜ 美国人总是把宠物也当成家庭的一部分。——译者注

第一篇

精益六西格玛物流的困扰

第 1 章

精益六西格玛物流是什么

关于精益六西格玛物流，好像这看起来似乎需要一年的培训课程才能把这个主题讲清楚，但实际上大多数物流人已经在不知不觉地使用精益六西格玛的技术了。由于竞争环境改变了我们做生意的方式，因此企业正在主动使用精益和六西格玛来降低成本并提高质量。虽然在大多数组织里面，精益和六西格玛一开始就被各自独立地运用，然而今日的公司，已不再把精益和六西格玛看成水火不容的技术，而是把它们看成是互补的，并且可以在持续改进活动中提供环环相扣的契合的技术。

但精益、六西格玛和物流是什么关系呢？最简单的回答是"息息相关"。物流人一旦贯彻了精益和六西格玛的原则，就会发现物流、精益和六西格玛组成了一个自然的联盟。这个联盟协调了各自的优势和劣势，并会创建一个文化和操作上的模型，这个模型会帮助物流人解决古老的问题，同时改善操作并为各个层次的商业成功做出应有的贡献。

解决精益六西格玛物流这样复杂的课题，从哪里开始呢？数学家告诉过我们 Y 是 X 的函数，因此如果我们真想明白 Y（即精益六西格玛和物流），最好的办法是先理解 X。就这个例子来说，我们需要理解的 X 分别包括了物流、精益和六西格玛。只要我们能理解这三个独立的元素，我们就可以知道它们是如何联系在一起，并使总的效果大于各自之和。

1.1　什么是物流

有多少物流人，好像就有多少种对物流的定义，这并非坏事。为什么？因为物流的含义是如此深邃，如此综合性地融入我们的业务中，以至于很难用一个定义或几句话来概括我们在做的事情。

物流涉及了企业内部的运营，并延伸到供应链中上下游的业务伙伴，但是公正地说，任何关于物流的定义都会涉及对库存的管理——也许是硬件（材料、人），也许是软件（信息）。如果没有库存需要移动，就不需要物流了。

1.2　什么是精益

精益思想深植于丰田生产系统（Toyota Production System，TPS）。从其最纯粹的形式来说，精益思想就是关于消除浪费、增加速度并增强流动性的思想。尽管这相当地简化，但的确，精益归根结底的目标就是消除各个环节的浪费。根据精益思想，在已知的浪费清单的最顶端是过量库存。更简单地说，我们要消除支撑业务运作不必要的任何库存，消除为满足客户即时需要而产生的不必要的库存。在本书里，我们讲述了过量库存浪费以及物流中存在的其他六种潜在浪费：运输、空间和设施、时间、包装、管理和知识。非常明显，所有这些资源全部为计划和执行业务所必需。如果未被有效利用，将会使顾客眼中的最大价值和对公司的有益回报变成浪费。

精益和物流人

精益对物流人的影响是具有重要意义的。认为精益哲学只能被运用于生产领域是一个常见的误解。精益的目的是消除浪费，减少在制品库存，并缩短流程和制造前置期，最终增加供应链的速度和流动性。精益对物流人还有一个至关重要的文化方面的元素，就是"总成本"的概念。精益的实践者绝不会把心思放在单独的成本因素上，比如运输费用或者仓储费用，而是把心思放在总成本上。由于对于很多行业来说，库存持有成本一般占总物流成本的 15%～40%，因此基于总成本来做决策对物流人有更重要的意义。

然而不幸的是，许多公司从未充分理解总成本的概念，而总是基于传统的可见成本驱动因素，比如运输、仓储和单件采购成本来做效果不彰的决策。

1.3 什么是六西格玛

六西格玛是一种试图理解和消除业务流程中波动性的负面影响的管理技术。基于训练有素的专业人士（黑带们），利用倾听顾客之声的方法和统计技术的过程控制工具，六西格玛提供了解决问题的模型。定义（Define）——衡量（Measure）——分析（Analyze）——改善（Improve）——控制（Control），简称 DMAIC 技术，提供了一幅地图，或者说步步为营的方法，以理解和改善组织所面临的挑战性问题（详见第 21 章）。经过六西格玛训练的员工在做项目的时候，可以运用 DMAIC 模型来减少流程中的波动并尝试达到"六西格玛的质量标准"，也即百万分之三点四的统计缺陷标准。

六西格玛的核心原则是减少波动增加稳定性。如果我们可以理解并减少流程中的不稳定性，我们就可以实施以流程为核心的改善活动，保障以顾客期望为核心的流程精确性和稳定性。比如，从下订单到收到货平均需要五天，可能是指交货时间在 2～8 天之间波动。这种波动导致顾客失去信心，结果使库存增加或者失去销售机会。

六西格玛和物流人

减少波动性（variation）[⊖]这个概念对物流人来说至关重要。如上所述，物流是管理库存，而管理库存的核心是减少波动性（variance）[⊜]。当

⊖ 本书中将 variation，variance，variability 三个词都翻译为波动或者波动性，而不是用过去常使用的"变异"一次，变异太具有数学色彩，不易理解，波动比较形象，换句话讲，这几个词的意思都是"不稳定"或"不稳定性"。——译者注

⊜ 我们在本书中交替使用这几个词：variation，variance，variability。

我们考察不同类型库存的时候，我们会发现，在我们如何管理业务和供应链的库存过程中，波动性扮演了一个多么关键的角色。

比如，安全库存或者说缓冲库存是我们用来对抗未知（比如偏离正常的波动）的库存。也就是说，由于供方（supplier）[⊖]质量、运输可靠性、制造过程的能力以及顾客需求模式存在波动，因此我们才需要维持安全库存。换句话说，如果我们能够领会和控制从供方到顾客业务流程中存在的波动，我们就可以急剧减少对安全库存的依赖。从这个角度说，物流人应把自己视为汽车保险业中计算保险费率的保险精算师。精算师关注关键的变量——司机的年龄、司机的性别、车辆类型、历史信息（比如超速罚款单和交通事故），然后他们据此决定能够反映这些变量情况的费率。这正好就是，为什么一个 16 岁的男孩子要为他的跑车投保需要支付的保险费率最高的原因。

物流人和这个类比中的精算师其实没什么差别。就人口统计学和跑车来说，物流人是供方能力、运输可靠性和需求波动性的代言人，因此物流人决定了"保险费率"，只不过这里是用库存来代替了货币。然而问题是，无数的物流人把他们所在的公司当成了开跑车的 16 岁少年，而实际的公司却是一个开微型货车的中年父亲。一个实际的例子是，一个工厂的供方只是在离工厂一小时距离以外的地方，而且它的需求均衡，但这个工厂仍然保有 12 天的该供方的零件库存！为什么？答案主要有两个方面。第一个是均衡的需求（也就是需求很少发生波动）的含义未被理解到位；第二个原因是感情用事，简单地说就是各行各业对持有库存上瘾。没弄错，这个行业对库存上瘾。和任何瘾一样，库存就是那种多数公司认为离开了就活不了的东西。

1.4　什么是精益六西格玛物流

我们已经研究完精益六西格玛的三要素，现在有必要把它们组合在一

⊖　Supplier，根据最新的 ISO9000 质量管理体系的要求，不再翻译成"供应商"；而翻译成"供方"，因为 supplier 可能是公司内部的，比如上一道工序就是下一道工序的 supplier。——译者注

起，看看它们是如何增强和互补的。综上所述，让我们回忆一下：

- 物流是关于管理库存的；
- 精益是关于速度、流动和消除浪费的；
- 六西格玛是关于理解（understanding）⊖和减少波动性的。

因此，精益六西格玛可以被定义为：

精益六西格玛是通过训练有素的努力来理解波动、减少波动、消除浪费同时增加供应链的速度和流动性的技术。

物流桥模型

精益和六西格玛都给物流带来了与众不同的规则和工具，以使组织发现和处理浪费及缺乏效率之事。虽然精益和六西格玛都"威力无穷"，但我们必需牢记，如果要让精益和六西格玛在物流中发挥作用，必需以思想的根本改变为前提。这种思想的改变首先要求我们必需以"物流总成本"的概念为决策的前提，其次我们必需有消除以各种形式存在的浪费的勇气。这听起来好像很简单，但绝非易事。组织的标准、管理的传统和财务会计方法都与"总成本"相矛盾，而且其趋势是自动地"支持"组织产生浪费。此书的目的是提供为设计和执行以精益和六西格玛原则为基础的物流战略的模型，我们称这个模型为物流桥模型。

物流桥模型是一个物流专业人士可视之为指南针的模型，也就是说，它会为如何解决当今物流的挑战和如何为正在进行时的成功铺平道路，提供方向和独特见解。物流挑战的核心在于，我们需要在供方和我们的业务流程之间、我们的业务流程和客户之间建立桥梁。虽然面临竞争，面临股东要求降低成本和增加市场份额的压力，我们必需做到这些事情。

物流桥模型告诉我们精益六西格玛物流由三条主要原则构成，它们是：

- 物流流动⊖（Logistics Flow）

⊖ Understand 或者 understanding 是本书原文运用得非常广泛的词，其含义比较特别，是要求读者在实践中通过观察、然后找出现问题的地点、原因和程度，因此理解是一种观察、思考和分析的过程。——译者注

⊖ "Flow"这个单词，在汉译的管理学文章和著作中通常翻译成"流"，比如 capital flow（资金流）。但在本书将其翻译为"流动"，以强调其动态特征，这样更符合精益的核心思想——流动是精益的一大原则。所以，如果当读者您认为"流动"一词不习惯，可以把它换成"流"，以符合您的习惯，但请记住，"流"是动词。——译者注

·物流能力（Logistics Capability ⊖）

·物流纪律（Logistics Discipline）

物流人能够根据以上三条原则来设计他们特有的、个性化的解决方案，解决其组织所面临的特殊挑战。我们的目标是为物流专业人士提供指导性原则，用于解决可能面临的任何物流挑战。基于此目的，我们把本书划分成了四篇。

在第一篇中，我们继续探讨要在物流和供应链管理中做到卓越的重要性。第二篇研究了在缺乏精益和六西格玛的情况下经常发生的各种浪费。第三篇阐述了物流桥模型的细节。我们描述了物流战略洞察、战术发展和成功执行的关键因素。第四篇介绍了一些关键方法和工具，用于发展战略、解决问题、衡量效果、实施精益和六西格玛。在本书结尾部分（第24章）我们提供了一个真实世界会发生的案例，作为在精益六西格玛物流中进行批判性思考和解决问题的练习材料。

作为作者，我们希望本书能成为物流专业人士正在寻找的"锦囊妙计"。不论你是负责一个配送机构，还是负责一个全球供应链，精益六西格玛物流都将提供大量的帮助。不管你是为商业组织、非营利性组织，还是为政府实体服务，这同样无比适用。最低限度，我们相信你可以学到新的、可以运用于你目前的业务运营和战略的法则。从最好的方面说，物流专业人士可以使用物流桥模型来设计、发展和实施综合物流战略。

⊖ Capability，本书翻译时将交替使用"能力"和"产能"，如果物流服务是一种产品，它也是有产能的。——译者注

第 2 章

物流和供应链的重要性

如果请你列一份当今世界最佳公司的清单，那些持续发展并盈利良好的公司，你会选择哪些呢？像沃尔玛、丰田、3M 和戴尔这样的公司会浮现在你的脑海中吗？这些公司是怎样做到各领时代风骚并在自己的行业里称雄的呢？是不是它们的产品品种以及产品质量都明显优于其竞争者呢？可能吧。是它们比其竞争对手更好地向客户传播了它们产品的内在价值吗？也许。是它们的渠道能力更优秀、与供方谈判的砍价能力更高吗？也可能。是它们的供应链和综合物流能力提供了与众不同的竞争优势吗？绝对是！这几个成功的现代商业巨头提供了客户期望的产品和优异的价值，这四个公司的供应链对其成功可谓功不可没。

2.1 发现物流的黑暗大陆

物流和供应链管理何以做出如此不同凡响的成绩呢？毕竟，物流不就是管理公司供应链的原材料、产品和信息流吗？那些在物流领域工作的人认识到，要在适当的时间将适合的产品以最低的成本和适当的质量送到正确的地方是困难的，因为这不仅需要搬运货物，而且需要深入地思考和决定行动以达到，以最低的成本提供承诺的服务。遥想 1962 年，著名的管理学大师彼得·德鲁克曾经把物流比喻为一块未开垦的创新领域和机会之源，即所谓经济学上的"黑暗大陆"[⊖]。40年后，物流才刚刚被企业实践者和公众所理解。许多公司在反思的时候认为，物流是企业为了经营必需花费的成本，但它对公司战略贡献并不多。然而，问问前面提到的领头羊企业的首席执行官们，物流在他们公司扮演了什么样的角色吧。物流的卓越表现不仅服务于公司的使命，而且是它们竞争力的核心。以沃尔玛为例，如果不做越库作业（cross-docking）[⊜]，如果不利用运输上的规模经济，不保持比竞争者的成本更低，这样它的"天天低价"的政策能维持几天呢？况且，在一天即将结束的时候，如果货架上的产品质量和数量达不到要求，"天天低价"又有什么用呢？因此，不仅是低价，而且是异常好的服务才将沃尔玛和其竞争者区别开来。

公司对顾客有明确的承诺，但却总是未履行到位。更糟糕的是，明确的承诺未履行却让它听之任之。想想报纸上几乎每天出现的促销广告和传单吧，如果搞促销的零售商断货了会怎样？面对空空如也的货架，零售商如果幸运的话，顾客会接受他给予的可在下次继续使用的票根（rain check）[⊜]，或者顾客接受零售商给予的承诺，过几天有货后再来买。然而多数情况下，顾客清楚地知道，他可以拿此促销传单到其竞争者处享受到同样的优惠价格[⊗]。这种经历对该零售商、该顾客的未来关系有何影响？首先，零售商下次会进更多的货以避免发生缺货，然而，这个顾客可能不会回来了，因为他知道在附近的其竞争者店铺里面可以买到第一个搞促销店的货物。这种情况下，第二个店铺受益于第一个店铺的促销活动。与此同时，如果这个顾客把他的遭遇告诉一些人会怎么样呢？原来缺货的影响会被急剧放大，因为其他人会认为类似的问题可能发生在他们身上，因此

⊖　Drucker, Peter, *The economy's dark continent*, *Fortune*, pp. 103～104, April 1962.

⊜　越库作业（Cross Docking）：将仓库或配送中心作为货物的中转场所，货物并不上货架，而是在收货后进行简单处理，比如分装后立即进入配送处理过程，快速地发送给零售商。——译者注

⊜　Rain check，是一种票据，零售商承诺，下次有货时，顾客可以持此票据到商店，以此次打折销售的同样价格购买同样的商品。——译者注

⊗　和作者确认过，在美国是可以这样的，拿着A的促销传单到其竞争对手B那里用A的促销价格购买同样的商品。在国内没有这种情况。——译者注

不会去第一个搞促销的店而去第二个对顾客更负责的店。所以，简单地增加库存不是一个正确答案，而实际上却是很大的倒退。

沃尔玛比其对手更少缺货，并不是因为它库存更多，而是因为它通过更高的补货频率达到更好地管理库存。美国沃尔玛的订单周期（从订货到货物送达的时间）是 48 小时乃至更少，这为其货架的补货次数达到对手的 4 倍提供了可能。更高的补货频率不仅实现了店铺的目标，而且提供给顾客更新鲜的货物。与货物可得性类似，产品递送的适时性（timeliness）也成了许多市场上关键的差异制造因素⊖（key differentiator）。"新鲜"这个特点对易腐商品如水果、蔬菜、奶制品、烤制食品和婴儿代乳品显而易见很重要，但现在经常看见广告中说对软饮料和啤酒之类的产品同样也很重要。产品没有在保质期内从供应商手里卖出去，就产生了"产品过期"这种浪费。

把适时性这个概念说得更透一点，就是要把产品在其市场需求处于顶峰或者"很火"的情况下送到顾客手中非常重要，对时尚产品或者生命周期极短的产品尤其是如此。当整个公司的未来依赖于一个关键产品之时，是否能在市场上第一个推出该产品，这对整个公司或产品来说，通常是不成则败。顾客忠诚度取决于喜欢（或者讨厌）使用一个产品或者在一家公司购物的第一次体验。为满足以前未被满足的需求，方法是将产品或服务第一个推出市场，以建立满意度，并随着岁月流逝进而建立忠诚度。拥有顾客忠诚度的好处已被尽述，包括对新产品的开放态度、合作意愿、对对手主张的抵制、价格稳定和更低的销售成本。

第一个到达市场，意味着第一个有可能成为行业领导者。物流在把创新产品、创新服务推出市场的过程中扮演了重要的角色。通过有效地协调与供方的原材料流，管理与中间商和顾客之间的货物分拨，物流组织能够帮助公司抓住机会而不是错过机会。通过深刻全面理解企业的内部运作，紧密联系供应链中的上游供方和下游客户，物流就有可能在供应链管理领域扮演领袖角色。下面将会讲这种"紧密联系"。

⊖ 在哈佛教授迈克尔·波特的竞争优势理论中，制造差异是取得竞争优势的一种常用办法，即人无我有，此处指交货的及时性也成了竞争优势的一个源泉，并将具有不同竞争力的竞争者区分开来。——译者注

2.2　被称为"供应链管理"之物

开发、营销和销售产品的方式超越了物流领域中对实物和信息的管理。供应链管理（SCM）已经成为供方、客户和需方这三方关系的一部分[⊖]。从这个角度讲，很明显，供应链管理不仅仅是物流。把公司的计划和执行结合到一块不仅是为了提高效率，更是关乎做生意的整体战略。

虽然围绕供应链管理这个概念有很多言论，但极少有公司收获了广泛实施供应链管理的潜在收益。为什么呢？首先，供应链管理这个概念没有被很好地理解。围绕着这个术语发生了很多争论，即使在今天也没有一个大家都一致认同的观点，甚至供应链管理包含的职能也是众说纷纭。其次，供应链管理未被广泛实践的另一个原因是，它不容易成功。众所周知，它的成功依赖于协作：贯穿公司的计划和运作活动，贯穿供方和顾客的经营活动。

有趣的是，与供应链中公司外部成员的协作相比，与内部成员的协作更容易。正由于此，公司经常倾向于和供方开始协作，因为它们觉得供方更听话一些！它们可能很成功地把自己对待供方的思维方式传达给了自己的客户，然而在公司内部要达到跨职能的协作，那又完全是另一回事了——难办！然而，要从供应链管理中获得任何大的、持久的收益，公司必需先把自己内部理清楚。供应链管理是在公司内部达到协调一致，在供应链伙伴中达到协调一致，然后使自己公司和供应链伙伴的工作同步。要在公司内部达到协调一致，如果你不愿意或者无能为力，那么和外部的供应链伙伴达到协调一致只能使你行而不远并且不会持久。这就是变革必需先从自己开始，然后再推向上下游伙伴的原因。供应链中的领袖一般有深厚的文化底蕴，强调有机联合、协作行动，这并非偶然。它们同样希望成为那种让其他公司（供方和客户）追随并使跨公司整合行动成功的领袖。

人们对跨公司的整合充满了好奇和怀疑。一些人推测竞争将会延伸到水平供应链以外，比如，我们不再认为可口可乐和百事可乐这样的软饮料

⊖　对于供应链管理的卓越方法，见 Lambert, Douglas M., Ed., *Supply Chain Management：Processes, Partnerships, Performance*, Supply Chain·Management Institute, Sarasota, FL, 2004.

巨子在互相竞争，而认为它们的供应链在竞争。这个命题在公司如何构建和供方、顾客的关系上意义重大。这并不意味着服务两个饮料制造商的供方要选择一个客户而放弃另一个客户，而是说供方有机会和其中一个建立更紧密、更有成效的关系。供方可能开发客户化的配方，或者开展与首选客户协作的促销活动。因此，即使原料来自同一个供方，但提供给供方首选客户的服务不一样，最终产品也就不一样。只有竞争优势是基于这种公司间互相影响的模式的情况下，供应链管理才会发挥作用。

另一个有趣的方面是，产品通常可以通过反向工程（reverse engineering）得以复制，但关系却很难复制。你是否曾经用反向工程来研究关系呢？一旦建立起来协作和分享的纽带，就很难被简单的干涉破坏。因此，将自己内部理清楚并且将连接协作行动的"绳子"延伸到外部伙伴，虽是一个巨大的挑战，但其收益更巨大。不幸的是，公司总是发现自己纠缠于自己的"绳子"中不可自拔。

公司应该首先把自己内部理清楚，这说起来很容易，但是正如前面所说，这是供应链整合中最难的部分。如何让一个公司不自乱又能步调一致呢？不是所有的公司都有一个从上到下，从端到端都以整个公司绩效为驱动力的文化所"佑护"。然而，大多数公司都被部门绩效所驱动，比如制造、采购、顾客服务、财务和物流。明显地，为了生存和繁荣，必需在整个公司取得卓越，这就需要协作性的行动，以实现将真正伟大的公司与所有其他公司区别开来，这也是我们值得追求的目标。

如同生活一样，商业就是在管理中平衡取舍（trade-offs）。不仅在商业的各个业务职能之间发现平衡取舍问题，也能在每个职能内部发现它们。比如，在生产中，通常认为小批量能够在满足客户需求方面提供极大的灵活性，但同时带来更高的单件成本。因此，在生产中存在小批量和大批量之间的平衡取舍。营销中，低预算的促销带来的作用小于高预算的促销，但成本明显更低，这是另一种平衡取舍。物流中充满了平衡取舍问题，其中最平常的平衡取舍是提供给客户的服务水平和随之产生的成本。偶尔，在提高服务水平时也能降低成本。技术进步往往带来这种少有但美丽的时刻，鱼与熊掌可以兼得。精益六西格玛物流也可以带给你那些美妙的时刻，通过最大化物流各部分能力，并平衡各部分对物流卓越的贡献，最终可获得全面的企业成功。

　　精益六西格玛物流是关于在物流内部、物流和公司内部其他职能之间获取平衡的物流。一旦你能够有效地管理这些平衡，你就开启了一个更高层次的物流整合——供应链管理，由此你公司里面的协作与贸易伙伴间的协作互相协调。你这么做的时候，本质上是按照你的偏好来利用环境，而不是与此相反。通过这个层次的协作，你的供应链将超越对手的供应链。

　　简而言之，物流是公司必需的职能，没有任何公司可以离开它而生存。实际上，公司没有把物流搞好将威胁到其自身的生存。认识到并且通过衡量物流总成本来管理"平衡取舍"的公司，能够将此"系统性"思维延伸到更大的环境中，也即其业务运作的供应链中。如果没有整合的物流和总成本的视角，物流浪费将不可避免。这些浪费将在下面概述。

2.3　物流浪费

　　我们都听过这句话：你不能无中生有。完成任何或大或小的事情都需要资源，但低效率利用资源，利用错误的资源，没有成功拿到必需的资源，将资源用于错误的产出都会带来问题，都会产生浪费。产生了成本，消耗了时间，失去了创造价值和成长的机会，最后客户还不满意。

　　虽然在制造环境中的浪费被说得和写得很多了，但物流中的浪费却鲜被提及。尽管在既定的物流环境中浪费并非总是一眼就能看到，但物流中的浪费正如公司其他部门中的浪费一样，普遍存在。实际上，80％的物流活动缺乏监管，这意味着我们需要发展精确、完善的物流流程。下一篇将会描述物流中的可能浪费，其中浪费之源包括：

- 库存；
- 运输；
- 空间和设备；
- 时间；
- 包装；
- 管理；
- 知识。

　　我们会在下一篇逐个讨论这些浪费。在你阅读每章的时候，看看目前你的组织里有多少种浪费。

第二篇

物流浪费

第 3 章

库 存 浪 费

3.1 物流和库存管理

物流就是管理库存，不管库存是动还是静，是原材料形式还是成品形式。第 2 章中提到的俗语"你不能无中生有"是大实话，要卖任何东西你必需先有这东西，除非手头有货或者能够及时提供，否则的确没法解决顾客遇到的问题。问题在于，顾客马上需要产品的时候，你还在那里推测他们要什么，要多少，在什么地方要。因此，有必要在顾客需要的时间和需要的地点备有库存。

物流专业人士总是套用《人权法案》（*Bill of "Rights"*）来描述他们所做的事情：把正确的产品在正确的时间以正确的数量、恰当的状态和合适的成本送到正确的地方。在靠近顾客的地方拥有库存是使顾客尽兴而去的最简单办法。正如对你有好处、生存所必需的东西一样，你若拥有太多也不见得是好事情。为了生存我们都需要恰当的营养，同时我们知道过多的热量会导致肥胖。很不幸，正如第 1 章中所提到的，事实就是这么怪，我们很多人对库存上瘾。你知道有多少工厂经理在办公室里面藏了至少一箱的零部件吗？这就像为了满足强烈的烟瘾而藏一包香烟一样。其实，感到困扰、感到苦恼的人和公司的数量多得超乎你的想象。

3.2 库存的诱惑

降低库存是启动很多精益计划的内在动力。库存是浪费形式的一种，大野耐一最早发现并将之列为 7 大浪费之一。库存可能也是最容易看到的浪费形式[⊖]。我们拥有仓库配送中心就证明了，我们有库存而且通常是量很大的库存。库存通常占用一个制造商总资产的 5 个百分点到 30 个百分点，对于零售商则占约资产的一半。这种推算来自于季末和年末的观察，为了让周期性财务报表好看一点儿，库存在那个时候一般被消耗得差不多了，因此在其他时间段里库存可能更高。和其他资产类似，库存一定也是需要管理的，需要去采购库存、接收库存、保管库存并给库存上保险，这导致产品和原材料在原来采购价格的基础上，增加了成本。

那么为什么我们往往拥有比需要的库存更多的库存呢？拥有库存是由于我们无法在一瞬间制造和递送（delivery）我们的产品，所以不得不在产生需求前就在分销渠道中拥有库存，以满足当前"我现在就要"的社会需求。对库存可得性期望过高的情况，不但在零售顾客渠道里充满库存，而且还在工业（企业对企业）性环境中发生。除非我们有即时的大规模生产或电影《星际迷航》中以光速递送产品的能力，否则就需要库存。事实上，在满足顾客期望任何时候购买产品的需求之前，我们必需去预测顾客要什么，要多少和什么时候要。正是由于这样的想法，我们竭尽所能猜测（也就是预测）顾客的需求并且事先把库存采购好，以满足预期的需求。

关于预测，有一件事情绝对正确，那就是预测总会成为一个精致的错误。这里会有两个重要的问题："会错到什么程度？"和"实际需求会向哪

[⊖] 大野耐一（Taiichi Ohno）列出了一个清单，概括了浪费的 7 种基本形式：（1）生产中的次品；（2）过量生产；（3）库存；（4）不必要的加工；（5）人非必要的移动；（6）不必要的货物运输；（7）人的等待。Womack 和 Jones 把产品或服务未能满足客户需要的浪费加进了这个清单里面（资料来源：Ohno, Taiichi, *The Toyota Production System: Beyond Large-Scale Production*, Productivity Press, Portland, OR, 1988 and Womack, James P. and Jones, David T., *Lean Thinking*, Simon & Schuster, New York, 1966）。

个方向偏离，是高于预测还是低于预测?"公司中一些人的习惯做法是使预测较低，以便"超"计划完成工作，借以证明其坚强不拔的毅力和目标完成能力。另外一些人则使预测高于实际，这样可以获得增加的产能，或者给现有的和潜在的投资者一个未来销售将会大幅度增加的信号。这些多余的库存往往会折价销售掉、处理掉，或者被保持直到最后耗尽。

很多公司认识到做一个较短的短期计划有几个显而易见的好处。一方面，这使一个公司对于长期预测的依赖程度更低。众所周知，长期预测不可避免会错。正是通过减少对预测的依赖从而增加对实际需求的依赖，我们才可以降低未来预测发生错误的风险，因此库存也更少。另一方面，较短周期的计划也支持更高频率的补货和更小的批量，这意味着给顾客带来更新鲜的产品以及更少变质过期的风险。

但是，当产品是有很强的季节性需求时，同时又不能很经济地在短期中把满足季节性需求的一切准备好，那么我们必需致力于长期计划，并在需求高峰到来之前把原材料购买好并把产品生产好。然而，连续生产和大批量生产很容易导致过量库存，这时很少有人会想到。在许多流程性很强的工业（process industries）如石油精炼业和造纸业，关掉机器类似于封闭海洋，你根本做不到，因此获取最低单件成本仍然是当今很多行业唯一最高追求。这种预设的心智（mind-set）使很多公司和整个业界通过追求离岸制造活动⊖（offshore manufacturing activity）以减少生产成本。

上面说的都是商业活动的常态，但如果在供应和需求中发生一些突发的事情会怎么样呢? 想象一下，一个关键供方的工厂突然倒闭了，美国西海岸的所有港口突然无限期地关闭，送货卡车被恶劣天气滞缓了或者陷于堵车状态甚至司机就是迷路了。不幸的是，这并不需要发挥多大的想象力就能想到这种种画面，因为它们在任何公司的任何时间都可能发生。另一方面，如果涌入市场的产品数量完全超出了任何人的"理性"销售预测又

⊖ 离岸制造: 指西方国家一些高劳动力成本的公司，为了追求低成本，将生产制造转移到劳动力成本低廉的国家，然后再将产品运输回国内进行销售的活动。——译者注

会怎样？促销如果太有吸引力会怎样？需求也许会令我们咋舌。因此，我们持有额外的库存以备在供应链流程中出现未预料到的不顺畅或者实际需求超出预测的情况。有趣的是我们从不打算去使用安全库存，因为如果使用了安全库存，它就又成了我们计算周期库存的一个参数了。

这些意外事件代表了各种不同情况下产生波动的方式，而控制这些波动正是六西格玛的目标：通过改善供应链流程，以便使工作能够在更稳定的基础上得以更好地完成。六西格玛同样要捕捉顾客的经验和期望，以减少开发出市场不需要的产品和服务，同时减少产品需求下降或暴涨带来的风险。那些离岸制造的公司更是经历了这些波动所带来的更大的正面冲击，尤其是它们在远离本国市场，并将运营放在不但远离消费地而且远离优秀供应基地的时候。通过这种方法虽然制造成本肯定会下降，但是大多数公司也都会意识到离岸制造给供应链带来了完全不同的一系列问题：各种波动。进货物流（inbound logistics）和发货物流（outbound logistics）中的波动，生产控制中的波动比如质量、数量和时间，都会让人怀疑离岸制造是否值得，因为所有这些波动都需要越来越多的库存。

有时候额外库存是出于对抗供应链中的不顺畅或者需求以外的问题。许多行业的公司持有库存是由于投机的目的，认为供应商会缺货供不上或者价格即将上涨。例如，废料回收者想得到高质量的、不论何时产生的回收废料，限量版汽车和其他藏品的销售商也总是致力于类似机会的购买。同时，那些石油和天然气行业，稀有金属和谷类市场的销售商也总是盯着未来市场，因为可能存在套利（低买高卖）从而驱使着他们的行为。

3.3 持有库存的成本

不论是什么原因持有库存，任何公司都要认识到持有库存是实实在在存在的成本。这些成本远远超出了"投资"于库存储存的钱。我们会讨论库存持有成本的各个影响因素，并基于平均库存以美元为单位的货值来计算库存持有成本，如图 3-1 所示。

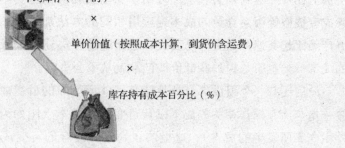

年库存持有成本=

平均库存（一年的）

×

单价价值（按照成本计算，到货价含运费）

×

库存持有成本百分比（%）

图 3-1 计算库存持有成本

库存持有成本是一个有趣的概念，它同时代表了会计成本和经济学上的成本。"会计成本"是指明确的、有现金支出的并且记在公司账簿上的一种成本。"经济学上的成本"是隐性的，它不一定涉及现金支出，而是一种机会成本。大多数公司认识到有些成本和库存持有相关，然后用一个大概的数字来计算持有成本，但是很少公司清楚数字的最初来源。通常，公司库存持有成本所占百分比是以拍脑袋的方式决定的，很少被理解，更少被质疑。这种缺乏理解和不愿质疑库存持有成本百分比的情况，经常导致在计算年库存持有成本时发生错误，而结果多数又都算少了。让我们通过研究库存持有成本百分比的关键组成部分来解决这个问题吧。

为未来需求发生的供应活动所消耗掉的资金即机会成本是库存持有成本中唯一最大的组成部分。假设你现在拥有 30 万美元、300 万美元或是3 亿美元的库存，但如果这些钱没有被库存占用，你会用这些钱做其他什么事情吧。因此，资金成本是库存持有成本中唯一最大的一块成本。大多数公司仅仅将借款利率（获得资金的成本）计入这一部分，这意味着针对这些资金把债务还掉是最佳（也许是唯一）的方案。记住库存持有成本应该反映资金的机会成本。大多数公司的最低预期资本回报率（或者内部收益率）很容易高于市场的资金成本率，并且最低预期投资回报率（或加权平均资金成本）和库存持有成本中的资金成本部分应该是同一个数字。⊖

事实上，库存一直被税务部门和许多州政府当成需纳税的资产，这意

⊖ 关于计算库存持有成本的决策的最佳资料，见 Stock，James R. and Lambert，Douglas M.，*Strategic Logistics Management*，4th ed.，McGraw-Hill Higher Education，New York，2001.

味着你需要把现行的财产税率放进库存持有成本的百分比里面，而且别忘了加上在资产遭到损失和破坏时用于保全货物的保险费率。产品废弃、损坏或者被盗等因素导致的成本也应用相同的办法加进去。一般情况下高价值产品比起其他产品更容易丢失，这比起较少失窃的较低价值资产有更高的成本——也不是说那些低价值产品就从不会失窃。

最后还有一个组成部分就是储存（storage）的可变成本。这个组成部分是指与库存操作相关的成本以及可变库存成本（比如为放下过量库存而外租仓库所发生的成本）。这里的诀窍是，储存的可变成本并不包括固定仓储成本（不随着储存产品量的变化而变化），而是只包括那些随着库存增加而增加的成本，所以和公司所有的配送中心或工厂仓库相关联的固定成本并不在此反映。这些固定的储存（即贮存（warehousing））成本应是整体物流成本的一部分，但区别于库存持有成本。总而言之，仓储中的可变成本属于库存持有成本的范畴，储存（storage）和操作（handling）的成本属于物流总成本中的"贮存成本"。库存持有成本的组成总结如图 3-2 所示。

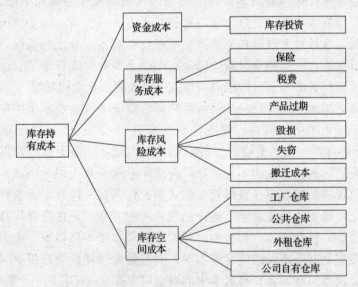

图 3-2 库存持有成本组成

资料来源：Lambert, Douglas M., *The Development of an Inventory Costing Methodology*：*A Study of the Costs Associated with Holding Inventory*, National Council of Physical Distribution Management, 1976, p. 68. Diagram courtesy of the Council of Supply Chain Management Professionals [CSCMP], Oak Brook, IL.

我们要挑战库存持有成本的计算方法，而且应该更频繁地挑战它。库存持有成本应该是动态的，如同公司商业机会也是动态的一样。当公司预期的投资回报率上升的时候，库存持有成本也会相应上升，因此随着时间的推移，不应该认为某个时间点的百分比不能被质疑或审核。库存持有成本并不倾向于在一年中会有变化，但是总应该反映公司成本状况的变化和投资机会的现状。

一旦你更好地理解了真实的库存持有成本，就应该将兴趣转向如何以最少的库存使销售量最大化。其他以此类推，你应尽力通过更少量、更高频次地从供方订货来满足需求，借此获得更高的库存周转次数。"库存周转次数"指的是每年销售掉的产品的平均库存的次数。周转次数通常取决于平均库存的价值和以成本计算的销售量，在数学上表示为下式：

库存周转次数＝以成本计算的销售价值/平均库存价值

如果能达到更多的周转次数，一般来说你持有的库存就会更少，同时基本满足需求（如图3-3所示）。明显地，当发生需求却没有库存来满足时不是什么好事情，虽然它能够使平均库存和库存周转次数看起来更具吸引力。然而，以最接近需求量的高频小额度补货是使用更少的库存（增加周转次数）来使顾客满意的方法。

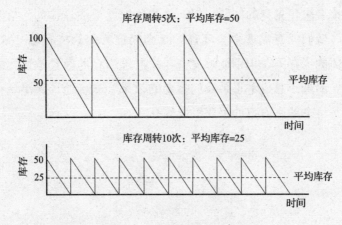

图3-3　库存周转和平均库存

一个关键的问题是"周转多少次才算够呢？"很多公司会找竞争对手和相似行业的公司来作为标杆，以评估它们在其货物分拨网络中所能周转的次数。但如同库存持有成本百分比一样，每一个公司期望的周转次数都是不一样的。实际上，一个公司的库存持有成本百分比和年度库存持有成本的估计值将是这个次数的决策变量。虽然周转次数高意味着库存最低同时顾客满意，但小批量运输、处理更多订单（虽然一般是更小的订单）的相关成本将会抵消通过高频、小订单补货、高周转次数带来的成本节省。所以，好东西的好处总是受到限制的。找到这个限制是进行总成本分析的要求——理解物流相关成本间的平衡取舍和服务因子。

公司有时候为追寻更大系统而把库存持有成本看成是次优绩效的单一目标，但却偏离主题了，从而导致带来顾客不满意或更高的成本，甚至两者兼具。一个这样的例子是，一个汽车售后服务商修订了给顾客补货的目标，从已经执行数年的、典型的每周补货一次的安排，修订为更加频繁地补货，同时所建立的目标是对大客户进行每天补货，对较小客户进行隔日补货的服务。这些客户对更频繁的送货、更高的库存可得性、同时库存更低的前景当然很满意，然而对逐渐增长的高频率小批量送货所带来的运输费用却不能接受。实际上，结果表明，提高送货频率水平所导致的库存降低和存货改善并未能抵消上升的运输成本。

因此，虽然一定的库存水平有助于满足近期的需求和处理供应链的严重的中断或者未预见到的问题，但问题的关键就变成应该如何恰当定义库存的大小。我们究竟需要多少库存？我们能把我们的库存瘾"戒掉"，然后持有仅需的库存吗？识别能够支持客户需求库存的数量是达到最小总成本的前提，而最小总成本正是我们需要的效果。准确地计算出库存持有成本的大小是这个解决方案的重要组成部分。

第 4 章

运 输 浪 费

4.1 物流和运输管理

运输和库存一样，是物流的必要活动。实际上，它是我们可以在一地生产，在异地消费的根本办法，它弥合了地理距离的分割。快速、高效的运输很好地解释了城市为什么在那个地方发展起来。看看美国西海岸的扩张史，运输在经济发展过程中起了轴心的作用。你能找到一个不是沿着河流、湖泊或者海洋存在的美国大城市吗？[⊖]

运输是物流中最大的单项成本。美国每年大概有 6000 亿美元花在运输上——差不多是美国国内生产总值的 5%，或者说是美国花掉的每一个美元有五美分是花在运输上。那些花在运输上的美元大部分（约 83%）是花在了汽车运输服务上（也就是卡车运输）[⊖]。剩下的是铁路、海运、空运和管道运输服务，每一种运输模式满足了客户对速度、时间、可靠性、

⊖ 比如肯塔基州的列克星敦就是一个很小的城市（人口：260 512 人，来源于 2000 年美国人口普查）。

⊖ Wilson Rosalyn, *15 th Annual State of Logistics Report*: *Globalization*, *Council of Logistics Management*, Oak Brook, IL, 2004.

灵活性、可得性、容量和成本效率的不同需求。公司将物流总成本的一半花在了运输材料和产品上，以支持这些需求目标的实现。卡车运输在灵活性、可靠性和可得性上超过了其他运输模式，这解释了为什么它是托运人最偏爱的运输模式。

运输不仅是一个最大的成本考量，而且产品在转运中所消耗的时间是订货前置期的一大组成部分，也可能是订货周期波动性的一个主要诱因。再说一次，在没有"心灵运输（teleportation）"或者电影《星际迷航》中的光束的时候，总得花时间将产品从一个地方移动到另一个地方。正如我们针对为什么要有缓冲库存的讨论所暗示的一样，有很多原因导致运输延迟：太晚提货、设备故障、司机出现问题、糟糕的天气、交通堵塞等无尽的可能性。尽管有这么多问题，如今客户对未能如期到货和没有能力如期到货的耐心肯定是越来越少了。六西格玛在运输中的目标是减少平均送达时间并减少这个围绕平均数的波动。如图 4-1 所示，如果平均值周边的数据发生次数减少的时候，平均值将会降低。同样值得注意的是，这个分布曲线并不是完美的正态分布曲线或者钟形曲线。更确切地说，它们有一个绝对最小值（1 天）和一个右边开放的"长尾巴"。尤其是，我们应该密切注意频率分布右边的尾巴——那些在途时间超过平均值的情况。我们要尤其注意那些在途时间超过平均值且非常长的的情况，如图 4-1a）所表明的，有些货物明显永远没有送到目的地。正是这些情况导致我们未如约到货，也使我们的客户对我们服务于它们的能力失去信心，进而会用更多的库存来对抗不稳定性。因此当运输成为支持我们在一地生产在另一地销售的同时，在大多数公司中，在配置和运用运输支持方面存在内在的浪费。浪费存在于当需要更多的资产来满足运输需求和缺乏效率地使用已存在的资源时。

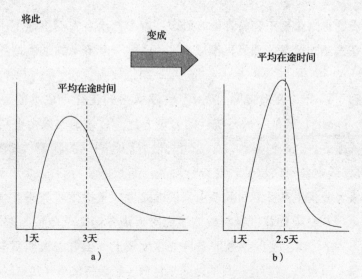

图 4-1 目标是更快、更可靠的运输

4.2 运输与物流中的平衡取舍

如前所述，运输消耗了公司总物流成本的一半多。正由于这是一种高昂的成本，无数公司在极少甚至全不关心其他相关成本的情况下竭力减少运输成本。这是由于运输成本是最容易计算的成本之一而变本加厉，尤其是在公司外包大部分或者全部运输服务的时候。一个人只要把一年的运费账单加起来就知道一年的运费，因此，成本很大并且显而易见。而且，运输通常被认为是非增值活动——一个为满足在此地制造、异地销售，既是必要但又不受欢迎的活动，这也是为什么很多公司发布命令给运输经理要求年复一年地降低运费的原因。

不幸的是，如果运输经理不负责其他与物流相关的成本，就很容易简单地去削减运输成本，然后就看到其他成本如同水在水坝里面汹涌漏出一样狂增。低价承运商必有其低价的好理由——过期的设备、未经训练的司机、保险额不足的装备。这些原因通常导致不稳定的服务和以到货晚为特征的运输波动。这些问题的结果是你使客户不满意了（如果说还没有激怒），然后在你尝试纠正这些问题时，由于这些失败的服务和未履行的承诺而产生存货成本、贮存成本和管理成本。然而这些成本不如运输一样那

27

么容易看到也因此更不容易管理。所以，命令再次自上而下地下达给运输经理：在去年的运费基础上再削减 3％，这样一个不幸的恶性循环就这么产生了。

　　理解了这个"大框架"，认识了整体网络的优化，成本的平衡取舍（cost trade-offs）就是一种系统性的管理方法。公司的网络由进货链接和发货链接组成。这些链接代表了公司与供方和客户端的联系（如图 4-2 所示）。经常地，公司只是关心发货材料流，而把进货材料流的管理放在供方手中或者公司生产计划员的手中。供方通常乐意提供服务而且会选择如下之一：（1）将运费算在材料成本里面然后声称运输"免费"（FOB——目的地）；（2）将运费以单独的条目放在发票上（供方去谈判服务，然后直接付费，或者以 FOB——目的地条款付费，然后将账单开回来）；（3）将运费发票直接开给客户（FOB——发货地——到付）。

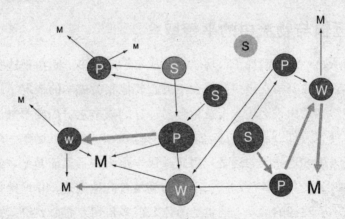

注：S=供方，W=仓库，P=工厂，M=客户市场

图 4-2　网络地图中的物流节点和物流线路链接

　　不管谁付钱给承运商，客户必需相信运输永远不会"免费"。实际上，这是一个促进价格上涨、保证供方利润的便捷办法。最后，越来越多的公司接手进货运输流以直接干预成本。然而，最佳方案在于我们要和承运商有最有利的合同（很可能基于运输量），并且我们在一个特别的线路上做得很好，可以就服务进行谈判，但绝不能在接受便宜的运费的同时就接受

供方运作的低效率。

另外一个许多托运人会面对的诱惑是：迫切想为每一单运输在市场上选择最低的价格。随着电子运输市场⊖（ETMs）的出现，互联网强化了这种诱惑的力量。这些市场是 21 世纪风险资本家的最爱，并且承诺可以像商品交易所里面的股票一样对运输能力进行交易。然而电子运输市场没有意识到的是，大多数托运人没有把运输当成服务性商品。托运人的这种想法太重要了，当服务是在一个非面对面的交易下谈出来的时候，但是托运人将面临太多的风险。虽然公共运输交易市场上以配对约会式服务为特征的运输占据了主要地位，托运人明智地寻求长期关系而非短期服务才是明智的。寻求最低运输价格的服务往往导致以库存为存在形式的浪费，并且需要采取额外的行动来补偿失望的客户。

4.3 承运商关系

托运人正在意识到承运商应该是解决方案的一部分而不是问题的源头。为了把承运商变成解决方案的一部分，你不可能和成百甚至成千的承运商一一打交道。相反，托运人选择有限数量的承运商为公司的所有运输需求提供服务。通过将业务交到几个"核心"承运商手中，托运人能从承运商那里得到货量折扣。托运人也会得到作为更多货量委托回报的更高级别的服务。这类似于享受到航空公司的里程积分计划以及其他的忠诚度激励。这种减少承运商基数的观念正是六西格玛中减少复杂性的原则的例子⊖。

应该为每个目的地建立线路指南，以便运输人员联系服务时知道以何种顺序来联系承运商。得到良好监督的线路指南能够将误判的可能性降到最低，同时将对运输服务采购未善加监督的情况降到最低——即使今天在运输中仍然缺乏监督。因此，建立线路指南不仅重要，而且是保证廉洁性

⊖ Goldsby, Thomas, J. and Eckert, James A., Electronic transportation marketplaces: a transaction cost perspective, *Industrial Marketing Management*, 32 (3), 187～198, 2003.

⊖ 要了解关于降低服务复杂性的卓越的方法，见 George, Michael L., *Lean Six Sigma: Combining Six Sigma Quality with Lean Production Speed*, McGraw-Hill, New York, 2002.

的一种经常性监督。

　　和较少的承运商合作固然很好，但比这更好的是，精挑细选非常少的承运商然后和它们紧密协作。许多托运人发现与承运商建立伙伴关系实在是物超所值——发现互利互惠的机会，分享同心协力的成果。托运人和承运商建立伙伴关系，会使之成为承运商青睐的客户，在运力紧张的时候将得到优先服务。另外，为承运商节省成本的努力和货量委托将会产生良好的费率谈判结果。作为回报，承运商可以更好地计划运力，设计有效率的路线，更有效率地对资产和司机做规划。最后，无论如何，双方都会从更紧密的关系中获益。一方的获益若建立在另一方的损失上的状况是短视的，也未反映出真实的伙伴关系。

　　你的公司可能和供方和客户有协作关系，另外一个可能性就是使承运商成为这个协作关系的一部分。贸易双方通常更紧密地协作，但是却把中间人比如承运商和第三方物流公司撇在一边，迫使它们去推测买卖双方之间的商业协议。我们想到的一个主要例子来自于消费品生产商和其销售商之间就协作计划、预测和补货规划（Collaborative Planning, Forecasting, and Replenishment ，CPFR®）这个项目中建立起的关系。CPFR® 有 9 个步骤，包含了使制造商和销售商同步运作的几个机会——建立共同热门产品型号的预测、安排促销和同步运作⊖。9 个步骤一结束，就会生成一个订单。然而，CPFR 的流程在此结束，和服务提供商也没有行动前的协调。结果，服务提供商必需继续预测（也就是猜测）生产商和销售商的需求，然后为满足预计的高峰业务量的运能做准备。协作运输管理（Collaborative Transportation Management ，CTM）承诺通过将服务提供商带进协作圈并同步运作的方法来减少问题。

4.4　最小化运输中的日常浪费

　　一旦优化了物流网络和承运商安排，就应该转向管理单个的运输了。

　　⊖　关于 CPFR® 的概览，可以在网上找到：http://www.vics. org/committees/cpfr/CPFR_Overview_US-A4. pdf。

无效率和浪费根植于对设备、操作者以及其他有限资源的不恰当使用。实际上，良好的地面运作和良好的网络资源管理之间有密切的联系。恰当地运用资产就不需要购买额外的资产了，然而，很多公司未能发现通过拼合装载来节省成本和改善服务。

这样的例子主要发生于向同一个方向的多个地点及时递送多票零担货物（less-than-truckload，LTL）的情况。比如，考虑一下这样的运输（如图4-3所示），我们假定每一票货物由一个重 1 200 磅⊖的托盘货物组成。自然而然的决定可能是：找一个零担公司来分别运输这些单一托盘的多票货物。每一票货物分别付费，并且在提货和送往圣路易斯这个发货的物流节点进行分拣时，需要操作好几次。长途运输卡车可能将每票货物运往各自的目的地，然后分拣后再配送到当地。这些分拣和再分拣不但花时间而且由于对每票货物的重复操作导致潜在的货损。

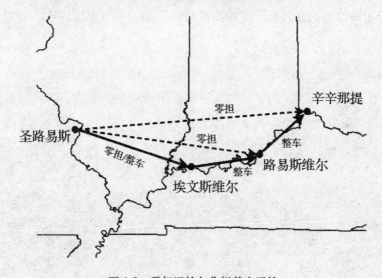

图 4-3 零担运输与集拼整车运输

反之，这三票货物可以集中起来让一个整车运输的承运商来提货。可以和长途运输承运商谈一个到辛辛那提（终点站）的单一费率，中间在埃文斯维尔和路易斯维尔停靠。但是，在埃文斯维尔和路易斯维尔要向托运

⊖ 1磅＝0.454 千克。

31

人收取停靠费，也要花时间中途离开高速公路去送这些货，但如果这些中间站不是偏离已知的路线太远，卸货的等待时间合理，整车承运商会很快将送往辛辛那提的货物送到，由于再次操作导致货损的可能性更小，并且这三票集拼在一起的货物的配送成本更低。集拼货物面临的最明显的挑战是：拼货后三个客户要准备好按照既定时间收货，然后按照既定时间交货。

　　运输经理如果发现了这些机会并依此行动，可以降低成本同时改善服务。不幸的是，许多组织持续地、孤立地看待运输费用，而没有发现削减费用的平衡取舍以及对服务的内在含义。必需记住最便宜的运输服务一般不等于最低总成本，即使是降低花费在运输服务上的总成本也不一定会降低物流总成本。比如，如果最低系统成本是我们的衡量标准，那么它可能会涉及使用加速的运输服务以降低与物流相关的其他所有成本。因此关键是为组织的需求定义恰当大小的运输资源。在运输中还存在和时间相关、和管理相关的一系列浪费，这些浪费将在下面的章节里面详述。

第 5 章

空间和设施浪费

5.1 物流和仓库贮存

和运输一样，仓库贮存在相距遥远的地点之间的商业和贸易发展中扮演着核心角色。假设我们有兴趣和能力获取原材料，在市场产生需求之前就生产出产品，可以理解，我们一定需要有设施才能保证原材料结合到一起然后被制成成品、实现其价值。但今日的仓库似乎都被当成了现代的高科技殿堂，它们通常所处地段优越，毗邻结合了多种运输模式的基础设施。它们配备了自动化存取设备，数英里长的由电脑控制的传送带，为了延伸而可以重新组合的活动墙体，以及为在仓库内进行物流活动而提供协助的仓储管理系统（WMS）。你认识拥有这些新式玩意儿的物流设施的配送中心经理吗？他们饱含深情地描述这些建筑和建筑中的设施——就像自豪的父母谈论他们的子女一样。

这些炫耀的权利背后是真正的、明显的成本。一旦你把固定资产、道路和日用水电这些基础设施、高科技设备和信息系统计算在内，如果成本没有超过 1 亿美元，也达到 1000 万美元了——这还都是在你实际移动一个箱子之前就发生了的成本。如果再加上运作和维护费用，这数字会大得让你眼睛都要蹦出来，而且这还仅是一个仓库设施的成本，如果在你的整个运作区域装几十套这样的设备又会怎样?

回忆一下当初你选择这些设备的理由。它们提供了一个可以存放库存的地点而已,可能是很多个月的库存。仓库通常像个博物馆,集中储存了很多已经不再有需求的、混乱的产品。如果存在对库存上瘾这么回事,那么仓库就充当了"帮凶"的角色。它们给我们提供隐藏货物的地点,满足我们对库存如饥似渴的需求。虽然每增加一个仓库就可以减少我们和客户之间的平均距离,但储藏货物很少会增加产品的价值,甚至并不增加产品的价值。实际上,产品变得易于丢失、损坏,这和库存持有成本(见第 3 章)的讨论中所描述的一样。据估计,仓库里面发生的半数活动并不增加价值或者与客户满意度无关,但这些活动确实是在实实在在地消耗资源。正如大野耐一曾经指出的,你拥有的库存越多,你越缺少你想要的东西。就像你储存了很多分类货品,但却没有真正满足顾客的需要,甚至你有了你想要的东西,即使在仓库里面到处是库存时,你也不容易找到它。一个极端的例子是,美国军方长期寻求射频识别(RFID)技术,来解决它在处理资产和材料时尤其是在战斗区域中所面临的挑战。想想在沙漠中,当军队行营时要在被当成移动仓库的数千个集装箱中,找到特定的补给物时所面临的挑战吧。不管是产品追踪信息不准确还是不完整,在需要满足急切需求的时候,后勤人员不得不逐个打开集装箱一看究竟。战地人员为了满足最初的需求,从来都会提出超过需求以外的申请,这样就在战地配送中心制造了更多的库存以及更多的混乱。

这个军队的例子又讲到了一个仓库贮存方面的、有别于通常见解的观点。如果仓库运转得没有效率,会演变成怎样的后果?那就是更多的仓库! 不管是由于仓库里面的混乱,还是由于分拣货物能力很差,或是由于储存和运作方式会导致潜在的货损,缺乏良好运作的仓储活动都会导致为恢复服务而进行的努力和额外的库存——用更多的工作来弥补表现不佳的物流网络和设施。虽然根本原因是不良的流程设计和执行,然而最常见的解决办法却是"库存方案",因此结果不仅是增加了库存持有成本,还增加了仓储面积。

5.2 要多少设施，要多少空间

无论如何，很多公司无法想象如果没有一个或者更多的仓库进行存货安全保障还怎么能生存。成长中的公司面临的最基本难题是，究竟要多少设施、要多少平方英尺⊖的地方才能满足目前和未来的业务量需求。再加上高度的季节性和多数商业的循环特性，就更难做这个决策了。我们建造了足够的空间和设施来满足我们可能不可预测的需求了吗？很多公司依赖于利用自有仓库和公共仓库来满足这些需求。那些拥有自有仓库的公司通常在错误的概念下进行运作，它们以为在自己的仓库设施里储存货物就是"免费的"。我们知道这并不正确。虽然固定成本并没有随着存货量的变化而变化，但大多数仓库运作成本会随着存货量的变化而变化。因此，管理的产品越多，可变成本就累积得越高。再次强调，固定成本不管设施是被全部利用、部分利用还是一点没有用，都会发生。

把设施利用率当成仓库运营的良好指标，是一个与此相关的错误观念。类似利用率这种衡量方法经常会导致错误的行为。换句话说，利用率跟效率没有关系。仓库满是库存，可能会也可能不会遇到需要立刻满足的需求，这很难被认为是一种成功。同样的，生产率这个单一的指标也不是效率的一个好指标。衡量一个仓库拣货员的效率，如果不检查质量，比如拣货错误或者破损，这近乎短视。把错误的事情做得非常好或者很快，只不过是浪费和弄巧成拙。

雪上加霜的是，很多公共的和第三方仓储公司向客户的收费，是基于在仓库中使用了多少平方英尺和它们对库存操作了多少次。一次"操作"可以被定义为增值活动，比如贴标签、包装、装配，也可以被定义为"无伤大雅"（非增值）的活动（比如在仓库中做移库）——所有内容不但消耗了资源并且增加了成本，然而没有价值。

5.3 高科技是灵丹妙药，还仅仅是瘸子的拐杖

在那些采用自有仓库的公司中，很多都推崇自动化处理设备，用来改

⊖ 1英尺＝0.3048米。

善仓库拣货和入库活动的速度、效率和准确性。但采用自动化技术要千万小心，因为它只不过是进一步凝合了公司和设施之间的关系。由于自动化所展现出的许多细微差别，使得自动化仓库可能比一般仓库设施更难脱身。实际上，由于多数自动化设备被设计成产品只能适用于一定范围的形状和尺寸，因此自动化倾向于设施专门化。为了合理的投资回报，想舍弃自动化设施的公司则必需找到有类似运作和储存需求的潜在租赁者。

因此，公司要么被迫保证投资得到快速回收，要么在采用自动化时等待更长时间才能回收投资。即使公司决定将延长设施的使用时间，并且保持储存于其中的产品线不变，仍然很难保证这一技术会按照既定目的持续服务足够长的时间，直到完全收回投资。

公司投资于超高层的自动化仓储系统（automated storage and retrieval system，AS/RS）技术的例子可以说明问题。如果客户的订单需求稳定且在拣货能力之内，该设备往往能戏剧性地改善入库和拣货运作的速度和准确性。举个例子，考虑到客户订单以整托为单位，公司安装了以托盘为装卸单位的自动化仓储系统。然而，当零售商决定把多种产品混装成托盘并且以更高频率订货，情况会怎么样呢？要花很大力气才能使自动化系统适应这种配置，强迫利用人力将整托转化为与零售商订单一致的混装产品，因此大大减少了自动化设备所提供的效率优势。

底线是：用于帮助仓储运作的材料处理设施必需从设施本身的出发点来看待。如果我们不需要库存，我们就不需要仓库，然后，我们就不需要仓储设备。我们必需质疑这些设施究竟是掩盖了物流运作中的低效率，还是为客户提供了虚假的方便。

在需要仓储功能的时间、地点，我们必需考察越库作业是否可以满足需求，而避免使用传统的储存设施。不管是使用什么设施，必需遵守精益六西格玛原则，以避免在任何地方产生可能的客观浪费。在决定我们需要多少物流地点的时候，不要基于一个地点一个地点地来做决策，而要基于整个系统范围。

第 6 章

时 间 浪 费

6.1 物流和时间浪费

无论是人生中还是物流中的所有资源，没有什么比时间更宝贵的了。正如谚语所说，它是你所不能追回的唯一的资源。时间是物流衡量系统最重要的一部分。我们按照订单前置期以及是否最终按时交货，来衡量我们自己。倘若交货比竞争者更快、更稳定，那么这两个方面都能带来竞争优势。

为了理解时间在物流中是如何被浪费的，我们必需考察订单周期（order cycle）——从订单传送（order transmission）到订单交付（order delivery）之间流逝的时间。有 5 个清晰的订单周期步骤（如图 6-1 所示）包括：（1）订单传输（order transmission）；（2）订单处理（order processing）；（3）订单备货（order filling）；（4）订单集货⊖和订单复核（order staging and verification）；（5）订单运输和交付（order shipping and delivery）。每一步都需要时间来完成，每一步都会经历不同于典型时间分配的

⊖ 订单集货，即货物拣好后，按照订单、线路分好，然后将对应订单的所有货物集中到一起，等待复核。——译者注

时间波动。如果在频率分布的右边发现这种波动（比如它完成一个任务花的时间比典型时间更长），那么就可以观察到时间浪费，可以在这个步骤的不良表现中或者订单周期其他步骤的错误或者误算中找到浪费的根源。如果再检查一遍这5个步骤，就会有很多机会发现订单周期中的时间浪费。

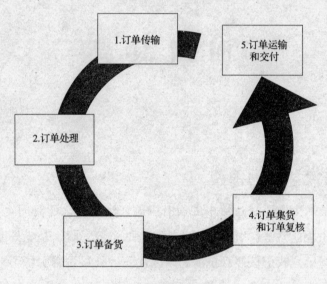

图6-1 订单周期

6.1.1 订单传输

在接到订单之前什么物流都不会发生，即便你可以为未来的业务和库存准备作计划，但唯有实际的订单才会引发行动。多数物流方面的想法和努力是在接收到客户订单后才得以进行准备和执行的。很明显，从客户那里接收到订单的速度越快，就可以越快地开始，也将越快地处理订单和交货。

传统的沟通方式会使订单传输在订单周期里面占很大的比例，以客户的采购代理和供方的客服代表之间的电话订单传输为例。采购代理只有在供方客服代表人在的时候才可能找到机会来打这个电话。虽然大多数主要公司提供一年365天，一周7天，每天24小时的客户服务，但并不是到处都这样。正由于此，电话沟通可能只有在客户和供方都在上班的时候才能有效。美国东海岸的客户可能要等到西海岸的供方上班后，才能打本来早已该打的电话。如果再把国际时区和经商的规范考虑进来，问题还要复杂得多。

其他传统沟通方式也有类似的延期问题。传真给订单传输提供了相当简单的方法，但这需要客户书写采购号，找到一个传真机，然后传给供方的一个处于空闲状态的传真机。从技术上说，订单必需在供方端打印出来然后送到客户服务代表手中，然后据此采取行动。听起来简单得很，但你是否有过等待一个在传真排队中位列第 9 的传真呢？你是否忘记去检查传真机里面是否有纸呢？一些最常发生的沟通问题就是由于这些缺陷导致的，更不用说无法辨认出某人手写体的情况了，只有去猜或者再打个电话过去核实。虽然可以想象出电话和传真沟通所导致的时间延迟，但实际上一些公司仍然仰赖传统的邮递方式（蜗牛邮件）来传输订单。不需要任何想象力就可以知道这种模式可能导致很长的订单传输时间和波动。电子传输方式实际上已经使订单传输瞬时化了。

电子数据交换（EDI）在过去数十年广受欢迎，是由于其在客户和供方电脑之间自由传输，不需要人的干涉，也无人为的错误和波动性。然而，许多 EDI 的用户依赖于要对每一笔传输收费的增值网（value-added networks，VAN）。为了达到传输的经济化，增值网的用户通常依靠批处理进行传输，它们可能在一天之中只进行一两次的接收传输。虽然批量传输较经济，但它明显失去了传输及时的优势，另外，EDI 系统也不是没有缺陷。

很多公司寻求了在线订单传输方式。万维网提供了 EDI 所有的大多数优势但成本却低廉得多，而这一切你所需要做的仅是将个人电脑连接到公共网（所谓的信息高速公路）上。大多数基于网页的交流都类似于自动的电话交谈，但不同的是得有人敲入订单然后点击"发送"，而且还得有人在另一端去接收。客户的库存、采购系统和供方的订单自动录入系统进行自动通讯的情况还是很少。人通常还是流程的一个要素，也因此存在前面所介绍的人工操作导致的类似延迟。

6.1.2　订单处理

一旦收到订单，就必需经历一个甄别的过程。供方公司在同意履行订单之前必需自问两个问题。首先，想要履行这个订单么？也就是说，这是不是公司过去曾经提供过服务的客户来的订单呢？如果是，经验是好是坏？及时足额地收到付款了吗？我们愿意冒险进行另一个可能不好的交易吗？交易条款可以接受吗？通常销售部门要提供这些问题的答案，并最终得出是否要服务这个客户的评估结果。

供方要考虑的第二个因素是自己履行订单的能力：我们有这个产品吗？如果是，在哪里？如果否，需要多长时间来履行订单，还有客户是否愿意等待？物流部门要和销售部门一起评估公司在及时交货和订单完成方面是否能满足客户的期望。我们需要建立客户服务政策以提供针对客户期望和公司服务能力的快速参考。

针对服务意愿和服务能力的决策过程需要相当的投入，很多公司已经把这些决策融入了订单管理系统中，这包括可以提供包含诸多因素的瞬时分析，立即做出接受或者拒绝的决定。然而，如果没有这种技术，这个过程要花好几天——甚至好多周，因为订单信息分散于销售、客服、物流、会计以及供方公司的其他职能部门中。在订单处理是被偶然地组织起来时，基本不可能追踪到早已被抛却的书面文件和电话。而且在最终完成这个过程的时候，客户可能对这订单已无需求或无兴趣。有很多情况，由于订单处理发生错误，花的时间和精力有可能成为浪费。

6.1.3　订单备货

假设最后公司有意愿、有能力服务客户，订单传输至适当的库存地点，然后开始订单货物的准备过程，订单处理就最终开始了。这是一个将订货项目从仓库的箱柜或者货架集中的过程。如同前面对储存和设施的讨论中指出的，这些备货活动有时候存在延误、中断和错误——所有这一切都导致订单前置期被进一步拉长，妨碍"完美订单"的执行。

"把工作一次性做对"是大多数仓库运营的口号，但说起来容易做起来难。不合理的仓库组织结构，粗心的入库和拣货操作，不良的仓库员工训练以及贫乏的信息交换，都属于订单准备操作未能满足客户期望的无数理由之列。这些问题导致订单前置期增加，订单波动，并增加客户的挫折感。因为在客户看来，在最终完全满意之前，下订单后前置期的计算就开始了。

缺乏明确处理难题的指南同样被证明代价高昂。比如，不完全履行订单（缺乏客户需要货物的一部分品类的订单）的规则是什么？部分交货后，余下的部分是取消（dismiss）还是延迟交货（backorder）？或者是否能等到所有的货品都有货的时候再出货？因为可能这部分缺货可以从有这个货物的其他地方出货。你要对所有的客户使用同样的程序吗？还是你更愿意为 A 类户付出更多、做得更快？这个例子只不过指出我们需要对那些影响日常仓库运作的、不可避免的时间有一个标准处理流程。知道如何处理这些情况和给一般业务提供稳固的服务一样重要。虽然客户可能认为每一个订单都"至关重要"，但一些订单明显比另一些更重要——当客户可以有其他选择时，这些订单可能就成为在这个现代竞争性环境中交易的决定要素。

6.1.4 订单集货和订单复核

一旦备好订单的货，责任通常从订单拣货人员转移到仓库运作中的运输人员手中。运输人员会检查拣好货的产品，保证和订单吻合，然后准备运输提单。很明显，在订单履行过程中，所订之货和实际所拣之货之间的差异越大，用于识别差异和纠正错误花的时间和精力就越多。实际上，如果拣货员对所拣之货承担完全责任，然后有能力发现差异（比如少拣、错拣），那么复核这个步骤明显地可以省去。

然而，很少有公司有兴趣并愿意投入资金让拣货员工来承担这个责任。主要观点是认为拣货员的工作就是拣取、完成尽可能多的订单项目。将工作范围扩展到涵盖责任在内被认为是一种偏离常规。仓库管理系统（WMS）帮助矫正所订之货、所拣之货、所运之货之间的差异。然而，即使在仓库中使用了 WMS，大多数公司仍然指派运输人员来复核这些货物、执行订单周期中的这一个步骤——一个花费时间但仍然不能保证完美服务的步骤。

6.1.5 订单运输和交付

一旦拣货和复核完成，就该装车和送货给客户了。你可能会认为，当有库存时运输在途时间通常是前置期中最长的部分。但正如前述，不仅仅典型的在途时间意义重大，围绕此典型时间的波动也意义重大。

可能很难说将一票货送往客户地点的过程所花的时间是一种浪费，但的确有一段时间，货物处于订单周期之中但没有发生移动。订单已经准备好，可以发运了但是却没有可用的运输资源就是这种情况。当然，错过约定的提货时间有时候会发生。然而，发生得频繁的一些情况是由于提货时间设定得不对。也就是说，我们打电话给一个承运商，要求其在一个特定的时间出现在某个发货地点，但最后却让人家等，直到最后才叫承运商到发货点装货，浪费了司机和设备的宝贵时间。

不幸的是，更平常的情况是，司机由于等待卸货错过了预定的送货时间。美国长途运输司机每周平均浪费 33～44 小时用于等待装卸所运货物。有人能解释这种事情有什么价值吗？等待只不过增加了成本。受挫的司机通常只能挣到微薄的薪水，仅够涵盖里程费用，为寻找更有竞争力的雇佣他们的承运商，他们只好辞职，这就是大多数长途运输公司司机离职率稳定地在 100％ 徘徊甚至更高的原因。高离职率导致雇佣和训练司机的额外成本——不必要的成本成为整个经济的负担。

因此，我们不仅应关心如何有效地利用货物在公路、铁路、空中和水中的时间，而且应设法消除那些产生浪费的等待时间——即使这超出了你直接责任和管理的范围。降低时间限制的瓶颈应该是每一个人的工作内容——因为我们最后不得不为这些浪费买单。

由于越来越多的公司开始基于同步化、准时化运作，旧的"时间就是金钱"的说法变得不仅不空洞，而且成为了一个有驱动力的口号。真实的成本和时间浪费的确有关系。运输到达晚了或者货物没有完全到达，不仅仅是造成了不方便。简单地说"到手了才算得到"，这句话在如今这个世界仍然有效。在我们致力于最小化缓冲库存，减少过量设施的时候，不仅应把及时、准确、持久地执行订单周期变成一个规范，而且应使之成为持续的期望。下面的章节将会讲到运作中所需要的灵活性，从而适应及时准确地在模糊环境中执行订单的需要。设计一个可以在最低可能成本基础上产生期望中的稳定效果的优良流程并不是奢望，也不是竞争的差异化因素，而是在进入不确定的未来保持持久增长和成功的必需。

第7章

包 装 浪 费

7.1 物流和产品包装

如果你问一个普通的物流人他最后一次是何时思考过关于产品包装的问题，答案可能开始是一个长时间的停顿，然后会有一个回答，"我不知道"或者"我从来没有考虑过这个问题。"从包装的数量和设计角度说，包装通常被认为是事先已决定，而且思维方向往往直接指向包装成本。包装是一个广泛的词汇，指各种按照型号进行的各种形式的集装装载。它包括该型号的外包装以及里面保护产品的填充材料。它以纸箱和盒子包装成各种成捆的产品，也将平面包装物用于运输和搬运，比如传统的木托盘、仓库笼和货架[⊖]。

包装是经常被忽视的物流资源。消费品营销商强烈地认识到包装很重要。包装必需能吸引潜在的消费者并包含监管者所需要的必要信息。你需要做的就是到杂货店的过道里面走一走，看看它们在包装上所强调的信息。你看到有什么地方会比摆早餐麦片过道里的颜色更绚烂多姿的吗？但说到产品保护、操作、储存效率、操作者安全性、人类工程学、用后处置

⊖ 货架，此处所指并非仓库里面最常见的那种放托盘的大型货架，而是指一些可以移动的小型货架，比如专门用于放轮胎的货架。——译者注

以及必要的操作指南信息，并不是所有的物流人都对它有同样的信心。事实上包装是任何精益运作实施的关键部分。

包装对物流人的重要性基于几种原因。首先，包装代表了物流系统中根本的物理分析单位。实际上，物流系统的设计是从记录流经公司各设施产品的尺寸和容量的包装文件开始的。其次，由于包装在很多方面影响着物流和生产活动，并被物流和生产活动所影响，因而显得更重要——不仅在公司内部，而且在供方、客户内部。

7.2　作为浪费之源的包装

如表 7-1 所示，这里显示了产品包装和一系列运作活动之间存在的关系。在未能对产品进行足够保护，并混乱地使用产品然后又产生损坏形成浪费时，我们可能就会发现产品包装和产生的浪费之间有明显的联系了。除了成本，包装问题是物流人应首要关注的。当包装采购成本超过其所展示出的价值时，也能在这种采购投资中找到浪费。然而，采购低价的材料可能无法保证产品完整无损，这存在着一种微妙的平衡。找到恰当的包装设计是非常关键的。一些公司投入相当大的资源专注于这方面的研究，但大量其他公司根本不管这个或者极少从事研究，以至于无法跟上产品及产品运作程序变化的需要，同时包装设计的创新和包装工程的创新也同样面临这样的处境。

表7-1　包装对运作的影响

影响类别
对产品的保护
生产线的包装质量
拖车的体积/载重量利用率
仓库空间利用率
材料搬运效率
产品识别性（可视化控制）
人体工程学
供应商的包装流程
你的流程
客户的拆包装的流程
环境保护问题
总成本

对产品包装尺寸和包装容量的考量同样很关键。在一个较小的空间（封闭空间）中能够安全地装更多产品的包装，能改善物料处理的效率，达到车辆容积（重量和空间利用）的节省以及有效的仓库空间利用。很明显，关键点在于，只是简单地把产品塞进更小的盒子里面或者要花大力气才能把产品装满盒子，再从满装的盒子里面把产品取出来，这种节省也许就无法达到。更确切地说，包装设计应该考虑到效率，而效率可以通过更好地利用集装单元的空间，来减少操作的费力程度并节省运输车辆和仓库

的空间这种方式得到。

人体工程学和集装单元的容量密切相关，要涉及到包装、处理、拆包。应该怎样对这个集装单元来包装、提升、搬运、下降、拆包和废弃呢？回答这个问题不仅应把我们自己运作的人体工程学问题考虑在内，还应考虑到所有会接触到这个集装单元的相关方，即包括客户和物流服务提供商。一个人能够安全地搬运这个集装单元吗？还是需要两个人或者需要机械化设备？包装可以安全且容易地打开吗？产品能够快速地从集装单元中取出吗？产品或者工人在做这个动作时容易受到损害吗？这些因素都是在决定恰当的包装设计时要考虑的，需要从很多互相牵制的因素中找到协调和平衡。将多种产品装入一个集装单元中可以提高空间利用率，但是却损害了使用它时涉及的人体工程学。

7.3 作为浪费的包装

显然，不良或者不恰当的包装会导致运作中的多种形式的浪费，我们必需认识到包装本身代表着一种巨大的浪费之源。事实是，不论你说的是消费包装、瓦楞纸板包装还是硬木托盘，很多（如果不是大多数）包装只用了一次然后就进入了垃圾堆。这不仅对环境有负面影响，而且产生了成本——这些成本通常很明显但被简单地当成做生意所需要的必需成本。由于过度包装导致的罚款还会增加额外成本。

对包装的仔细考察已经使很多公司和整个工业界以再利用、回收和循环利用的方式来利用包装。可再利用的包装（reusable packaging）指通常只用一次（比如，被当成易耗品）但却被收集起来，稍微维修或不维修，稍加处理，然后可以用于额外用途的集装单元和托盘。可以回收的包装（returnable packaging）是指为长时间和多次使用设计的集装单元，搬运箱，货架和托盘。可以循环利用（recyclable packaging）的包装指一般只使用一次然后经过处理或者拆毁后，可用于代替天然资源来制造用于今后包装的材料。⊖

⊖ Goldsby，Thomas J. and Bullock，C. Jason，*Returnable Packaging：A Must But at What Cost?* Presentation at the Council of Logistics Management Annual Conference，San Francisco，2002.

7.4 作为可视化控制的包装

另一个程度稍轻但仍然明显会产生包装浪费的情况，是在未能利用包装并将供应链中正发生的事情传达出去的时候⊖。包装是一个关键的可视化控制的来源。精益生产商革命性地利用了可回收的集装单元。这些制造商发现，可回收的集装单元不仅提供了更好的产品保护，改善了对环境的影响，降低了对消耗品包装的处理成本，而且彩色箱子在供应链活动中起到了重要的信号作用。

如今许多北美的制造活动事实上已经不使用一次性的包装了。然而，偶尔会在它们的工厂发现老式标准的瓦楞纸板箱。瓦楞纸板箱的出现折射出重要的信息，系统中一定有什么不对劲。三种可能之一必定发生：（1）供方为工厂需要的业务量采购了太少的集装单元；（2）可回收集装单元未能及时返回，而在今后生产中供方又需要这些集装单元；（3）供方在需求产生前就生产了零部件，超过了这个零件的看板需求速度。

对于第一种情况，制造商需要再次计算这个数据，然后决定额外的集装单元是否真有必要。对于第二种情况，需要研究集装单元的流动，并将集装单元暂时收集在一起，然后分拣再返回供方所谓的"回收区域"，看是否存在有瓶颈的生产线边（bottleneck line side），或者看在将集装单元送回正确供方的过程中是否有分配错误。最后，第三种情况，制造商应该询问为什么零部件生产速度超过了需求速度，指出额外库存持有成本比最终产品生产中进行更大批量生产的风险。无论如何，只要在收货点发现有瓦楞纸箱，汽车制造商就知道系统正在失效。

因此，虽然在很多运作中，包装被当成事后的想法，但它作为供应链运作的批判性"眼睛"，能为防损、改进流动和效率、降低材料浪费、成本节省方面提供极大的机会。在大多数业务中，我们有能力并且应该将更多的目光投向包装资源，这对支持业务和改进自身均有必要。

⊖ 此句可能有点费解，其实意思是说包装除了用于保护产品外，还应该利用包装来向接触这个产品的人传达尽可能多的信息，也就是包装的颜色、形状、上面的文字图案应该表达一定的含义。此即属于所谓可视化管理的范畴。——译者注

第 8 章

管 理 浪 费

8.1 物流和管理

很多人认为管理不增加价值但却是物流和其他职能所必需的讨厌东西。它通常被当成是完成伟大壮举的障碍——处于你和难以企及的目标之间的障碍。然而，管理对于经营合法的、支付税款的能够持久的业务还是必要的，即使这意味着远离最有效率的组织和最优化的工作流程。真正的问题不是需不需要管理，而是我们究竟需要多少管理？

考虑一下，在前面讨论时间资源的时候特意讨论的订单处理活动。记得订单处理涉及决定所需要的服务意愿和能力以配合客户订单的执行。从下订单、接收订单到订单释放，事实上和订单有几十次接触或连接。从客服部门的斯坦到财务的凯瑟，到仓库的卡雷因，订单要经过供方和客户组织的许多人的办公桌。不要忘记发票的生成、运费账单校对和付款，以及一系列其他产生、审核、开具和再审核的文书工作，并且依据这些文件来采取行动，然后互相、逐个订单地校核。这就是所谓一切按照计划运作的情况。

那些产生了更多的文书工作，耗费了不可能再追回来的时间和精力的、有问题的情形又是怎样呢？你可能争论说没有一个步骤是增加价值键的时候，也有例外。

长期以来，任何形式的教育都对任何形式的投资提供了最快捷、最可靠的回报。但是必需认识到，并不是通过培训、练习学到的知识都对改善企业的绩效有用，有时候由于其缺乏实用性或者没有机会来运用而导致无用。在其他情况下，学习材料未被消化或者沉淀下来时，就会存在知识的"蒸发"现象。学生和老师可能对这种结果负有同等的责任。由于这个原因，学生和培训师都应对学习负起责任来。这些方面的考虑可以有助于在正式教育环境中发生的知识浪费最小化。知识也可以在工作中通过简单地发问或者在不同领域中寻求工作任务，而使扩大视野的不太正式的方法得以发展。在团队成员中培养跨部门的思维方式，为不同的问题、视角和方法提供了增值机会。那些对所做的事情表现出了极大兴趣和天生有好奇心的个人可以在解决所面临问题的道路上走得更远，并把业务带往一个未知的积极的领域，虽然这难以慢慢灌输，而且这样的人也极少。如果你已经花时间把这本书读到了此处，你可能就是被激励的、深度思考的不多人中的一个。

9.3 管理知识流

知识一旦被获取，它就成了个人的"俘虏"。所有的组织一定要有一种机制来保证信息和知识的分享，进而矫正困扰无数公司的"知识孤岛"现象。分享主意和观点可以提升整个组织和跨部门间知识的平均水平和理解程度的平均水平，也可以提升公司运营的水平，并且培养了为共同目标奋斗的团队归属感。在那些要么就去做要么就死亡的情况下，比如进入一个新市场，管理一个关键项目的启动或者引入一个新的产品线，分享知识显得尤其重要。让人沮丧的是，在缺乏获取前辈通过过去的努力获得的知识的学习机制的情况下，目前的经理人更容易重复它们前辈犯过的错误。不幸的是，这些错误不仅对公司而且对个人都代价高昂。当经理人犯错的时候并且大家又都认为经理不应该做得这么差的时候，他的职业生涯会戏剧性地中断。

同样地，最佳实践可能局限于一个职能领域或者一个特定的设施上。

应该交流这些最佳实践，以运用于公司的其他领域，从而提升公司的整体运营水平。在整个公司中灌输持续改进的文化，会鼓励公开分享最佳实践。这对于分享在一个领域或者其他领域证明有价值的方法和工具时可能同样正确。少许的协作不但能消除冗余，而且能针对一个普遍问题形成更加稳健的方法、工具和解决方案。然而，在公司的不同部分由于重复劳动又经常造成浪费。通过有效管理知识然后把知识当成关键竞争性资源的公司，将有更好的能力去创新和做出反应。

正如个人在公司中可以是"知识孤岛"一样，供应链中对拥有那种可以使整体获益的关键知识的公司也是如此。当公司把"信息就是力量"运用于供应链中贸易伙伴的交易时就是如此。事实上，不能分享有价值的信息、知识和技能只会导致更大范围供应链系统次优的表现，进而通常损害其他供应链成员的知识。专业人士现在在讨论诸如"知识链⊖"和"知识供应链"这些概念时，认识到信息和知识上的不平衡（或者"不对称"）只会给受益的公司提供短期的收益——当处于不利地位的贸易伙伴决定离开这种关系时，或者完全由于这种不平衡而使公司倒闭的时候，收益往往转变为损失。

所以，虽然知识是一种无形的资源，但它的重要性并不比更有形的资源低。与此讨论相悖的是，满足是知识的敌人。正如孔子曾经说过大意是这样的一句话，认为自己什么都知道的人，其实一无所知。无知并非福佑。在部队里面，当战略家们通过直觉意识到一个问题或境遇，而其发生原因未被完全理解时，称之为"了解状况——不了解原因"的情形。这个情形远比那种既不了解状况也不了解原因要好得多，那种情况下这个人多半不知道他在哪方面不懂。从一定程度上说，一个人能意识到在哪些方面不懂，是一种顿悟，可以助你学习并增加知识。正如部队害怕不知道自己在哪些方面不清楚一样，公司也应害怕这样。

要认识到，不要把信息技术当成发展和利用知识的先决条件，这和知

⊖ 比如可参考，Holsapple，Clyde W. and Jones，Kiku，*Exploring primary activities of the knowledge chain*，*Knowledge and Process Management*，11（3），155~174，2004.

识的浪费的讨论一样重要。很明显，信息技术可以支持信息交换，但是技术的运用不会保证一定会收获知识。

9.4 浪费之河

这里描述的多数浪费可能对你都太熟悉了。任何一个人如果说他没有遇到过任何浪费，或者只遇到其中极少部分的浪费，那就是太幸运了（或不真实的了）。总而言之，这些各种各样的无效率和非增值的资源消耗代表了一条"浪费之河"。不幸的是，我们中的大多数人快要被淹死在这条河里面了。

把"浪费之河"说得深入一点，设想两块大陆被一条河流分隔开来。你在陆地上并被赋予某种资源和技能，而你现在的和潜在的客户居住在遥远的河对面。现在关键的问题变成"我们有什么可以给他们？"以及"我们怎么给他们呢？"还记得物流就是在你和你的贸易伙伴之间建立物理联系吗？你的第一反应可能是造一艘可以渡水的船。没有问题，如果没有更好的方法来渡水，渡船可以提供一种有价值的（如果不是必然的）功能。然而，渡船并不是那么容易操纵，也不是最舒服的，更不是所有服务中最稳定的。尽管公司花了大力气，但只有船在码头并处于服务状态的时候，服务才开通了。除非这些条件一一满足，要不然就没用，你只能等。如果等的人特别多，你可能要等好几班船，你才有机会过河。然而，即使你登上了渡船，服务速度不见得很快，还可能航行时迎着强烈的风浪。服务仍然受制于几个可能的问题：糟糕的天气，水太浅或太深，水上有障碍物，渡船工人罢工，等等。你明白了吧，而且当你遇到风浪大的时候，你会晕船！唉，别忘了还有每一次渡水时导致的各种污染。如果渡船是愉快的旅行的一部分，急转弯的刺激和船的低效率可能不会妨碍你，而且可能还让你觉得很迷人。但如果你有公事要忙或者自己处于紧急情况时，那这可能就是令人不快甚至令人讨厌的经历了。

大多数公司的物流看起来或表现得有点像渡船。正如图 9-2 所示，渡船在河中，河正是"浪费之河"，所提供的服务正试着去克服这些浪费。由于多种问题，可能提供了服务，可能没有。总是有问题，并且取决于几个关键的个人。然而不幸的是，这种经历导致客户还希望有更好的方式。

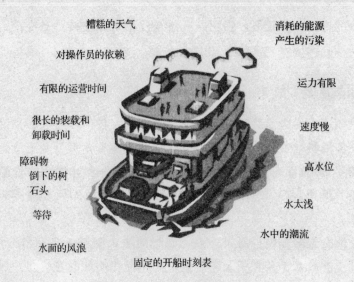

图 9-2 渡船服务的多种障碍

现在让我们假设你聪明得要用一架桥梁来代替渡船服务———一架飞跨大陆两岸的漂亮斜拉桥，这两岸也就是你和你的客户（如图 9-3 所示）。桥高悬于水面，超越了浪费之河，提供了一个有效的沟通大陆两岸的联结。它提供了一个针对过河的、这个基本需求的稳定方案。只有最极端的情况才会导致其关闭服务，因此流动是持续而平滑的。快捷、安全性和波动性都被管理这个服务的个人所控制，并依赖于其需要，而不是依赖于控制不了的渡船驾驶员。这恰好是精益六西格玛物流给受到启发的经理人的承诺———把最大价值提供给客户，并免于在供应链中联结贸易伙伴，从而在传统方法下导致了问题和浪费的机会。

图 9-3 物流桥模型

和桥不同的是，精益六西格玛物流并不需要巨额的投资，不需要大量的专家，也不需要花很多年时间才能把规划板上的想法变成现实，它仅需要三方面的至关重要的理解就可以建立这个物流桥：

- 物流流动；
- 物流能力；
- 物流纪律。

我们将会在下一篇讲解这些物流桥模型的原则以及支撑性要素。

第三篇

物流桥模型

第10章

物流桥之旅

　　毫无疑问，精益和六西格玛的原则将会对物流和供应链活动有积极贡献，然而如何才能平衡精益和六西格玛在物流中的价值是一个挑战。精益原则有时候是违反直觉的，因此很难让实际操作人员接受其价值主张。比如，如果个人绩效是基于运输成本来进行衡量，那么运输经理就会为逐渐增加的高频次送货头疼不已。因此，要想让精益六西格玛物流实施成功，必需是公司主动要做。这并不是说在物流部门实施精益就要以公司变得精益为前提条件。当然，如果公司全面接受精益那是再好不过的，但是精益和六西格玛可以在整个公司没有接受的时候，只在物流中实施很多东西。这说明了什么？精益和六西格玛是可以教会我们合理的商业原则。精益和六西格玛不是一种潮流，也不是时尚，或者"本月流行"，它们是包装好的一系列使商业变得卓越的原则和工具。打开这个"包装"，你只需选择需要的并适合于你特殊情况的原则和工具。我们的组织可以运用这些原则和工具来设计适合文化和公司目标的、使商业卓越的模型。

10.1 精益六西格玛物流的历史

精益物流起源于支持精益生产的进料物流部门。因此，如果你提到精益物流，你就是在谈论联结供方和实施精益的制造工厂之间的进料流程。这是说进料物流主要是关于增加递送频率、平衡流动以及降低库存。幸运的是，精益和六西格玛已经开始在非生产性环境中实施，在那里精益和六西格玛原则仍然有效。这使精益和六西格玛更普遍地存在于物流之中，起到催化剂的作用。最后，我们提出了和精益六西格玛物流相关的两个核心点。它们是：

- 精益六西格玛物流 1：支持精益生产设施的进料物流职能；
- 精益六西格玛物流 2：整体运作战略要基于精益六西格玛原则和工具的物流活动，这包括运输、仓储、订单管理、原材料处理和库存控制。

两者的区别非常重要，尤其是当你打算接受关于供应链中的精益和六西格玛课程的培训时。比如，如果公司的重点是减少仓库运作中的浪费，那么你接受的培训应该重点放在仓储方面的精益和六西格玛原则上。

记住了这两个要义，有一件事情就变得很明显了：精益六西格玛物流有可能是一个令人困惑和复杂的模型。我们的目标是简化这种复杂性，那也是我们想要在这本书中完成的事情。回顾和分析所有精益和六西格玛的原则后，我们要设计一个模型，把精益和六西格玛与物流职能联系起来。我们的目标是用消除浪费、管理库存和创造更有效率的流程知识来武装物流专业人士。

10.2 物流桥模型的重要性

精益和六西格玛原则（但极少被讨论）所暗含的重要性就是要有一个可以当成指南针的模型来定方向。精益和六西格玛原则描述并促进了改进计划的标准化模型、标准化工作、DMAIC 过程（定义——衡量——分析——改进——控制）以及规划计划（Hoshin planning），它们就是精益和六西格玛原则运用的范例。使用模型的作用是可以让组织讲同一种工作语言，这也是任何重要计划的第一步。我们需要协调一致！这对于物流来讲尤其正确，虽然公司全球物流战略并不一定存在，但物流应该成为公司会议室的优先议题。为做到这一点，物流专业人士需要清楚阐明物流的价值。精益六西格玛物流的价值包括降低成本、增加竞争优势和市场成长。这些当然应该受到任何 CEO 的关注！作为物流专业人士，我们需要和CEO 们交谈，而且我们需要和他们讲 "CEO 的语言"。下面讲述的物流桥模型框架由知识、愿景和未来的趋势组成。

任何关注结果的模型都是多维的。物流桥模型的维度是基于典型组织的管理层次的。这个模型首先从 CEO 的角度来看待物流，然后往下面挖掘到战略层次，最后描述了成功实施的战术领域。这个方法遵循精益学说，创建了一个能被组织各层级理解的模型。实践这个模型，CEO 以及公司高级管理层和一线经理人会懂得应该完成什么。物流桥模型提供了一个公司级的战略，以实施世界级的精益六西格玛物流系统。

10.2.1　CEO 的观点

当然 CEO 的工作没那么容易，作为公司中绝对对公司业绩负责的人，是需要平衡客户需要、雇员需要和股东需要的。CEO 的工作可能在于增加股东价值，但这和物流的关系是什么呢？一句话，关系到一切！实际上，物流可能是当今商业世界里面最被忽略的一个机会领域。当听到有人说如今世界上最成功公司的制胜秘诀是它们的物流和供应链活动，你会非常吃惊吧。

如果你决定从战略的高度来看待物流，那么问题就变成了怎样才能把物流活动做好。CEO 从哪里开始呢？这个物流桥模型回答了这个问题。我们希望 CEO 考虑如下三个关键的原则。

1. 物流流动

流动是任何公司物流战略的至关重要特征。CEO 会发现，流动元素内置于每种业务之中。理解了在组织之中的流动内涵，就能够使公司理解它的优势、弱点、机会和限制。流动描述了公司的运作效率。CEO 对三种流动最感兴趣：资产流（动）、信息流（动）和财务流（动）。资产的生产率怎样，如何管理信息，还有我们的投资产生回报了吗？这三个流动的关键要素一定和物流活动紧密相关，并且让人知道流动和战略物流管理的重要性。

　　2. 物流能力

　　物流能力是 CEO 的第二个优先事项。一旦组织理解了资产和信息是如何流动的，问题就演变为公司是否有足够能力。"能力"很有趣，因为组织的基础设施只与在任何时点的系统能力一致。换句话说，CEO 可以下命令减少成本，提供更好的服务，或者减少前置期，但是命令本身不能改变组织的能力。组织是由全球系统中互相依赖的职能和流程的一系列复杂的组合。因此，不管是有意识还是无意识的设计，系统的能力有限。发现、定义和阐明能力问题是六西格玛的核心。改善能力是精益的核心。物流桥模型带给我们一个具有预见性、稳定性和可视性的有能力的系统。物流能力有三个根本的特点。向前看的 CEO 们知道并理解这些事实。成功的 CEO 们推动物流能力以超出客户的期望。领袖级的 CEO 们知道要改善组织的能力，必需实施精益六西格玛物流。

　　3. 物流纪律

　　需要用纪律来保持流动和能力。纪律是 CEO 们创建物流战略时的第三大关键关注领域。开明的 CEO 认识到物流和供应链管理与技术无关，但和人、流程相关。为了达到人和流程有效率，使用的原则和战略必需具有一定纪律性。精益是纪律重要性的精髓体现。许多执行经理在审视精益的原则后觉得这只不过是老生常谈，然而他们实施精益却以悲惨的失败告终。为什么呢？第一个失败原因是缺乏纪律。精益六西格玛以及消除浪费从概念上来讲不是很难，在一切都考虑进去之后，只不过就是大量辛苦的劳作，而辛苦的劳作需要纪律。要努力工作并聪明地工作，需要紧跟这些原则并稳定运用相关工具。纪律是和物流相关的、极端重要的一方面。物流桥模型描述了物流纪律，并重点关注三个主要方面：协作、系统优化和消除浪费。这三个原则带来纪律和成功，并且对于支持公司的任何精益六西格玛项目都有必要。总而言之，物流桥模型以高阶的原则开端，这些原则是组织高层管理人员的关注焦点。一旦 CEO 相信这是公司物流战略的适宜方法，CEO 就会把这个战略关注区域下达给下一层级的管理层。

高级管理人员会承担实施这三个关键精益六西格玛原则的任务，这将把我们带向这个模型的下一个层级原则。物流流动将会重点关注资产流动、信息流动和财务流动。物流能力会重点关注物流系统的可预测性、稳定性和可视性。物流纪律需要将战略重点放在协作、系统优化和消除浪费上。

最后，高级管理人员会相信这 9 个二级原则并且设计一套实施这些战略的行动计划，使组织中下一级别的管理层忙起来，从而引入操作者的层级，这些人将实施这个战略。幸运的是，物流桥模型设计了三级质量。有些战术区域是实施者必需要重点关注的，27 个战术代表了精益和六西格玛给予物流组织和流程最灿烂的一面。

10.2.2 实施者的观点

实施者会从高层收到战略的愿景。CEO 让战略围绕物流流动、物流能力和物流纪律设计。高层管理团队将 CEO 们的愿景细化为对资产流动、信息流动、财务流动、物流预见性、稳定性、可视化、协作、系统优化和消除浪费的重点关注——9 个管理团队要实施的战略。我们怎么开始？物流桥模型会帮助您。

1. 物流流动

实施者的首要任务是设法理解组织内部的流动。流动的三个关键领域是资产流动、信息流动和财务流动。围绕这三个关键领域中的每一个都需要仔细解剖以深入理解三个战术领域。

2. 物流能力

为了有效地服务客户，我们的物流系统必需要有足够的能力。因为如果我们整体的系统能力有限，客户接受到的服务就会有上下的波动性。客户期望什么呢？物流系统的能力如何？客户期望和物流系统能力之间的差距是多大？这些都是需要回答的问题。为得到这些问题的答案，我们要明确客户的期望并且定义一个能力足够的系统。物流桥模型会可以实现定义一个能力足够的物流系统，它具有可预测性，稳定性和可视性。

3. 物流纪律

物流是由人和流程驱动的。精益和六西格玛教会我们应用标准，并且为了持续改进，消除物流系统中的浪费，每天都要达到这些标准。在计划和实施任何精益六西格玛项目的开始阶段，都需要纪律。更重要地，只有这样才能保持任何像样的改进成果。然而怎么定义和介绍我们的物流流程纪律呢？物流桥模型描述了物流纪律，包括协作、系统优化和消除浪费。

10.3 物流桥模型：启程

下面的章节将阐述物流桥模型的主要观念。我们希望你能运用此模型并转化为你自己的模型，来推进物流的卓越之旅。但是要小心：首先你会遇到更多的问题而不是答案。事实上，让一本书来为所有可能的物流问题提供答案是不现实的。然而，答案就孕育于这个物流桥模型中，一开始可能有暗示但并不明显，但可以运用下面所描述的模型来得出问题的答案。

第11章

流动：资产流动

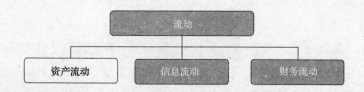

资产是公司用以产生收入的资源。我们资产管理得是好是坏决定了公司是盈利还是破产。通常可用精益和六西格玛来消除浪费，而许多形式的浪费涉及到未能有效率地使用资产。为了理解资产如何流动，我们需要对支持运作的资产进行分类。对资产分类并且决定各种资产的流动方法，最终有助于更加彻底地理解并利用资产为投资者产生回报，这是多么的不容易。

下面是三个战略性的资产流动关注点：

· 人的流动；

· 库存流动；

· 固定资产流动。

将在本章讨论这三个领域。

11.1 人的流动

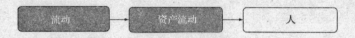

公理：物流卓越取决于在正确的地方拥有训练有素、高度熟练的团队。

人们常说人是公司最重要的资产。然而，有多少公司对此观点深怀敬意？不多。在物流中做到卓越取决于公司要把员工当成公司这个"拼图"中最有价值的一块。毕竟，物流流程是属于劳动密集型的，因此人很重要。

物流流程不仅复杂和需要人力驱动，而且还将一直持续下去。这种复杂性不是概念性的，而是说由于复杂的步骤并涉及大量的文件作业，因此出错的几率很大。虽然很多公司想从科技方面寻找物流的"魔术子弹"，但事实上，物流就是流程和人执行流程两部分。不论我们是在卸车，在填写提单，还是在用复杂的工具来设计循环取货方案（milk runs），这些都是人脑决定的。由于流程驱动，物流也是基于实践的服务。不像制造，物流并不是"碎牛肉放进去，牛肉饼变出来"那么简单。更确切地说，这是提供给内部客户和外部客户的服务。和其他服务差不多，服务质量和稳定性受限于提供服务人员的效率。

大家熟悉的服务波动性的一个例子是旅行。旅行的时候，比如住进一个宾馆，我们的感受随着提供服务人员的态度和技能的不同而改变。组织面临的最大挑战是雇佣、培训、发展和留住有能力的员工队伍。由于客户变得更专业、更苛刻，这挑战也越来越大。物流角色的压力很大。公司内部要求物流经理降低库存，缩减前置期，减少浪费。与此同时，他们还面临对内对外同时提高服务的压力。这怎么才能办得到？流程的每一方面都要求有技能的人来实施。我们知道这是复杂而困难的工作。结果是，我们需要组织、管理、发展和控制组织内部的人力资本的流动。

11.1.1 人这个"完美订单"

物流中的人力资源管理和完美订单管理没有不同，也就是说，我们要在正确的地方有恰当数量的、适合的人，并且是在恰当的成本下。当然说远比做容易得多。众所周知大多数公司都有很大的改进空间。开明的公司认识到物流和供应链活动需要那种受过教育的、经过培训的和有经验的专业人士。美国的大学当然懂得这点，因此越来越多的学校提供物流专业和研究生学位。我们应该拥抱这些专业人士（我们支付薪水的对象），并且为他们在我们的组织里面找一个位置。接着，我们需要考虑人力资本的非固定薪酬方面。这就是辛苦工作的团队成员：开卡车的人、处理原材料的人、运行设备的人、订单拣货的人以及和我们的客户直接打交道的人。

在许多案例中，非固定薪酬的雇员是组织的核心。他们也是那种工作职责包含了大量流程步骤的职员。通常情况下，这些流程是程序驱动的。很遗憾，这些成员经常被从领导岗位清除掉。在很多公司里面，很少有公司把公司的愿景和客户的期望落实到完成工作的现场。最后，一些团队成员未能准确地或者稳定地执行他们的工作。他们不可避免地理解不了这部分工作与主计划之间的关系。

需要和这些职员讨论的问题有：

· 这件要做的工作或任务的目的是什么？

· 每个参与者怎么知道应在什么时候成功地完成工作？

· 做这个工作的最佳方法是什么？

· 每个人的工作在公司的整体成功上起到什么作用？

成功的组织把物流当成是一种核心竞争力，创造、发展并培育具有以下特征的环境：

· 基于人力资本和人这个"完美订单"的人力资源管理；

· 经过正式教育、有经验的并且训练有素的物流专业人士；

· 经过训练的、见多识广的、用心的非固定薪资的团队成员。

11. 1. 2 把人组织起来

多数情况下，物流职能随着公司的成长或衰落而变化。物流部门通过多种形式得以组织起来，比如集权制、分权制、汇报给销售和市场部或者汇报给采购部。物流和内部基础设置的可能变化清单可以很长很长。为了达到卓越的目标，达到完美订单的目标，我们需要保证物流部门在公司中得到良好组织并有条理性。为了做到这点，我们需要彻底理解当前的人力资源管理状况和物流职能的情况。了解目前的状况意味着需要回答以下问题：

- 公司内部与物流相关的流程有哪些？
- 谁在执行这些物流活动？
- 物流活动在组织的什么地方执行？
- 达到什么情况才能称之为有资格执行这些活动？
- 我们如何训练和发展物流团队成员？

乍一看，这些问题比较初级，然而经验显示，找到问题的答案是一个巨大的挑战。精确地理解当前人力资本的状况并且要对雇员的技能和才干了如指掌，是一件很令人退缩的事情。不但要完成工作，而是要随着时间流逝，留住并且发展他们。物流就是关于复杂的、多步骤流程的工作，流程关乎人。物流就是人！我们对物流专业人士所需要的技能排定了优先级，如图 11-1 所示。

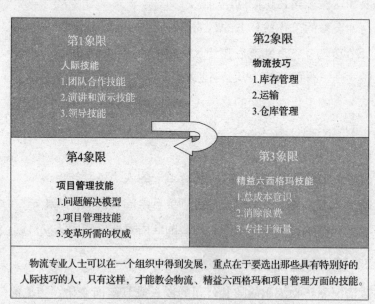

图 11-1　物流专业人士：技能组合的优先级

11.1.3 为人力缺口架桥

一旦我们弄清楚了公司的人力资本流现状，我们就能对其分析以达到我们追求卓越的梦想。我们需要问自己如何在现状和期望之间架设桥梁。对于大多数计划来说，需要通过头脑风暴法来找到需要完成的任务，然后再把需要遵循和实施的、受到约束的项目时间组织在一起。然而，说到人，要达到我们预想的程度是一件复杂、综合而且可能困难的事。在组织结构中建立一个由来自各个层级的、恰当的成员组成的团队，是任何领导最重要的工作。为了达到这点，我们需要彻底理解物流将为公司完成什么——我们想要做什么。当我们知道要完成的任务后，就需要实施如下关键项目步骤：

· 致力于人的流动和人的完美订单；

· 和教授物流的大学协作，并使之成为一项正式的行为；

· 训练和发展所有的团队成员，以达到卓越的物流实践。

11.2 库存流动

公理：一旦你把行话和术语去掉，物流就是库存管理。

关于如何管理库存的最佳实践少见而难懂。我们如何衡量库存周转次数？如何计算平均库存水平或者所需的安全库存水平？专家同意库存需要被预先管理好，也就是说，库存流动需要有规律地被检查、计划、衡量和改进。让我们研究一下这样的问题，"什么是库存管理？""库存管理怎么在我看来如此复杂？"

正如在第二篇关于浪费描述的那样，人们给库存有很多不同的标签。一些叫做周期库存、季节性库存、投机库存、安全库存、机会库存和呆滞库存（这标签可真多）。然而，详细研究之后，仅剩两种库存：周期库存和其他各种库存的结合体。周期库存就是我们期望用来满足客户需求的库存。其他库存类型（我们统一把它们叫做"安全库存"）是用来对抗需要识别、管理的差异和波动。同样，精益关乎流动，而六西格玛关乎波动。

因此我们认识到，这是一个关于精益和六西格玛如何变成物流人工具箱的一个关键部分的重要例子。在理解了这种联系之后，我们可以准备做实施计划了。

第一步，为了理解和管理周期库存的流动，我们需要分析原材料需求、在制品库存和成品。太多的公司相信需求无法衡量，无法管理。经理人通常认为精益理论对此无能为力，因为它们的需求是未知数。实际上，所有的原材料需求遵循一些模式。就算这些模式可能不平稳，也不可预测，但这也是模式，而且很多模式是可以记录、描述和理解的。理解了这个模式，我们就可以观察原材料的流动，进而决定精确的订单周期时间、再订货点、有效的库存地点以及有效的运输系统。

11.2.1　理解安全库存

持有没有必要的安全库存（除去周期库存以外的一切集合体）是大多数公司最大的浪费之一。尽管持有安全库存是有理由的，但我们必需理解这些理由，然后持有恰好需要的库存水平以最小化库存量。的确，安全库存的存在取决于物流系统中的波动性。比如：

- 供方从订单到发货的前置期出现不确定性（波动）的结果，就是存有原材料的安全库存；
- 运输前置期的波动（由于承运商的绩效问题）将会导致原材料或者成品的安全库存；
- 客户需求的波动将会导致使用预测模型，预测模型又会导致用来满足未预期到的需求的安全库存。

因此，库存管理的秘决在于，决定可以用来对抗在任何企业系统中存在的、不稳定性的安全库存量。

11.2.2　库存管理

精益原则主要关注消除企业流程中的浪费。库存不仅仅局限于原材料和成品。公司通常拥有如同化妆舞会般众多的库存种类，包括服务部件、维修项目、管理的供方、运输队伍以及一系列其他的资产，针对这些资产公司都建立并维持了一定的库存水平。问题是，基本上组织内部的每一个职能都会影响到库存水平，不论是采购、营销、制造还是客服部门做出的决定，分布在这些资产上的库存水平都会受到影响。不幸的是，很多这些方面的决定都是在没有凭据的情况下做出来的，因此库存管理变得非常困难。比如，制造领域的人频繁更改生产计划但却不通知库存分析员，库存分析员要降低库存就相当难。因此，库存管理不仅是管理库存水平，而是关于识别整个组织复杂的工作模式。这种复杂性内置于组织系统之中，这也是制造出多余库存的系统。在我们朝着精益的方向启程迈进时，利用系统方法来进行库存管理至关重要。

11.2.3 从系统方法开始

我们发现，绘制价值流图是精益工具箱里面非常有效的一种技术。我们一般不会把库存和绘制价值流图看成相同的事物，这是因为我们把绘制价值流图仅当成流程相关，而没有把库存看成是一个流程。把库存当成组织中的一个流程来管理是有好处的，但这使整个流程或者较大的框架图理解起来比较困难。比如，在制造环境中，许多部门（很多不互相沟通）卷入到设置生产时间、对原材料订货、管理成品库存水平的复杂性之中。然而这些职能看起来是孤立的活动，但事实上它们是互相依赖的系统组成部分。在这些活动中因果关系非常普遍，就意味着局部的决定将会影响到其他部分。不幸的是，极少有经理理解或者鼓励去理解局部的决策是如何影响其他部分的，反之亦然。我们可以看到一个从系统方法角度理解库存的高层次方法，如图 11-2 所示。

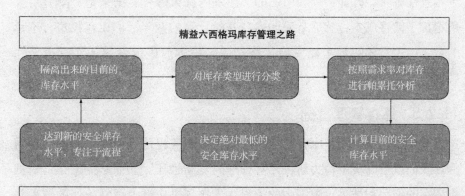

图 11-2 库存流动：开始

11.2.4 库存和因果分析

类似于生命，组织也受自然法则的支配。生长、波动、变化、平衡、原因和结果都是自然法则。虽然没有哪一个法则更加重要或较不重要，但因果关系对供应链专业人士的吸引力最大。本质上，因果和三个关键点有联系：

- 今天的行动将影响今后的一个或更多的结果；
- 今天的行动导致的未来后果一般会被采取行动以外的人感受到和管理到；
- 今天的行动导致的未来后果可能会在明天或者几年后显现，这取决于行动的显著性。

这些关键点表明，如果不考虑到短期和长期影响（结果）的话，质量决策（行动）不会产生。换句话说，我们要停止没有凭据地做决策。专业人士要好好想想组织是如何以一个系统来运作的，这至关重要。每一个决策都会影响到未来也会影响到多个跨部门的领域。这显示了我们需要事先有预案，并且需要管理那些会影响到系统的决策。同时，我们需要确保评估系统会描述前面决策的全球影响，并指导决策。系统性思考的核心事实上是关于整合的供应链的。谈了很多的但是极少被运用的总成本概念根植于系统性思考。比如，今天做出的欠佳采购决策的可能结果是六个月后发现增加了储存成本，然后从采购本身开始计算的两年后，库存报废。不幸的是，由于需要两年才能发现最终结果，根本原因就发现不了，也无法管理。

11.2.5 库存管理基础

一旦我们理解了与库存管理相关的决策和流程是如何在组织内部运转的，我们就可以集中精力解决库存管理的复杂性了。然而必需记住，对拥有库存的原因和结果、组织中的流程、连接到供应链中贸易伙伴的流程是没有精密而严谨的理解的，库存管理的基本原则不会得到有效的实施。做到这一点后，物流人可以关注包含以下方面的、库存管理的基本流程：

- 库存和原材料的订货策略；
- 成品的库存策略；
- 在制品库存策略；
- 库存摆放和位置策略；
- 运输策略。

总而言之，库存管理最基本的领域是：我们应该有多少库存，我们应该把库存放在那里，我们怎么来运输它们？不错，这看起来可能对大多数物流人来说太初级了，但大多数组织没有成文的战略来管理这基础性的三点。成功的组织会有一个针对这三点的正式计划，而且这个计划会和公司的销售、营运以及财务战略结合起来。精益组织从一个完全不同的角度来关注这三个点。

在不存在库存战略的时候，公司将被动地实施上面描述的三个原则。比如，在没有库存战略的情况下，储存和运输职能只不过对日常运作情况作出应激反应。因此，库存会被运输，仓库会被塞满，然而没有人知道运作是否有效率。尽管这种方法表示了应激反应式的管理办法，但精益系统却是一种先发制人的管理方法。以先发制人模式管理的物流系统有两个明显的特征：

- 根据客户需求计划和同步化订货、订单控制、运输和储存职能，这是拉动系统[⊖]（pull system）的核心；
- 真正应该花心思的不是对日常物流活动进行管理，而是设法在第一时间减少对物流活动的需求。

如上所述，一个明显的区别是精益系统会质疑是否真的需要物流活动。也就是说，其目的不是建立一个卡车和拖车的运输队伍，而是要减少对卡车和拖车的需求。在精益物流环境中，目标不是建立库存，而是完全

⊖ 拉动系统是精益生产和精益物流的一个最核心概念，其运用通常体现在超市系统。简单地说，就是为每一个种类设定一个最高库存，然后当此种类的物料被消耗后，消耗掉的数量将反馈回上游环节，上游环节生产消耗掉的数量，然后补进超市系统中，而补货的数量恰好等于消耗掉的数量。——译者注

减少对库存的依赖。精益就是要消除浪费，精益就是关于流动和拉动的思想。六西格玛就是要理解和减少波动性。精益和六西格玛在运作中创造出协同效应的时候，库存就会降低，运输战略会变得更有效，仓库数量会减少甚至不存在了。

11.3　固定资源流动

公理：管理固定资源不是一件容易的事情，因此，许多组织不是管得很差就是完全没有管。固定资源管理代表了一个减少成本和改进运作效率的机会。

固定资源在我们的专业生活中无所不在。电脑、办公家具、仓库和材料处理设备都是固定资源的例子。一般来讲，固定资源属于体现在财务的三个报表（损益表、资产平衡表、现金流量表）中的资产，包括：

（1）采购的资产。这些资产或固定资源存在于资产平衡表上，它们对组织的成本一般以折旧的形式体现在损益表和采购导致的现金支出（在现金流量表上）上。

（2）出租或租借的资产。这些固定资源以运营成本的形式在损益表上体现，因此它们的成本一般比管理成本的可见性更强。

不管公司倾向于买入还是出租，唯一的事实就是这些资源需要金钱和精力来维持。

物流活动是固定资源的主要用户。例如，仓库设施和运输设备代表了两种最重要的物流用品。因此不可避免地，我们要对采购以及物流资产的使用进行宏观控制。

精益是关于消除浪费的思想。我们要首先发现在哪里有浪费。因此需要识别、分析和评估所有的固定资源。比如，不能毫无缘由就续租设备，而是要在快到续租期时仔细核查每一笔业务。决定续租约需要基于以下问题来用心地分析：

• 我们怎样才能完全消除对这个空间的需求？

• 如果无法消除这种需求，我们究竟需要多少空间？

• 我们对这里的空间需求和我们对其他地方的空间需求有什么关联吗？

这三个问题是很关键的，因为固定资源是被自然法则所约束的。这些自然法则告诉我们，固定资源本身会证明你拥有它们的合理性。换句话说，如果你有 100 万平方英尺的设施，你就会说服自己你的确需要那么多。最后一个问题提出了总物流成本网络，这使我们认识到了在物流网络中各个设施的互相影响。

在精益环境中，人们被迫用更少的资源做更多的事情，并逐步地挑战组织，使之减少对固定资源的依赖，速度和流动也会自然而然建立起来，因为库存和流程变得只有更少的地方来暂存和积累。换句话说，减少储存会强迫库存流动起来。

11.3.1 识别并绘制固定资源图

虽然识别和绘制固定资源图听起来像是普通常识，但是做起来相当困难，以致在最近 10 年，资产管理都变成了炙手可热的话题，很多软件开发者也非常关注并倾注精力。可能很痛苦，但我们不得不识别物流活动中所用到的固定资源。在你开始去识别固定资源的时候，一定不要评判它们的用处，仅仅将每个固定资源的"名称"和"存在地点"记录下来即可。要晚点再作评判。

列出所有的固定资源后，还要画出相关的用途和流经的地点。这对一个公司来讲通常是大开眼界的经历。使用一块白板或者绘图软件（Excel电子表格照样不错），按照这些固定资源在物流相关流程中使用的流程来画出它们。画出资源然后要列出使用的频次，这个时候，很明显我们应该问一些问题了。多数情况下，这些问题是这样的：

• 这些仓库为什么会在这里呢？

• 在我们最小的设施里面为什么会有两倍的叉车？

• 院子里面怎么有这么多拖车？

• 为什么所有地点都有牵引车？

　　这不可能是一个完整无遗漏的清单，问题的关键是，只有把固定资源画出来了，我们才能把它们可视化然后审核这些资产的用处。对于大的组织来说，这种练习可能困难，其复杂性正是我们为什么需要做的理由。比如，如果我们没法画出仓库或者一些运输设备所在的地点，我们怎么能管理这些资产呢？对于大型组织来说，有一个办法是一次只画一个类型的资源图。从设施开始，其次是运输设备，再其次是原材料搬运设备，最后再根据以资产价值排序的清单往下走。一旦你独立地画完了固定资源图，你就能覆盖每一幅图，然后得到一个更全面的整体感受。

11.3.2　质疑需求

　　认真的工作开始于你质问固定资源的需求。从好的方面说，这是一项极其优秀的分析性练习，从不好的方面说，这可能是严重的中断或打扰。即使如此，仍然值得花此精力。如果我们仔细看就会发现，这个任务的复杂性是源于人被捆绑在这些固定资源上，然后工作也因为这些固定资源而产生。公司的每个人可能都在努力为获得资源而抗争。那些为获得固定资产而抗争的人当然会努力去保留它。

　　暂不说管理，一些醒目的事实值得我们关注。固定资源就是现金的"排水沟"，除非公司把这个排水沟控制起来，否则将无法生存。因此，公司需要审核所有现有的固定资源的价值，同时应该有一个针对购买固定资源的采购审批的严格程序。针对每个固定资源，有两个基本问题要问：

　　·我们为什么要这个资源？

　　·如果没有这个资源我们怎么运作？

　　要注意第二个问题不是问："没有这个资源你还能工作吗？"如果那么问，答案当然是："是，没有这个资源我们没法工作。"这个问题不是问你需不需要这个资源，而是问你在没有这个资源的情况下如何运作。这种问题能够促进创新思考，也因此可以发现假说和成功之路上所不能改变的事物。有一个典型的模式，用来帮助识别哪个固定资源应该被首先减少，如图11-3所示。

消除浪费的优先级	固定资源：审视的问题
优先级＃1：仓库和空间	1. 这些资源消耗我们哪些成本？
优先级＃2：运输设备	2. 我们为什么需要这些资源？
优先级＃3：材料搬运设备	3. 如果我们被迫在没有这些资源的情况下工
优先级＃4：货架——储存设备	作，我们该怎么运作？
优先级＃5：电脑——软件	

处理固定资源时，我们必需首先识别这些资源并严格地审视这些资源的必要性和价值。虽然我们可能没法立刻消除这些资源，但运用头脑风暴法看看我们在没有这些资源的情况下如何运作，这是一个批判性的练习。

图 11-3 物流固定资源：消除浪费的优先级

11.3.3 卓越的愿景和固定资源流

固定资源是流经组织的，虽然这种流动可能违反直觉，但是成功的组织会识别这个资产流然后建立一个基础制度来管理它。我们永远不要因为拥有固定资源而自豪。最新式的仓库可能看起来魅力无穷，但和所有精益项目一样，驱除消除浪费需要决心、纪律和组织。

对付目前的情况我们需要决心。因为唯有通过坚定的决心，我们才能克服对固定资源依赖的、烦人的一面。我们需要纪律以保证从今往后我们要着手的是一项不讲人情的请求，这样才能在最少的固定资源情况下得以运作。这需要组织并配合如下事项：

（1）固定资源的沟通和决策渠道。

（2）减少对固定资源依赖的问题分析和解决模型。

幸运的是，精益和六西格玛工具会帮助物流人来达成这些要求。

第12章

流动：信息流动

在任何组织的所有职能中，物流不可避免地要处理最多的信息，因为所有信息以不同的模式、不同的速度、不同的原因流经公司。信息是用来管理现在，计划将来并反映历史的。信息产生于供方、内部职员、服务提供商以及客户。管理所有这些信息是一件令人后怕和压力极大的工作。因此，为了有效率的物流管理，必需先进行信息管理。针对信息流动的三个战略关注领域是：

· 数据流动；

· 知识流动；

· 沟通流动。

本章将讨论这三个领域。

12.1 数据流动

公理：物流活动所产生的数据比其他职能产生的都要多。物流人也在持续地寻找有效使用数据的最佳方式。

我们需要将数据转化为信息进而将信息转化为知识，但是从数据到信息的桥梁以及从信息到知识的桥梁仍然很难捉摸。是什么东西妨碍了我们从信息里汲取知识？由于物流活动制造和处理了过剩的数据，因此应该不会有信息短缺。

本节的任务是从我们的数据中抽取有用的信息。第一件事情就是要把数据细分成有意义的小组，然后看这些信息是怎么流经组织的。数据管理可以做得很好，但需要把数据分成三大类：历史数据、实时数据、未来数据及确定性数据。

12.1.1 历史数据

历史数据是组织最容易找到的数据，可以从月度财务报表、过去的运输单证、承运商表现评估报表中拿到。运用历史数据的挑战在于，我们无法实时地把这些数据用于管理之中。就是说，使用历史数据来进行管理就好像通过后视镜来驾驶汽车一样。

历史数据可能在经过处理后用来满足分析的特定需要⊖。我们可能很容易得到历史数据，然后对其进行加工，就得到我们需要的答案。但是由于我们常常循规蹈矩，只会采用合理的数据，丢弃看起来不需要的数据或者对我们想要传达的信息不利的数据。这个现象的主要例子存在于承运商准时绩效表现中。尽管看起来好像每个人的准时运输绩效是 98%，但是我

⊖ 意思是说有人在分析历史数据时，不客观，是心里先有一个答案或观点，然后通过对数据的摘取，选择对自己的观点有利的数据，舍弃对自己不利的数据，然后让数据来证明自己的答案。——译者注

们知道这不是真实的。

　　然而，使用历史数据并不全是坏消息。历史数据给我们提供了认识运作中的模式和趋势的机会。历史数据使我们能够计算六西格玛水平并确定绩效测量方法。这些模式和趋势对于我们创建能够反映未来之路的模型至关重要。我们需要使用历史数据创造有意义的趋势分析，进而对目前和未来的决策有用。

12.1.2　实时数据

　　实时数据是流程运作时所发出的"声音"。换句话说，实时数据是我们的流程在执行的时候，从流程中得到的反馈消息。这些数据用处很大但难以得到。虽然高级技术有助于收集实时数据，但事实是大多数组织没有反馈实时数据的机制。在没有实时数据的情况下，我们只好继续使用历史数据得出的信息来做管理，结果使我们的决策暴露在早先描述的"麻烦"之中。在我们能够获取实时数据的时候，实时数据将使我们实时地做出有效的商业决策。对于消除浪费和实施精益，这种实时决策的能力至关重要。

　　一些实时数据的简单例子包括，每天的收入、可用库存以及运输资产利用。这些都很有价值，但是我们需要争取收集到反映所有关键流程的实时数据，就是说在我们需要更正或者解决一个反常问题的时候，在手边拥有实时数据可以使我们准确地做出有意义的决策。

　　防错防呆（poka-yoke）⊖的精益观念描述了即时反馈的重要性。防错防呆是一种可以在反常情况和未预计到的情况下创建可视化的防错工具。比如，利用拉动补货系统订购原材料意味着我们订购原材料时，原材料补货是以我们消耗的准确数量进行的。如果打算传递给供方的订单材料和我

　　⊖　防错防呆（poka-yoke）是一种精益工具，指通过设计防止人为的错误，我们的相机电池就利用了这种技术，电池只能从一个正确的方向插入相机的电池槽，而将电池换一个方向就无法插入。——译者注

们以前在车间曾使用的材料不一致，那么我们就能够利用即时数据和简单的防错防呆技术获得通知。这意味着我们可以在把订单传输给供方之前就立刻更正订单错误。

12.1.3　未来数据及确定性数据

我们知道，预测可能而且的确会出错。如果要实现精益并且消除浪费，那么预先计划十分必要。如果没有预测我们就没法经营企业。另外，对未来事件做出不佳计划的影响能够通过做很多事情得以减轻。我们需要使用历史数据和即时数据来完全理解系统产生的波动。正是这种波动的存在才是我们要做计划的原因。换句话说，预测不仅是为未来需求而计划，而且是要为未来需求的波动性而计划。在任何物流系统中，正是这种需求的波动性才会产生不必要的库存和过量浪费。

管理确定性数据对真正的供应链管理来讲很关键。供应链管理理论是说，我们可以通过在整个供应链中共享数据来达到消除牛鞭效应（bullwhip effect）⊖的目的。这种数据共享绝对必要，并且任何精益项目都需要有一个可行的计划来和公司内部的成员以及供应链外部伙伴分享需求数据。这个观点不能被忽视，而是需要组织里各个层级领会认同。为什么它有那么关键？答案在于大数原则（law of large numbers）。

简单地解释一下，大数原则告诉我们：我们拥有的数据点越多，我们对信息的理解也越充分。从统计的角度说，我们拥有的数据样本越多，我们预测准确的信心就越足。如果我们接受这个观点，并且将之运用于供应链管理，那么我们对未来需求的预测值就越接近真实。最后，正是因为进行了更近似准确的预测，整体系统浪费就会更少。通过所有数据类型的交叉可以得到最具效率的决策，如图 12-1 所示。

⊖　牛鞭效应（bullwhip effect）是指供应链里的需求放大效应，最底层的客户可能需要 n 件产品，然而经过预测放大后，在顶层的供应商可能要准备 5n 件产品，因此会造成多余的 4n 件库存，进而造成极大的浪费。——译者注

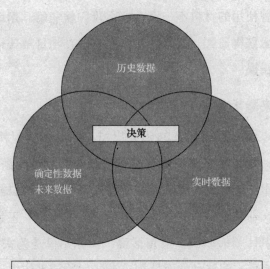

基于三种数据的重合部分进行决策将最有效。

图 12-1　数据平衡法

12.1.4　数据卓越

利用所有可得数据，组织和物流人就会迎来卓越。从某种角度说，物流人是那种需要在获得可得数据方面提供支持，保证数据在供应链中畅通流动的专业人士。只有在创造了一种准确、及时进行数据记录的文化下，这才能得以完成。在我们学着去实时地进行管理的时候，就更倾向于和供应链伙伴分享信息。在那个时候也只有那个时候，我们才能够收集到产生信息的数据，这些信息才会创造出公司知识。

为了达到这点，成功的组织需要懂得对数据进行收集和分析的人。势在必行的是，我们需要有能力来辨别出关键的数据，然后创造出组织需要的知识。分析跟波动相关的数据是这个挑战的核心所在。重申一下，这本书正在讲的一个论题是，由恰当的人来管理数据流动是非常要紧的。未来，能够成功地将信息转化为知识的组织将会：

- 发展出一种文化，管理决策基于事实，而非看法和直觉；
- 通过分享供应链信息来降低库存和浪费；
- 理解、阐明并建立战略来管理商业系统中的波动性。

12.2 知识流动

公理： 允许把公司资产变成浪费是一种犯罪。获取和分享知识应该是所有组织各个层级的人的首要任务之一。

正如我们在"人的完美订单"中所讨论的，物流流程深深依赖于人，这导致业务流程的质量很难稳定。和通过调试机器来完成的制造流程不同，物流流程是由人来完成的。因此，管理流程方法的效果很不稳定。培训、雇员的责任心以及对工作流程的明确程度都能导致流程的正面或者负面的不同效果。由于接受任务的人不同，完成事情的方法也不同。对于物流人来讲，这意味着我们需要专注于最佳实践。

我们都听过这么一句话"分享最佳实践"，但是能够利用这个观念的组织凤毛麟角，有时甚至产生了不适当的知识浪费。不幸的是，经常由于人员流失导致知识从组织流失出去，进而使公司处于缺乏必要知识的"真空状态"。这对于中小型组织来说尤其正确，执行流程的方式存在高度的不确定性。小公司看起来似乎应该能够以一个稳定的方式来执行任务，但事实并非如此。任何规模组织的不稳定流程都会产生低质、浪费、成本增加以及客户的混乱。我们一定要问"最佳实践是什么，我们怎样才能在整个组织里推广它?"

最佳实践是一个相对意义上的词汇，它的相对性是由于这仅是一个公司在组织中的一个特定时间点、完成一个任务或流程的最佳方法。这并不意味着这个工作是以可能的最佳或最正确的方式完成的，而是说在这个时点上，这是能够做到的最佳方式。你不应该因此觉得沮丧，而应把这看做是改进的起点。

持续改进和标准化工作是两个非常有力的精益生产工具，这两种观念和我们要求分享最佳实践并保证知识流经组织而不出问题，密切相关。

12.2.1 持续改进和知识流动

当我们努力改善流程或状况时就产生了知识。换句话说，如果我们不想改进，我们就不会批判地研究我们要做什么，知识是通过批判分析得以聚集的。比如当工人们都忙于"灭火"和对付服务方面的失败时，重要的集体意识和知识就显露出来了。因为严重的服务失败会吸引管理高层的注意，毫无疑问他们会竭力揭露问题的根源，提出有关流程的问题，比如"我们在做这些事情，但为什么呢?"这个时候，公司就会去研究流程。如果一切进展顺利，就会发现有改变的需要，然后流程得以改进。在我们开始改善流程的时候，就等于在寻找最佳实践意义上的知识。这些最佳实践既存在于内部，也可以从外部采购。如果内外都没有，为了持续改进流程，就要设计和发展出最佳实践。这样的话，六西格玛的设计工具就可以用得到了⊖。然而挑战在于，不是要去等待服务失败的发生，而是要持续地考察流程，隔离出最佳实践，然后在整个组织中分享知识，这就是要实施标准化工作的地方。我们大致描绘了知识不能在很多组织内部恰当分享的可能原因，如图 12-2 所示。

> 1. 没有知识分享的有效基础设施
> 2. 没有对个人分享知识的激励措施
> 3. 没有给个人分配分享知识的义务
> 4. 没有时间来完成分享
> 5. 没有意识到什么样的知识应该被分享
> 6. 没有关于如何分析知识的培训
> 7. 没有部门的和跨部门的沟通
> 8. 自卫意识导致知识的"囤积"
> 9. 没有分享知识的工具
> 10. 没有"完成分享"的决心
>
> 和所有的流程一样，知识分享需要人、流程和决心。

图 12-2　为什么知识没有流动起来的 10 大原因

12.2.2　标准化工作和知识分享

在将标准化和知识获得、分享这个更富魅力的概念联系在一起方面，人们总是犹豫不决。还有什么比标准化的工作程序更枯燥无味? 这和最佳

⊖　六西格玛设计是一种综合的方法，把顾客的需求融入新产品开发流程中，从而提供顾客眼中表现完美的产品。

实践又有何关系呢？标准化工作是精益词典中最简单也最被误解的工具之一。

标准化工作并不是要把人变成没有意识的机器人，只知道从事重复性的工作。标准化工作的核心是要找到完成一项工作的最佳方式，然后分享这项知识，并持续改进工作标准。就是说，为了改善标准，你可以按照你需要的频繁程度改进它。这也是许多精益悖论中的一个。对于要改变的标准，我们必需有严格的程序来保证在改进流程的同时分享所获取的知识，这要求所有雇员有责任心和遵守纪律。事实上，知识转移如此令人退缩，以至于很多公司经常有意无意地缺乏改善途径的意识。因此，它们的流程极少被改进，原因主要在于它们不懂得怎样去分析所知道和所学到的知识。

最后，在信息时代和顾客的自我意识空前提高的时代，分享知识的能力可能成为区分一个成功公司和失败公司的决定性因素。

12.2.3 让知识流动起来

对于公司来讲，商业的第一秩序是要认识到知识的流动方式与现金、库存的流动方式是一样的。因此，我们必需建立知识分享的基础设施。在知识流经组织的时候，最佳实践会被识别并且被包含在以标准化工作形式存在的流程中。标准化工作可以成为一个标杆，创造出积极的持续改进循环。这种基础设施依赖于组织的规模、深度和精力，但是所有的公司需要的纪律是一样的。分享知识除了沟通或递送系统（delivery system）和决心外什么也不需要了。决心在这个综合体中起到相当大的作用。

全球性公司需要一个利用技术来分析最佳实践的方法。内部网是有效率的，因为可以进行面对面的交流。但更平常的是，在尝试分享知识的时候，我们陷入了分享的流程陷阱中，反而忽略了知识本身。换句话说，我们重视递送系统太多了，而对递送的内容重视不够。

且不说递送系统，卓越还需要有分享知识的保证：在日常工作中为知识分享提供时间并且尽可能提供一个配合信息流动的正式基础设施。知识分享导致的成本应该被认为是一种投资而非增加管理成本。很难计算出损失知识的成本，但未来会证明致力于分享知识会保证公司的持续成功。

12.3　沟通流动

公理：沟通类似于组织内部的其他任何职能。如果认为它是重要的，那么就应该为它提供一个正式的渠道。

组织沟通是综合而复杂的。大多数组织认为沟通是最令雇员失望的领域。你越往组织基层走，就会发现沟通问题越来越严重。似乎你越往下走，你的感觉就越离谱。雇员经常抱怨说他们不理解公司的愿景和战略，然而，要注意的是沟通流动不仅仅是和战略这种问题相关。

多数物流领域的服务失败都可以归结为沟通障碍。在一些供应链比较复杂的情况下，如果每次都能将产品正确地送达客户，那无疑是个奇迹。物流活动虽然停止了，但复杂性并没有停止，因为沟通管道还是复杂的。如果精益和六西格玛要取得期望的效果，有效的沟通流动就是必需的。认识到沟通的潜在力量，需要变革的组织就会设计并实施正式的流程。沟通是否有效决定了达到或者达不到组织目标。需要两个关键的沟通基础：战略沟通和运作沟通。

12.3.1　战略沟通

令我们这些研究沟通的人吃惊的是，在雇员对发生的事情所知甚少的情况下，组织还能够持续成功。经常是雇员对于公司的愿景，或者是短期和长期目标都没有一个清楚的理解。虽然一些公司在没有这种战略沟通的情况下成功了，但这在精益环境中是不可接受的。

精益是从系统角度来考察公司的。首先，精益组织应该认识到每个职能部门都是公司的一部分，然后我们需要对这个系统如何"运转如一"有好的理解。其次，精益专注于总成本，这意味着组织的所有职能部门需要同步。最后，在精益环境中，顾客是上帝，这意味着精益公司的所有雇员要理解公司的总体战略。把隔离在外的人拉进沟通循环不是一件容易办到的事，但如果公司里的每个雇员都需要为一个共同目标而努力，那么就很必要了。为了达成此目标，精益企业采用了一种称之为规划计划（hoshin planning）[○]的技术，这将在下面讲解。

规划计划。规划（Hoshin）是一种计划技术，用于确保战略得以在整个组织中沟通清楚[○]，也是经理们就实现目标、与高层主管进行沟通的一种工具。本质上，它是这么工作的：

（1）高级执行经理们（Senior executives）[○]为公司制定出高层次的战略远景和目标，他们把这些传递给下一级别的领导，使用的流程被称为"接球"（catch ball）。

（2）管理的第二层领导^④评审这些目标，然后把实现这些目标需要的步骤清单发回给高级执行经理们。这种一来一回的行为可能持续好几个回合，直到两个级别的领导对于目标和达成目标的步骤都满意为止。在完成之后，高级经理^⑤就会把战术计划下发给另一个级别的管理层，在那里会制定出实现这些目标的计划。

（3）这种对话持续进行，直到目标和实现目标的步骤以及执行这些步骤的计划都传达到了组织的最底层。

显然，这个过程覆盖了数个重要议题，它不仅要对公司愿景和战略目标进行沟通，还要为每个雇员设置个人目标，并通过一种迭代的过程得以完成。每个人发给他的经理一张战术步骤的清单，以作为高级经理目标的补充。这种方法会使组织达到整体目标，因为事实上每个雇员都在为了一个共同目标而工作。最重要的是，组织战略目标要在公司内部的每个人中间进行沟通。一旦战略沟通渠道到位，我们需要开拓出运作渠道。这里图解了沟通是如何在组织内部上下进行有效地流动的，如图 12-3 所示。

○ 这里所谓的规划技术看起来似乎源于日本，其实完全是源自德鲁克的目标管理的思想（见机械工业出版社出版的德鲁克的名著《管理的实践》）。——译者注

○ 至于更深入的对规划计划的讨论，见 Dennis，Pascal，*Lean Production Simplified*，Productivity Press，New York，2002。

○ 包括图中的第一和第二层级，即 CEO 和执行经理。——译者注

④ 原书错误，应该是第三层，指图中的中层经理。——译者注

⑤ 原书错误，应该是中层经理。——译者注

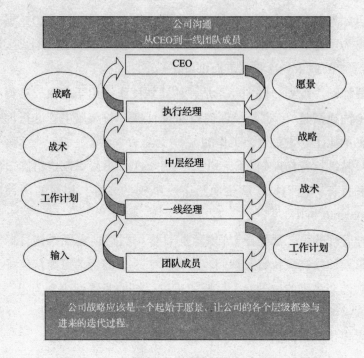

图 12-3 "接球"过程

12.3.2 运作沟通

精益六西格玛物流专注于总成本，致力于消除浪费。我们一旦开始专注于总成本，就会意识到要运作成功，必需同步化。比如，在没有和生产计划讨论原材料库存降低到最低点意味着什么的情况下，我们不能采取这种行动。因为生产部门可能认为生产计划改变的可变性很大，这个时候会导致原材料的库存降低，这是一个高风险的情况。正如我们所见，沟通对于成功的精益项目实施运作至关重要。为了做到有效沟通，每个人必需理解系统是怎么工作的（更后面的地方会讨论）。卓越组织的内部沟通需要正式的基础设施，这种基础设施可能是标准报告，一种例行的会议或者一个电话会议。挑战在于如何有效地运用沟通工具，以说清楚问题和机会。你很可能经历过很多会议只是更新目前事务的状态，而与对事态严重的问题的沟通风马牛不相及。最后，组织需要以看待组织中其他所有重要职能类似的眼光来看待沟通，这需要有一个流程来保证明确的责任和职责。

第13章

流动：财务流动

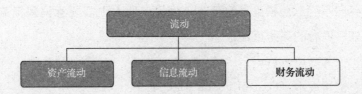

公司必需盈利才能生存。利润是对股东的奖赏，为供方提供成长机会，为顾客带来升级了的产品和服务。任何形式的浪费都会损失财务资源，包括有形无形的流失。不管是花一块钱还是挣一块钱，都要认真对待。如果把每块钱都当成我们自己的，我们的组织会怎么样呢？物流职能接触到组织财务流出和流入的方方面面，从供方到客户以及他们之间的所有运作。财务流动的三个关键领域是：

· 损益表（Income Statement）；

· 资产负债表（Balance Sheet）；

· 现金流量表（Cash Flow）。

本章将会就这三个领域予以讨论。

13.1 损益表的流动

公理：损益表描绘了一幅混合的图画。一方面，它告诉我们正朝哪里走，另一方面，它却不能揭示出较大的浪费。

关于精益和六西格玛的书极少有专门讲损益表的。它们会说，如果你专注于流动和消除浪费，最终的结果会自然而然体现在损益表上的。表面看，损益表是简单描绘出前面会计期间所作决策的最终影响的一个报表，根据损益表来管理就好像是"后视镜"式的方法。训练有素的组织会专注于战略和运作上的问题，而不是把精力放在损益表上。但是尽管如此，在现实中我们不能忽视损益表的存在。物流专业人士需要意识到损益表和提供如下条目内容的系统反馈：

（1）收入（Revenue）；

（2）销货成本（Cost of goods sold）；

（3）毛利（Gross margin）；

（4）运作成本（Operating expenses）；

（5）利息和税金（Interest and tax expense）；

（6）净利润（Net earnings）。

损益表有三个关键特点：

· 物流的营业费用可能藏在损益表中；

· 物流流程贯穿于整个单据流中；

· 在损益表中不能清晰地看到库存持有成本。

我们再强调一下，精益是关于流动和消除浪费的。无需争辩，对过多库存的依赖就是许多浪费之源。换句话说，组织中存在的最明显、最大的浪费就是持有和管理不必要的库存。损益表实际上可以加快那些对组织有负面影响的决策。我们列出了一个典型的损益表，并表示出在哪里有物流流程存在，如图13-1所示。

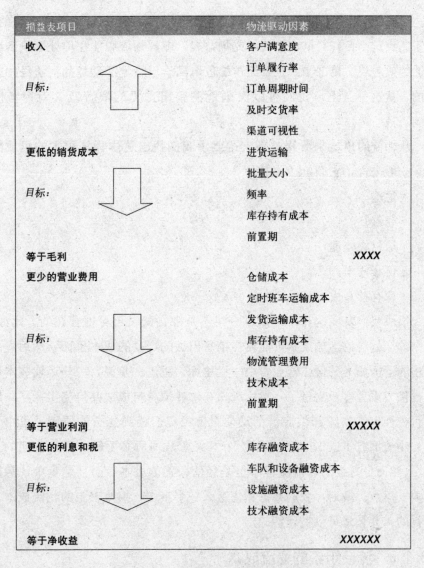

损益表项目	物流驱动因素
收入	客户满意度
	订单履行率
目标：	订单周期时间
	及时交货率
	渠道可视性
更低的销货成本	进货运输
	批量大小
目标：	频率
	库存持有成本
	前置期
等于毛利	*XXXX*
更少的营业费用	仓储成本
	定时班车运输成本
	发货运输成本
目标：	库存持有成本
	物流管理费用
	技术成本
	前置期
等于营业利润	*XXXXX*
更低的利息和税	库存融资成本
	车队和设备融资成本
目标：	设施融资成本
	技术融资成本
等于净收益	*XXXXXX*

图 13-1　损益表与物流驱动因素

13.1.1　物流活动和隐藏的营业费用

这些年来，毫无疑问物流在会议室中得到的关注越来越多。不考虑库存持有成本，物流中发生的营业费用能超过营业收入的 15%。如果把库存持有成本考虑在内，总物流成本将明显变得更高。考虑到总物流成本在财务上的影响，人们恐怕应该从整体的角度来管理损益表和物流职能了。

当说到"整体"的时候，我们是从整个公司甚至全球的角度来说的。为了达到这个目标，第一步要研究损益表，理解物流职能在何处影响到组织的绩效表现。第二步，是要绘声绘色地描绘出物流活动是如何流经损益表的。从这一点上，我们可以深刻地洞察出重要的浪费及其对财务的影响。

从物流的角度来看损益表，这要求我们找出总体物流成本的组成部分。一般来说，它们包括：

- 运输；
- 仓储；
- 原材料处理；
- 订货成本；
- 库存持有成本。

很快我们发现这几个组成部分可不是那么清晰可见地存在的。比如，进来的原材料的运输成本可能藏在销售出去的产品的成本里面，然后成品销售的运输成本又含在营业费用一栏里面。更进一步说，一些运输成本可能被供方或者客户支付了，然后反映在单件原材料或成品价格里面了。缺乏可视性也是物流和供应链活动使财务经理们感到挫折的原因。正由于此，物流拥有了这么一个"名声"："经营公司所必要的、不受欢迎的东西"。然而，有效的物流流程不但是经营公司的成本，而且是竞争优势的重要支撑点。最后，我们必需相信这么一个事实，损益表上的物流成本是可视的，并且是可以被理解的。

13.1.2　流经组织的物流成本

毫无疑问，我们会发现物流成本分布在整个组织的每个角落。但物流对损益表的影响，没有一个特别的经理或部门能够完全负责。职责不清楚导致没有人负责，这直接导致出现了对组织是局部优化的次优物流决策。什么叫局部优化，我们认为是指那种局部看来是最佳的决策，但从对整个公司的影响来看就不是最佳的了。比如，一个采购协调员可能以单价10%的折扣购买一整年用量的产品。这个例子里面，单价是最小化了，但是考虑到一年库存价值的持有成本，从整体物流成本的角度来看很可能是局部优化的。

损益表中跟几个职能有关系的成本需要几个部门的协同管理。换句话说，你不能独自地管理损益表，否则，必然导致错误的决策、跨部门冲突。更重要的是，如果不综合几个部门的力量来管理损益表，公司真的不可能成功地执行精益活动。精益的任务就是要发现、阐明、管理和消除库存持有成本。

13.1.3 库存持有成本和损益表

多数公司想方设法从损益表中算出库存持有成本。但是要知道原因，就必需理解库存持有成本的"DNA"。如前所述，关键的库存持有成本包括：

- 资金成本，也就是库存投资的现金成本或者机会成本；
- 库存服务成本，也就是和库存投资相关的、包括保险、税费在内的成本；
- 储存空间成本，也就是包括自有的和来自于第三方的储存空间成本；
- 库存风险成本，包括废弃、破损、缩水和搬迁成本。

我们非常清楚，库存持有成本并没有明显地在损益表中表现出来。问题的关键是，损益表上不会有资金的机会成本、空间成本（尤其是用于安全库存的空间），也不会有库存（已经废弃的）搬迁成本。损益表没法提供一个清晰的库存持有成本，也就没法据此进行有效管理决策。但幸好，精益和六西格玛给我们提供了做决策的原则和指南。

其中一个原则是关于库存持有成本的：库存持有成本与库存水平完全成正比。

这个原则表示库存持有成本的每个组成部分都随着库存水平的起伏而起伏。因此，如果库存水平升高了，那么所有的库存持有成本的组成部分也要升高。反之，库存水平下降，每种库存持有成本的组成部分也下降（当然随着时间推移，库存水平稳定后，成本也就变成固定的了）。这对我们是个好消息：就算在损益表上看不到库存持有成本，我们也很直观地知道库存成本会随着库存水平的降低而降低。随着库存持有成本的下降，我们就会看到损益表上利润上升了。这是一个关键的学习重点，因为它关系到一个公司决定是否要实施精益。

13.1.4　卓越的愿景与损益表

损益表试图给公司在一定期间的表现画个图。损益表有一定的时间跨度，这为我们理解流动提供了便利。由于流动是跨越时间的，能看到收入和成本流过一个特定的时间是很好的事情。如前所述，损益表能够有效地凸显和库存持有成本相关的成本。库存是浪费。精益就是要消除浪费。我们记得，库存水平降低的结果就是库存持有成本会降低。我们要做的工作不是去管理损益表，而是要集中精力来消除库存，是要组织中的各部分齐心协力消除不必要的、各个层次的库存，卓越也就会随之而来。

积极主动的公司信奉精益思想，在实施精益的时候不会那么关注损益表。如果你在短期的基础上来做决策，比如季度性利润，那么你永远体会不到精益和六西格玛的好处了。要让精益产生效果，就得基于总成本来做决定，而且这些决定可能对损益表有违反直觉的影响。要认识、相信并使用这些违反直觉的影响，这样精益才能获得成功。

比如，运输成本是物流成本中最大的一块，也最明显。一般运输成本都有相关的预算，要根据计划来管理，然后形成损益表上的实际费用。典型地，如果一种较大的费用有计划费用和实际费用，毫无疑问一些雇员的奖金会在一定程度上和实际费用挂钩。因此结果是，物流经理有私人利益方面的动机来保证运输成本低于预算。

如果这个公司开始实施精益的项目，物流经理最终就不得不通过增加送货频率的方式来降低库存。如果我们全面实施精益，这种条件下，高频率送货是降低工厂原材料水平的最有效的精益工具。当然，这样的结果需要一定时间才能展现，整体财务上的收益可能不会立刻体现出来。也就是说，损益表上不一定会立刻显示出正面的结果，其中一方面是说，在进行高频率送货的时候，运输成本实际上可能上升，但最终由于良好的物流流程设计而稳定在某个水平。首先，由于运输成本在损益表上清晰可见，任何上升的趋势都会得到关注和重视。其次，物流经理可能想要有和运输成本（可能超出了预算）密切相关的奖金。这样一来，奖金减少了，人们怎么还会有实施精益原则的动力呢？

只有在精益原则被充分理解和接受的环境中，实施精益才会开花结果。当然，我们要负责任地管理损益表，但是更重要的是要了解到精益使损益表变成动态的，并且结果也许是违反直觉的。为了充分理解精益的优势，我们需要专注于消除库存以及库存持有成本的负面效果。为了达到这个效果，必需有充分的信心：损益表上的某一行数字可能会上升，但是长期来看整个公司的绩效会戏剧性地提升。

13.2　资产负债表

公理：*仓库和库存在资产负债表上都体现为资产，然而精益的实践者知道，实际上是负债。*

前面讨论过，损益表是对组织在一段时间内绩效的反映。可能是一个月、一个财务季度甚至一整年。同样地，现金流量表表示了一个公司在一段时间内实际流入或流出的资金集合。

另一方面，资产负债表从不同的角度体现了组织的经营程度。资产负债表表示了一定时点财务和运作的相互影响的现在状况。这使我们能够对比资产负债表的现在和过去，理解管理决策是如何影响资产负债表上的行项目的，比如资产、负债和所有者权益。资产负债表的挑战在于，它可能使人错误地理解哪些内容对组织有利，哪些有弊。比如，关于资产负债表的、看似矛盾的两个论点是：

- 库存在资产负债表上体现为资产，意味着库存具有流动性，和现金一样是柔性的；
- 比较资产负债表上不同时期的库存水平可以计算出库存周转次数。

97

除了这两个看似矛盾的论点外，物流人应该认识到公司的整体目标通常都在资产负债表中得到了详细的体现。公司目标不应该表现为在资产负债表上累积的资产，而应该表现为增加所有者权益的投资回报。资产负债表给我们提供了一幅"快照"，帮助我们完成这个增加所有者权益的工作，并且提升我们对这些概念的理解。

13.2.1　作为流动资产的库存

流动资产被定义为可以快速变现的资产。这个定义对于组织来讲十分重要，因为支付雇员的工资、供应商的货款和支撑公司成长都需要流动资产。从这个角度看，流动资产真是个好东西，这似乎符合逻辑——库存产生销售，销售带来收入，收入产生利润。精益物流人知道没有比这个更荒谬的逻辑了。我们描绘出的精益概念中最明显的浪费可能是过量生产。实际上，其他浪费是由于过量生产导致的。比如，在没有实际需求的时候如果公司生产了成品，它们只好被储存起来，这样就产生了储存费用（另一个过量生产导致的浪费）。过量生产的总体影响是主要的，但资产负债表透露出的信息让人迷惑：它把没有即刻市场需求的库存当成了流动资产。

至少应澄清一点：库存绝不能被视为现金！如果库存等于真实的美元，那么汽车行业不需要绝望地折价销售了吧，零售店不再会被促销伤透脑子了吧。公司得有销售人员才能把东西卖掉然后拿到现金。现金的确是好东西！公司需要用现金来支付雇员工资、付货款和管理费用，这些成本都是在市场需要产品的时候发生的费用。换句话说，如果我们花钱制造了市场上并不需要的产品，我们就得迫使公司高折扣出售产品以拿到补偿生产成本的钱。这是多么荒诞，但是却天天在上演。

因此，在管理资产负债表的时候，精益物流人对库存要有一个清晰客观的认识。他们需要理解库存的水平，而无论持有的库存是不是代表了资产。我们提供了一张典型的资产平衡表，并且相关的物流流程也标在了上面，如图 13-2 所示。

资产负债表分类	物流驱动因素
现金	XXXXXX
库存	原材料
	在制品
目标：	成品——工厂
	在途产品
	仓库周期库存
	安全库存
应收账款	交货前置期
	发票处理
目标：	销售条款
	由于送货争议导致的应收款账龄
	由于送错货、少送货和货损导致的应收款账龄
流动总资产	XXXXXX
固定资产	运输设备
	材料搬运设备
目标：	仓库和设施
	货架
	系统硬件和软件
	沟通设备
其他资产	XXXXXX
总资产	XXXXXXX
应付账款	付款/折扣条款
	进货物流前置期
目标：	原材料库存战略
其他负债	
权益	
总负债和所有者权益	XXXXXX

图 13-2　资产负债表与物流驱动因素

13.2.2　库存周转次数和资产负债表

库存周转次数是一个非常重要的衡量标准。在精益环境中，我们期望库存量是最小值，因此需要衡量我们的运作活动（与库存水平相关）。一般来讲，销售额（成本价）除以资产负债表上的平均库存水平得到的结果就是库存周转次数。挑战在于，如何确保资产负债表上的库存就确切地反映了真实的库存水平。给人造成错误的库存水平的印象实在太平常了，结果是，公司什么目标都未达到。我们有必要问一下这一切为什么会发生。

精益实践者知道系统性思维是精益的一个重要组成部分。正如我们调查过的，系统性思维导致系统性优化，这意味着我们专注于整个系统，而非个别职能部门。最后，我们期望资产负债表能够绘制出精确的、系统的整个图像，而非为了特定目的而加工出的图像。为此，物流经理不要畏惧在期末或者月末发货平台上还有库存。如果库存水平比较高，他们需要汇报并创建一个持续改进小组，解决这个问题。我们有必要知道库存水平汇报系统是精确的，资产负债表也的确是真实世界的体现。这些行动避免了对事实的歪曲，也避免了导致没有根据、起反作用的矫正系统的行为。

13.2.3　资产负债表和公司战略

很难根据资产负债表来对一个组织下结论。组织有不同的战略，并且也会体现在资产负债表上。比如，一个组织可能买资产，而另一个可能租赁；一个公司可能喜欢使用集中的私有仓库，另一个可能喜欢使用分散的公共仓库。所有这些战略都将在资产负债表中以这样或那样的形式体现。

很难说精益是有与资产负债表相联系的战略。现在到处都说资产可以自购或者租赁，然而，在管理资产负债表的时候，需要考虑几条精益的原则，这就是灵活性和可视性。

1. 灵活性

精益系统需要灵活。在拉动补货和持续改进的精益环境中，资产需要有灵活性。拉动补货意味着我们在内部或者外部客户消耗掉的时候才补货。就定义来说，如果需求改变了，补货周期也对应改变。为此目的，资产需要有灵活性以适应多变的需求。比如，运输和仓储资产在采购的时候就要考虑到灵活性。即使公司的资产负债表体现的战略是拥有这些不动产和仓库，也仍旧需持有一个至少 20% 的灵活性仓库，以满足未来的空间需求。这使持续改进活动的计划有更好的机会得以实施，而不是像在自己拥有固定资产时那样，陷于内部压制和跨部门壁垒之中。

精益的一个悖论是，虽然完美永不可得。但精益就是为了追求完美，追求完美就意味着不断改善流程，这是持续改进（Kaizen）的灵魂。持续改进意味着慢速、累加的改善，而不是戏剧性的突变。然而，我们的系统和资产需要有灵活性，这样改善才能发生。虽然看起来可能不是那么明显，但灵活性是组织的资产负债表战略的一部分。

2. 可视性

第二个精益原则就是可视性，这是另一个和资产负债表不那么相干的术语。虽然资产负债表给人们提供了一幅组织的图画，但资产应该让读者看得见，摸得着。作为精益物流人，我们必需集中精力提高资产的生产效率，并且消除未充分利用资产导致的浪费。如果资产对我们的经理看不见摸不着，我们怎么能做到消除浪费？通过阅读资产负债表，关键的一点是，我们需要能够深入组织内部，确定哪里有资产在使用，哪里的资产我们可以用，哪里的资产可以被消除。

资产负债表是用于企业经营管理的三大财务报表之一，因此，精益物流人需要从资产负债表的角度理解公司战略。库存不应被当成资产，库存周转次数需要准确地汇报，组织需要在灵活性和可视性的基础上发展出资产负债表战略。在这种系统方法的指导下，决策会更容易、更有效率并且管理决策也会更有效果。

13.3 现金流动

公理：如果现金为王，那么物流就是国王所拥有的所有马匹和子民。

如果把公司看成一个人体，现金就是血液。积极的现金流动使公司能够运作、成长、投资并实现公司的潜能。没有足够的现金流动，公司就没法支付薪水、履行支付货款给供方的义务，然后公司就会停止运转。别弄错：现金是维持组织"生命"的必需品。但这和物流有什么关系呢？再重复一遍，答案是息息相关。要生存，组织必需专注于现金管理，要从系统的角度理解公司业务。我们要理解针对跨部门的决策在整体上对现金的影响，这意味着要理解影响现金在公司里面流动的驱动因素。我们需要管理、控制这些关键的现金驱动因素。为了成功地管理供应链，我们要有决心打造出可靠的、中规中矩的流程。

13.3.1　现金流动的驱动因素

有 7 种主要商业因素影响着现金流动，它们是：

- 应付账款；
- 应收账款；
- 收入增长；
- 毛利；
- 销售成本、综合开销及行政管理费用⊖；
- 资本性支出；
- 库存。

为了彻底理解物流对这些关键现金驱动因素的影响，有必要一个一个研究它们。下面我们把这些因素"熔化"掉，然后给大家描绘出一幅这 7 个因素是怎样在组织内部共同作用的图画。我们描述了这 7 个关键现金驱动因素，以及物流流程是怎样和它们相互作用的，如表 13-1 所示。

1. 应付账款与现金流动

没有公司是孤岛。我们依赖于供方和贸易伙伴来供给我们的产品和服务，没有它们，我们就不可能给客户提供服务。我们一般是基于预先商议好的付款条件，以赊购的方式从供方购买所需要的货物和服务。当应付款到期的时候，再用现金付账。因此，我们把采购的产品服务变成自己的产品速度越快，卖给客户的速度就越快，最终我们就能越快地拿到现金。

⊖　销售成本、综合开销及行政管理费用，是损益表里的一个项目，包括行政管理人员/销售人员的差旅费、工资、广告费、佣金等。——译者注

表 13-1　现金流动驱动因素和物流职能

现金流动的驱动因素及含义	物流及供应链价值
应付账款	
1. 应付账款＝现金流出 2. 计算收到账单、付款和使用货物之间的时间 3. 计算收到账单、付款和使用服务之间的时间	1. 增加运营资本 2. 减少"订货——制造"的前置期 3. 减少"服务——制造"的前置期
应收账款	
1. 应收账款＝现金流入（等待现金） 2. 计算客户收到账单到付款之间的时间 3. 订单和发票的准确性	1. 增加运营资本 2. 减少"订货——送货——开发票"的前置期 3. 增加完美订单率和发票准确性
资本性支出	
1. 资本性支出＝现金流出 2. 必需把资本性支出与战略联系在一起 3. 战略性外包	1. 保存现金 2. 专注于核心竞争力 3. 将现金投资于核心竞争力
收入增长	
1. 收入增长＝现金流入 2. 新市场决定增长率 3. 目前的客户满意度驱动增长	1. 增加销售额 2. 创造/满足新市场 3. 满足质量关键指标的要求
毛利	
1. 销售－销售产品成本＝毛利＝现金流入 2. 减少销售产品成本＝现金流入 3. 专注于减少销售产品成本	1. 增加账本底线⊖的影响 2. 减少营业费用 3. 建立优化的物流基础设施
销售成本、综合开销及行政管理费用（SGA）	
1. SGA＝现金流出 2. SGA一定要是增值的 3. 需要专注于消除浪费	1. 增加账本底线的影响 2. 减少营业费用 3. 建立优化的物流基础设施
库存	
1. 持有库存的机会成本＝现金流出 2. 服务成本＝空间、保险、税费、运输 3. 风险成本＝过期、缩水、	1. 增加运营资本 2. 减少库存服务成本 3. 减少库存风险成本 4. 减少过量生产

⊖　指净收益或净损失。——译者注

就应付账款来说，物流人要注意到以下两点：

（1）减少从向供方订货到使用这些货物的前置期。

（2）减少在制品库存，把精力集中于进货物流，以充分利用我们与供方之间的信用条款。

2. 应收账款与现金流动

应收账款是现金流动举足轻重的驱动因素。实际上，应收账款天数常常是导致公司财务可视性差异的一个因素。要记住，现金是你所在组织的命脉。雇员不可能用应收账款来支付他们的抵押贷款。应使销售人员在负责卖出产品的同时负责回款，这相当重要。确切地说，在货款收回来之前订单并没有履行完毕。

因此，戴尔模式令人羡慕。它们在支付原材料货款之前都已经把产品货款收回来了。不幸的是，大多数公司和戴尔不同，必需接受应收账款的存在。我们的最终目标是在销售之后尽可能快地把货款收回来，这意味着我们需要完美地执行订单。把数量和质量正确的产品在正确的时间送到正确的地点，这才是提供给客户的完美订单，由此可以减少客户拖延拒绝付款的情况。

就应收账款，物流人要注意到以下两点：

（1）每次都完美地履行订单。

（2）减少订单到交货的前置期，因此货款可以回收快一点儿。

3. 收入增长与现金流动

很多管理学大师都说，任何商业的唯一目的就是发展客户，也就是说没有客户就没有商业。但是，有些客户就是比另一些要好。因此，有必要认识到现金是从好的客户那里产生的。一个好的客户可以被定义为真正需要我们服务，然后允许我们产生有竞争力投资回报率的客户。

从"好的客户"那里得到收入增长，将会导致现金流量增加。那么我们如何维护新的客户呢？最有效的方法是留住现有的客户，让我们成为行业里成本和质量的领导者，同时寻求新的客户。这个目标需要我们战略性地专注于物流和供应链的相关问题。

对于收入增长，物流人需要注意以下几点：

（1）能够基于每个客户的盈利性来区分"好的客户"和"不好的客户"。

（2）留住现有的客户、开发新的有利可图的客户，增加现金流量。

（3）减少库存，使公司变得更有竞争力，从而增加产品和流程质量的可视性。

4. 毛利与现金流动

毛利一般被定义为减去销货成本后的收入。毛利是在业务运作中得到的利润贡献处于现金流量表的首行。它在现金流动中扮演了重要的角色。按照道理说，毛利越多，我们用于支付公司管理费用的毛收入就越多，净利润也越多。越多的毛利会带来越多的现金（在完成前面讲到的应收款后）。为了增加毛利，我们需要保证成本曲线的上升速度不能和我们的收入曲线一致。也就是说，我们要能够在增加收入的同时，使卖出产品的成本并不成比例增加。这是一个典型的、以少胜多的例子。为了达到这个目标，我们需要专注于与销售产品成本的驱动因素相关的活动。作为能干的物流人，我们需要认识到这些驱动因素中很大一部分是和物流相关的。

对于毛利，物流人需要注意以下两点：

（1）管理好进货物流，减少整个供应链和制造的前置期。

（2）降低在制品和原材料库存，以降低库存持有成本，然后降低产品销售的整个成本。

5. 销售成本、综合开销及行政管理费用与现金流动

虽然不是所有公司都这么叫，但销售成本、综合开销及行政管理费用（SG&A）是公司管理费用中最平常的称谓。减少公司管理费用将增加资产负债表中最底下一行的现金。许多公司把发货物流成本加到销售成本、综合开销及行政管理费用中，因此一些公司相信发货物流纯粹是一个不得已的、不受欢迎的东西，是一种做生意必需花销的成本。对于以首席两个字开头的管理人员⊖（C-level officers）来说，他们会很吃惊，物流成本居然超过了销售收入的12%。在今日的商业环境中，销售额的1%就能决定是存活下去还是破产了事，物流应该成为关注的焦点。对于物流，绝对存在降低成本的机会，同样也存在明显的创造出超越竞争对手战略优势的

⊖ C-level officers，指那些头衔在英文中以 C 开头的高级管理人员，比如 CEO（首席执行官）、CIO（首席信息管）、COO（首席运营官）、CTO（首席技术官）、CMO（首席营销官，即销售总监）等。——译者注

机会。

对于销售成本、综合开销及行政管理费用，物流人需要注意以下两点：

（1）改善内部流程，降低销售成本、综合开销及行政管理费用，以最终增加现金流。

（2）减少客户的订单到交货的前置期，降低成品库存水平，以增加竞争优势。

6. 资本性支出与现金流动

资本性支出（CapEx）是关于现金如何流动以及会计利润如何波动的最佳例子。比如，如果你用 100 万美元来买一栋房子，你可能决定支付 100 万现金来完成这个交易。这些成本将会在房子的寿命期间以折旧的形式列支在损益表里面。结果是，第一个月只会显示比如 5000 美元的折旧费用，实际上你公司保险柜里面的钱实际上少了 100 万美元。资本支出是现金流出的一个极大通道，而且很可能是一个做出效果不佳决策的地方。这样的话，这些效果不佳决策的根源可能在于错误的物流战略。

私有的车队、仓库和先进的供应链管理软件是三个资本性支出的例子，需要财务支出大量的现金。我们怎么才知道决策是正确的呢？如果与我们合作的卡车公司有最新的技术和多年的卡车运输经验，我们为什么还要投资来组建一个自己的车队？我们为什么还要持续地去建仓库，既然我们在致力于消除储存于其中的库存？我们什么时候才能明白并没有什么神奇的软件"灵药"可以治愈我们的供应链伤痛。资本性支出侵蚀了那些本可以用于增加公司收入活动的现金。因此，我们需要专注于那些充分运用现有设施的物流战略，同时专注于有效的供应链流程以及处在这些流程里的人。

对于资本性支出，物流人需要注意以下两点：

（1）减少对固定资产的依赖性，然后把现金用于增加收入的活动上。

（2）专注于降低库存，而不是建更多的仓库来放你并不需要的东西。

7. 库存和现金流动

库存在所有吃掉现金的"强盗"中是最难以理解的，原因是关于库存的一切都是与生产相反的。比如，库存在资产负债表上以资产的形式出现，而库存却在仓库里面消耗掉现金，而且难以清算（变成流动资产前的一项必需活动）。我们可以说库存实际上是一项负债。

从库存的另外一个反生产的角度来看，你拥有的库存越多，在需要的时候就越难找到你要的东西。换句话说，太多的库存意味着有些库存你不需要，也许永远不会需要了。储存多余的库存并且把它们搬来搬去，会消耗我们组织的现金。

第三个也是最意见不同的一点是说，库存本身是看得见摸得着的，但是它的成本以及对现金流量的影响却看不见摸不着了。虽然我们可以走到我们的仓库里面去看库存的实物，但我们却没有那么容易从财务报表里面得出这些库存究竟消耗了多少现金。风险成本比如过期、缩水都会消耗现金。服务成本比如说税金、材料处理费以及利息都会消耗现金。另外还有一种因为失去机会导致的隐性成本（资金被库存拴住了，储存这些库存的空间的价值也是如此）。不管你怎么分析库存，它都是在消耗现金。

对于库存，物流人要注意以下两点：

（1）消除库存，保留现金。

（2）要有勇气去收集计算和弄清楚库存持有成本所必需的数据。

13.3.2 卓越的愿景与现金流动

在今天这个市场中要有竞争力，我们必需管理现金，就像管理组织的生命力一样。物流和供应链活动都影响到公司内部的 7 种关键现金驱动因素。如果我们能够战略性地关注物流问题，应付账款、应收账款、收入增长、毛利、销售费用、销售成本、综合开销及行政管理费用和资本性支出都能够得到更有效地管理。降低这 7 个现金流动的驱动因素，降低库存，是所有物流人的不懈追求。

另外，这 7 种现金驱动因素独立发生作用，同时它们来自于组织中从现金到现金的周期循环。必需理解、衡量和管理这个周期，以使组织释放其潜能。作为一个物流人，你应该知道现金流动的功能。支持将经验丰富的物流人放置在公司中带首席称呼的高层领导职位上，同时把物流当成公司会议室里面讨论的一部分。

第14章

能力：可预测性

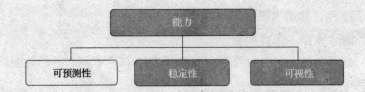

有能力的物流网络波动性最小。波动越趋近于最小值，业务将越具有可预测性。具有可预测性的运作能够改善客户服务水平，这是因为送货承诺得到履行，并且流程没有失控，不会给客户带来负面的影响。具有可预测性的流程是持续改进的基石，因为标准化操作处于可预测性的前面。物流可预测性的三个战略专注领域是：

- 组织（Organization）；
- 协同（Coordination）；
- 复杂性（Complexity）。

本章将会讨论这三点。

14.1 组织

公理：取得任何大的成功都是以组织得当为先决条件的。

　　到任一家精益工厂走一走，你首先就会注意到工作场所被组织地很有条理。地上是黄色的胶带，到处都是标识，每个柱子上都有标签和说明，这是精益的常态。我们知道，任何精益课程都有一个重要的组成部分专讲5S的组织方法，其重要性怎么说都不为过（在精益六西格玛物流工具这一篇里面，可以看到5S的完整定义）。你可能会问，有条理地组织这么简单的事情怎么获得了如此高的关注？组织这项工作非常重要，但是我们很少有条理地组织我们的工作场所并保持好。还记得精益就是要消除浪费吗？经过组织整理的工作场所为消除浪费提供了方便。作为开端，讨论一下工作场所这个概念很有必要的。

　　如果要求人们描绘一下工作场所的情况，大多数人会描述一个制造场所并且很可能是它们正在里面工作的一个特定场所。对物流人来讲，工作场所的定义要更宽广一些。他们的工作场所发端于供方的建筑设施，其次是运输设施，再其次是自己单位的建筑设施，然后再回到运输设施上，最后是客户的建筑设施。想想这个供应链有多复杂，它是要把工作场所的各个部分当成一个完全的整体。

　　上面定义了物流的工作场所，把各环节的运作连接成一个完整的运作实在是一件大而艰难任务。我们的目标是要了解并理解在一个给定的时间内供应链发生了什么事情。具有预测性的供应链正好起到了这种作用。能力足够的供应链是那种能够就计划情况和实际情况进行对比的供应链。这种将计划与实际进行的对比只有在我们的工作场所有条理且纪律严明的情况下才能办到。总之，条理清楚的工作场所对精益物流有如下几方面的贡献：

- 使浪费变得醒目，并且阐明浪费的根源；
- 支持标准化工作，并使各种优先事项得以配合；
- 减少混乱和复杂性（混乱和复杂会导致产品和流程的质量问题）；
- 支持衡量；
- 提高各种操作的安全性。

14.1.1　重点显示浪费和创造可视性

　　浪费无所不在。实际上，一谈到我们的工作流程，可能有人会争论说，流程本身是灵活的并且流程的目标就是要创造浪费。也就是说，组织流程有一种创造浪费的内在冲动。确实有那么些时候，系统产生了浪费，但系统好像显得对此不以为然。我们的工作就是要通过设计、执行和保持一个具有条理性、组织得当的工作场所来和创造浪费的自然状态做"斗争"。

浪费在发生！一旦我们正视这些残酷的事实，我们就可以开始消除浪费了。消除浪费的第一步是发现问题。虽然这看起来好像容易而直观，但是做起来要比说更难。我们许多组织都被库存、设备和设施所"淹没"，实际上已不太可能区分出哪些是需要的哪些是浪费的。组织整理工作场所是必需的一步。如图 14-1 所示，条理化可以帮助我们理解各种各样的环境。

A：哪个数字丢失了？						
2	5	12	23	1	15	25
3	9	18	24	8	7	22
4	13	17	14	6		10	20
21		11		16		

B：哪个数字丢失了？						
1	2	3	4	5	6	7
8	9	10	11	12	13	14
15	16	■	18	19	20	21
22	23	24	25			

A 图代表了很多工作场所的状况。很明显，B 图的整理方式使可视化控制更有效率。这些数字可以代表库存、固定资源甚至客户的期望。

图 14-1　组织得当的工作场所

资料来源：改编自精益研究院（Lean Enterprise Institute）Art Smalley 的材料。

组织得当的工作场所可以被定义为"定位定置[⊖]"的工作场所，这是

⊖　定位定置，即每种东西一定要有一个固定的位置，而且也必需放在这个固定的位置上。——译者注

一个我们大多数人在幼儿园都已经被教过的概念。这一定义将使预见性更明确。目标是要做计划（预测运作的需求），然后根据计划来组织工作场所。当运作在进行的时候，任何偏离计划的波动都会让你看到浪费的存在。

物流中能把这个组织得当的工作场所的重要性，阐释得相当好的例子就是库存。库存水平应该得到计划。我们需要明确地知道，在给定的任何时点我们的系统需要多少以及什么样的库存。这些库存会依次占据一定的空间，组织得当的工作场所会预计到这种需求，然后分配恰好大小的空间给这些库存。这些空间将会被贴上标识，便于识别，以让人知道这些空间是派何用场。有了这种类型得当的组织整理，经理们只要看一看分配的区域和贴上的标识，每天都可以很容易地识别出非正常情况。比如，如果收到了过多的库存，这些库存就会使用超出了规定区域的空间。或者，如果没有收到任何库存，那么分配的空间就会是空的，而贴好标识的这些空间明确地显示那个时候应该有库存的。一定要"定位定置"。

14.1.2 标准化运作与设定工作优先级

标准化运作是精益词典的一个重要部分。标准化运作是这样的：我们知道输入的条件、工作流程、流程中每一步完成的时间以及期望得到的输出结果。若要这些标准各就各位，工作场所就必需有条理。比如，让我们看一看为每天发给客户货物的运输提单的流程吧。一个组织得当的工作场所应该为所有的提单准备一个地方。早上，需要的提单应该在一个文件篮里面了，可视化并且标识得很清楚。当这天要结束的时候，这些提单应该被处理完毕了，然后文件篮将等着换上明天要做的提单。没错，这听起来实在简单明了极了，但是实际上，很多运输部门却是缺乏组织的，而正是这些缺乏组织的情形导致错误，制造浪费。确切地说，发生错误了。因此标准化运作的目标是把工作场所良好地组织整理起来，然后得以发现错误并在其进一步导致有缺陷的产品或服务发生之前将之纠正。为了获得并维持成功，标准化运作需要一个组织良好的工作场所。

一旦标准化运作在组织良好的工作场所里深深扎根，就可以设定工作的优先级了。让我们回过头来看看那个提单填写的例子。可视化的收件篮充当了为运作提供珍贵信息的角色。一早，我们把今天要处理的提单放在篮子里面。这一天中，我们可以监测提单的处理情况。如果处理得不及时，或者由于某种原因存在问题，这就是一个信号，提醒你要去发货区域看看、检查一下进度。这种走走看看的技术可能要求采取一些更正行动，如果更正行动不可行，那么至少可以尽快通知一下客户。这个例子的一个必然结果，可能是所有的提单在中午前就完成了，然后运输协调员（traffic coordinator）再填写那些并不是当天计划要填的提单。这是一个信号，我们可能在提前发货，或者在运输那些还没有经过客户确认的订单。再强调一下，这突出显示了我们需要立刻采取行动的优先事件和活动。

14.1.3　组织得当的工作场所：混乱、复杂与质量

混乱导致复杂，而复杂产生浪费，这是 5S 和组织得当的工作场所最直观的部分，但也是最少被管理好的一部分。直观部分是说混乱是浪费的一种形式，而且是需要消除的第一种浪费。这是因为混乱隐藏了真正的和意义重大的浪费，而这才是我们要消除的目标。这些混乱也许是文件处理，也许是过时的库存和设备。可能浪费得到加工处理，但却对运作没有任何增值。接受混乱意味着接受复杂性。比如，我们储存过时库存的时候，库存实物在我们的仓库里，库存信息在我们的系统里（或者说应该如此）。当新的、我们需要的库存进入以后，我们可能没有地方来储存了，因为仓库里面堆满了库存，一些可能是很混乱的库存。我们可以把这些混乱的库存搬开，然后腾出空间来放新的库存，这需要物料搬运以及更新管理系统。这些搬运就是浪费，但却存在，因为我们没有通过消除这些混乱来使我们的工作场所变得有条理。

接着，复杂性就会影响质量了。当然，上面描述的流程（把过时的库存搬来搬去）并不代表一个质量流程。质量流程是那些为客户创造价值的流程。混乱和缺乏组织和条理性的工作场所最终会导致质量问题。过量的物料搬运、产品识别错误以及货物错运都会导致对产品的损伤。产品可能由于对客户毫无价值而被退回，而退回就会导致浪费。

14.1.4 衡量与组织得当的工作场所

我们会在本章详细地讨论衡量的问题，但是应该重点突出衡量与组织得当的工作场所之间的关系。衡量对于成功来说至关紧要。不论你是否相信精益或者六西格玛的方法，要在未来生存都取决于你是否有有效的衡量系统。在我们能够消除浪费之前，我们得有一个有效的衡量系统。

在落实衡量系统之前，我们必需组织好工作场所。如果没有一个组织得当的工作场所，我们怎么可能有一个有效的衡量系统？比如，在你能够测量拖车院子之前，你得把院子里的破碎的拖车清理掉。在我们决定最佳的办公室大小之前，我们得确定每一个在这里工作的人都是增值的。换句话说，如果我们的业务都淹没在混乱之中，我们怎么能知道目前的状况（衡量的第一步）？我们如何开始组织我们的工作场所呢？

在突出显示工作场所的浪费方面有一个有用的精益工具，那就是红标签（red tag）计划。这对所有的雇员都有效而且有趣。红标签计划是消除公司混乱的闪电式技术。不论概念还是实践都很简单，所有员工都有机会利用红色标签来消除工作场所的混乱。它这样完成的：创造红色标签，然后贴在纸上、箱子上、库存上、设备上以及其他不产生价值的任何东西上。比如，你可以把红标签贴在过去几年你来回走动看到的那些旧文件的箱子上。红色标签代表混乱。这些标签会给所有员工 48 小时来权衡是否要保留这些箱子。没人要的箱子直接送往垃圾场。红色标签计划简单、有趣、有效。

14.2 协同

公理：物流是基于多个责任单位的多个流程之间的协同。

精益是通过流动技术和减少对库存的依赖性而消除浪费的。精益六西格玛主要是理解和消除那些制造浪费和库存的流程以及系统的波动性。由于运作和库存管理都有明显的波动性，并且有多个浪费的来源，因此不论精益还是六西格玛都给物流职能带来了"力量"。精益物流系统的一个基本特征是说每个细节都预先经过计划了的。精益的微观计划创造出了物流系统，这个系统可以实时监控计划中的波动行为。结果是，这个系统能够被理解，有可视性并且是协同的。

协同是供应链管理目标得以实现的一个首要机制。协同的意思是说供应链中所有的流程责任人都完全理解他们所承担的角色，然后所有环节的运作都通过一个运作计划连接在一起。正是这个计划创造了协同。计划要求预先的设计和对流程的执行，而不是对流程的应激性管理。另外一个精益目标是物流流程的可视性。可视性依赖于可预测性，而可预测性依赖于协同。

要达到物流系统的协同，需要三个要素：

· 绘制需要协同的流程价值流图；

· 针对物流流程的"真理时刻⊖"（moment of truth）进行详细计划；

· 为了持续改进活动所需要的关键衡量方法。

14.2.1 协同与绘制价值流图

精益工具箱中最有效的工具之一是绘制价值流图⊖（Value Stream Mapping，VSM）。虽然绘制所有的流程图看起来就像是管理的基础问题，但由于很多公司由于是从小公司发展而来的，其流程长时间以来不断演变，因此它们的运作缺乏这种明确的流程。这些累积的流程演变在公司流程中造成了混淆的和冗余的流程。与此相反，一个具有协同性和计划性的环境很容易形成书面文档，绘制出流程图，并且识别出流程的责任人以及

⊖ 真理时刻，这个词稍微有点费解，其实就是那些能够反映流程价值的关键流程和关键点。——译者注

⊖ 绘制价值流图是实施精益的一个基本工具，关于这门工具的详细运用，可以参考精益研究院出版的一本英文叫做 *Learning to see* 的书，这本书是精益推广的重要著作，该书现在已经由精益中国（Lean Enterprise China，LEC）翻译出版，中文名字叫做《学会观察》。——译者注

流程的关键敏感点。关键敏感点也就是特定流程的"真理时刻"。真理时刻实在太重要，需要协同、管理和衡量。一个例子是关于将原材料移动到生产车间里面的流程。

在没有协同的情况下，流程无法被绘制流程图，也无法进行书面记录，结果所有物流的相关方也不能真正理解相关流程。在这种环境下，如果我们订购了原材料，我们就无法确切地知道究竟生产车间会收到什么样的材料。贴切地说，在我们打开运进来的拖车的车门的时候，我们可能是打开了惊奇之门[⊖]。为什么是这样，怎样才能管理好？

精益系统是一个协同系统。在我们的例子里面，绘制精益进货系统（lean inbound system）的价值流图可以识别这些关键的真理时刻：

- ·供方收到了订货信息了吗，供方能够响应这个订单吗？
- ·订单中的货物按时全部运输出来了吗？
- ·订单中的货物全部按时到货了吗？

组织必需创建一个基础系统来管理这三种事情。认为关键流程将会自动把它们管理得好的想法是很愚蠢的。我们需要有一个深思熟虑的计划来管理这些真理时刻，并贯穿到流程的每一步。

14.2.2　协同与详细的计划

即使公司在以光速前进，我们永远也不能丢掉对有效计划的内在价值的认识。有效的计划专注于协作的流程上，这个流程的每一步必需有效率、有效力。有效率是正确地做事，而效力是做正确的事，两者都需要协同的物流活动。从前面的例子来看，我们怎样做计划才能保证流程得到协同呢？

看了价值流图后，我们很快地认识到只有供方真正将产品从它们的地方发出来的时候，才会产生关键的真理时刻。换句话说，一旦供方装好车，并且从货物储存地点发出的时候，流程就开始受到实际所运输之物的

⊖　意思是说，收到的东西收货人根本就没有想到，因为要的东西没有，不要的东西却送过来了，所以说"惊奇之门"。——译者注

支配了。认识到这一点，我们要理解，这个流程的协同就取决于要保证所运之物恰好是订单所订之物。传统的预先发货通知（Advanced Shipping Notice，ASN）试图管理这个问题，但是事实上，ASN除了创建一个针对原始订单的电子回复外什么也没有做。结果，虽然ASN发出来了，并且说所订之物都已经完整发运，我们仍然不清楚是否车上所装之物恰好是我们订单所订之物。很明显，成功的协同方案在于我们需要一个围绕着真理时刻经过策划的流程。在这个例子里面，答案是要和承运商协同作战，把承运商和在供方的提货流程联系起来。对于精益环境中著名的提货检验点（point of pickup verification）法，就是一个这样的流程，去提货的司机经过了训练，并且配备了可以检查供方所装车的产品工具。在司机出现在供方地点的时候，司机手里面有一份提货单，详细载明了供方针对那个订单要运的货物。在零部件被装车之前，司机会就物料号、物料描述、数量、包装和标签要求进行检查。这个流程将真理时刻与订单处理的价值流图协同起来。继续说这个例子，如果司机发现在所运之物和订单所订之物之间有差异，司机会停止这个流程，然后打电话给调度员，汇报相关的差异情况。司机在供方处等待进一步的指示的时候，工厂会收到这个错误信息。工厂会打电话给供方，然后把混淆的问题立刻暴露出来，然后供方即会更正订单，根据起初的协议装车。

相反，在一个缺乏协同的环境下，供方会装车，然后这车货物可能和所订的货一致也可能不一致。如果有差异，产品在工厂卸货之前不可能被发现，但如果到卸货的时候就已经太晚了。

简而言之，流程设计成功的关键要素是：

· 文档化流程，并绘制出流程图；

· 隔离出真理时刻；

· 和物流伙伴协同，以保证流程有内建质量，并且恰好在真理时刻的点上。

一旦我们理解了真理时刻，并且在其周边创建协同作用，下一步就该创建衡量系统了，以保证协同是有效的，然后持续改进得以发生。如图

14-2 所示，这个图支撑管理真理时刻的概念。

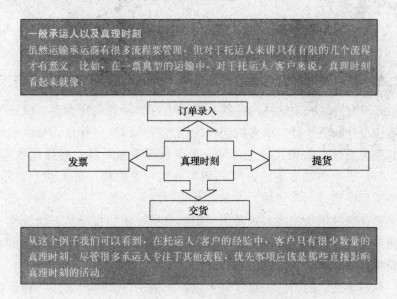

图 14-2　协同：针对真理时刻的详细计划

14.2.3　协同与衡量

最终，我们要求物流流程是能力足够的。要让一个流程有能力，它必需有可预测性。已经讨论过，要让一个流程有预测性，它的运作必需是协同的。鉴于协同依赖于如何管理真理时刻，因此，衡量系统应该始于衡量每个流程中的真理时刻，这样才符合逻辑。

协同对于所有业务流程来说至关重要，尤其他是物流流程的主要组成部分。对于处理的步骤、交接、信息需求、流程瑕疵机会来讲，物流流程的复杂性很高。这并不是说在概念上物流流程复杂，而是说物流流程的步骤虽然有限，但有相当多导致物流流程存在缺陷而崩溃的机会。这种关于缺陷机会（opportunity for defects）的概念深植于六西格玛原则中。在和精益工具中的价值流图相结合后，我们找到了通往协作流程的道路。为什么这样？绘制价值流图让我们识别流程中的真理时刻，而精益六西格玛流程使我们能够测出流程缺陷机会（opportunities for process defects），这些做完后，我们就可以开始流程改进活动了。一旦这种寻找缺陷机会的循环机制建立起来，真正的流程协同就会得以创建和维持。

14.3　复杂性

公理：想改善的公司和成功的公司知道降低复杂性是一个优先事项。

你有没有进过一家这样的餐馆，菜谱上菜的种类实在太多，以至于你不知道该点什么菜才好？太多的选择给顾客带来困难，并且为餐馆在满足所点的菜方面带来负担。首先，每一道菜都需要原材料，然后需要库存。其次，每一道菜需要准备这道菜的相关知识，这需要训练人员。实际上，餐馆不需要提供这么多选项。人总是喜欢创造复杂的产品和流程，这些都没有必要，白白增加成本，损害了组织的价值。我们每增加一次变化，产品或流程的复杂性就增加一次。一旦如此，缺陷机会和库存就会增加。这种结合很危险，有损于你的组织。

一句非常著名的引语来自亨利·福特和他的 T 型车生产："你要什么颜色的车都可以，只要是黑色的。"虽然，这句话一般会引起一个微笑，但亨利·福特知道，要制造很多颜色的车可不是一个好笑的事情：他认识到多种颜色选择意味着复杂性，可能为整个制造系统带来波动效应。作为一个致力于消除浪费的工程师，亨利先生无法理解为什么公司要给自己的流程增加负担：复杂性、成本和库存。对亨利·福特来说不幸的是，市场开始需要可以选择的多种颜色，这给予了通用汽车可乘之机而使之成为汽车行业的领导者。

物流人应该通过下面几条来理解和管理复杂性：

· 识别并区分与产品和流程相关的复杂性；
· 衡量且量化复杂性的成本。

复杂性存在于产品和流程之中。虽然复杂性对两者都有害，但是复杂性的影响还是会随产品和流程的不同而变化。

14.3.1　产品的复杂性

产品可以代表任何库存单品（stockkeeping unit，SKU）[⊖]，可能是成

⊖ 含义是，在仓库中储存时候计算数量的最小单位或最小包装，每一个 SKU 算一个不同的物料型号，也是仓储管理系统的不同管理单位，对应不同的物料代码。——译者注

品、部件或者原材料。产品也包含固定资产、包装材料或者修理品项。实际上，我们周围不乏具有动态复杂性的产品。比如，让我们看看家用电池的制造商。他们不仅有不同的尺寸（D 型号，C 型号，AA 型号，AAA 型号，等等），而且有很多种不同的包装。可以买到 2 只装的、4 只装的、8 只装的、16 只装的，还有赠送装，清单还可以更长。包装就这么复杂，这使一个节俭的消费者花很多分钟去计算哪一种包装最划算。这种复杂性明显地导致了浪费。

产品和包装的复杂性增加了成品储存单位的数量。由于有不同的SKU，制造商不得不基于 SKU 级别来做销售预测。由于需求和预测永远不会精确，每一次预测都产生一定的错误。需求和预测之间的差异导致库存，而库存会消耗掉组织真正的现金。SKU 增加的复杂性不仅仅导致真正的成本，而且形成了一种让精益和六西格玛难以开展和维持的环境。

精益就是关于流动，通过降低库存来消除浪费的。六西格玛是通过理解、消除、控制波动性（不稳定性）来降低缺陷的。因此，产品和 SKU数量的增加完全违背了精益和六西格玛的所有原则。这就是为什么成功的制造商总是非常有意识地、故意地、严格地管理产品，尝试增加 SKU 的时候进行仔细审查，保证增加的复杂性是绝对必要的。

14.3.2　流程的复杂性

复杂性对流程有显著的影响。这意味着这种影响是浪费精力、浪费资源、增加出错机会、导致产品或流程的缺陷。流程的复杂性来源于要恰当完成流程所需要的很多步骤。这对于物流来讲尤其正确，它们的流程不仅有多个步骤，而且它们也涉及到多种要素的书面文档处理。流程的每一步以及书面文档的要求都产生了复杂性，这些相继又会导致缺陷机会的产生。这种结论也是基于数学上的累积概率原理（principle of cumulative probabilities）。

累积概率原理告诉我们，一个流程的整体表现等于流程的各个步骤表现的乘积。换句话说，整体表现取决于流程的各个步骤。这也和直通率（throughput yield）这个概念有关系，直通率被用于很多制造系统的设计。

　　试想一个物流流程比如将托盘运往客户，这个流程可能需要 20 个步骤，涉及 5 份文件。这些步骤可能包括制造托盘、暂存托盘待运、装车、打印装箱单、打印提单以及其他和运输托盘相关的步骤。因此，这个流程的整体绩效是每个步骤成功率的一个函数。比如，如果每步的绩效水平是 99.5％，那么一个有 20 步流程的整体绩效为 90％。这描述了流程绩效表现的乘数效应的威力。关键在于要减少流程步骤的数量并降低文档处理的要求，以减少缺陷机会的数量。如图 14-3 所示，该图描绘了乘数效应的威力。

流程所拥有的步骤和复杂性越多，缺陷机会就越大。如果一个"完美订单"的每一个零件都有 99％的良好表现，那么对于客户的最终整体绩效是多少呢？

完美订单	表现
正确的零件	99％
正确的地点	99％
正确的时间	99％
正确的数量	99％
正确的质量	99％
恰当的成本	99％

整体物流绩效＝94％

图 14-3　复杂性及完美订单的执行

　　在我们的供应链实现全球化的时候流程的复杂性的影响显得更加重要。进出口原材料需要很多流程步骤和大量的文件作业。除了这些复杂性外，物流安全性问题还导致了另外一些增加复杂性的动态因素。因此，绘制价值流图势在必行，它分解出流程和文档需求，这样可以测量流程的每一个环节。组织必需充分理解流程对其组织的重要性。

第15章

能力：稳定性

　　能力足够的流程和系统是稳定的。稳定性要求减少波动，稳定的流程值得信赖。稳定性是精益企业的基石之一，因为为了成功实施，所有的重要精益原则都需要稳定性的支撑。综合物流网络同样需要稳定。然而，在物流中创建稳定性可不是一件说到就做到的事情，因为物流活动依赖于很多个渠道的合作，有明显的管理上的压力以及全球的规则和规定的约束。物流专业人士的目标一定是要创造出稳定的物流网络，而不管面临多大的挑战。对于物流的稳定性，有如下三个要集中精力面对的战略性领域：

- ·标准化；
- ·灵活性；
- ·控制。

本章将逐个就这三个领域进行讨论。

15.1　标准化

能力　→　稳定性　→　标准化

公理：有很多原因使标准化变得必要，然而，为了成功需要不断地改变标准。

标准化不仅是精益词典的一部分，它也是建设精益这个基石的砖瓦。当然精益并不是以标准化开始，也不是以标准化结束的。六西格玛和物流同样也依赖于标准化的概念。实际上，标准化是一个可以有效利用于我们生活许多方面的一个概念，不论是用于个人方面还是专业方面。

上一章我们讨论了处理复杂性的重要性，复杂性与流程的绩效相关。我们认识到我们需要降低复杂程度，而下一个问题就是如何降低。我们如何降低我们组织里面的复杂性呢？标准化工作扮演了关键的角色。

要理解标准化在我们的专业工作中的重要性，请考虑如下几点：

·没有标准，我们无法有效地判断我们目前流程的现状；

·没有标准，我们不可能进行持续改进活动；

·没有标准，关于运作的衡量意义不大，方向不清，缺乏标杆。

我们的目标是：要创建一个稳定的系统。稳定性意味着物流网络具有可预测性，因此，我们需要值得信赖的标准。也就是说，我们的运作必需有可预测的标准，在给定的一定参数情况下按照可以预见的方式运作。比如，在我们和一个可以信赖的运输承运商制定一条运输路线时，我们会在确保已有相关标准的情况下进行。这些标准将使承运商使用我们所了解并信任的特定程序，来管理我们的运输。没有标准，我们将不知道我们的期望是什么，而每一次的运输就如同掷骰子一样了。

15.1.1　标准化的关键特征

作为个体，我们总是去发展我们自己完成工作的标准。我们每次要完成一项任务的时候，我们都这么做，有时候我们会在工作的时候对流程做一些改进。同样，所有组织明显地想要进行流程标准化，甚至这些公司并不是有意识地要这么做。挑战在于如何把最佳实践隔离出来，然后在整个组织里面实施。通过提供一个把标准化流程文档化的框架，然后在整个组织中做到最佳实践，SIMPOC（供方——输入——衡量——程序——输出——客户）模型可以在这里起到作用。SIMPOC 模型将会在第 22 章（运作工具）详述。

15.1.2　标准化与持续改进

标准化在精益物流中的很多方面扮演了关键的角色，但是最大的影响和持续改进有关。虽然我们在后面会详细讲持续改进，但关于标准化和持续改进的关系还是需要重点地突出一下。

不管我们用什么模型来促进持续改进，都会以了解流程的目前状况作为项目的开始。只有存在标准的情况下，才有可能把目前的状况弄清楚。如果你使用多个承运商而它们没有标准，那么你就没法知道从芝加哥到亚特兰大的运输前置期是多长时间。有时候可能花 1 天，有时候又可能花 2~3天。但我们怎么知道它应该是几天呢？要找到改进的切入点，从拥有标准或者标杆开始是很重要的。

打个比方，世界上有很多人想提高打高尔夫球的水平。一个高尔夫爱好者可能偶然打出和专业人士一样好的一杆球。但打高尔夫的人面临的挑战在于，要理解是怎么打出这么出类拔萃的一杆的，然后重复它。这个人可能问这样的问题："我是怎么握杆的？我的脚怎么放的？我用了多大的力气挥杆？"如果我们没有和这些项目相关的标准，我们永远不会知道好球是怎么打出来的。换句话说，每一次打高尔夫球的人走向击球点，就必需使用标准。从这点说，可以进行细微的修改，以进行持续改进。如图 15-1 所示，我们列出了几个用于分解标准化工作的不同要素。

输入	程序
要完成这项工作，我需要做些什么？	我以什么步骤来完成这些工作？
输出	节拍时间
我希望的结果是怎样的？	每一步和每一项工作需要花多少时间？
将标准流程文档化与回答这些方框中的问题一样容易。	

图 15-1　标准化的程序：方框形检查清单

123

物流类似于高尔夫球。我们怎么装车，怎么跟踪运输，怎样决定库存水平，这些都属于整个流程里面的变量。为了成功，我们的每个流程都需要有标准。标准使我们能够设定期望，评估当前的流程。

15.2　灵活性

公理：供应链中的灵活性与技术或者互联网无关。灵活性是关于计划和资源管理的。

灵活性是物流词汇中的一个常见词汇。所有的服务提供商都会强调它们有能力提供具有灵活性的物流服务。为了理解这灵活性究竟是什么，我们得问："一个灵活的供应链看起来究竟是什么样子？"有不少问题是需要在将灵活性设计引入物流职能之前就要回答的。

目标是要创建一套强大而稳定的物流系统。当想到稳定，我们就想到"固定"一词，有些东西不能变化。物流中的稳定性意味着有标准，而流程受控。当然，我们希望这些流程具有灵活性。我们再次发现精益六西格玛物流有很多悖论。这里的悖论是说，我们想要稳定性、标准和受控，但我们同时也想要保留灵活性。我们需要具有灵活性的、在需要的时候可以改变的那种标准。

进货物流在支持制造设施方面是一个关于灵活性需求的绝佳例子。原材料可能基于拉动系统（Pull system）或者物料需求计划（MRP）的补货系统来订货。只要工厂根据计划生产而没有变化，那么零部件一般会毫无问题地流入车间。在车间依照计划生产的时候，物流系统就会依照设计的运输管道，以工厂的节拍完美同步的形式将材料送到车间。这种情况下，供方和卡车公司完全合拍，卡车公司和工厂完全合拍，物流系统是稳定而受控的。然而，在现实生活中，稳定并不能维持太久。生产线可能停工，零件可能缺货，生产计划可能为了满足客户需要而中途改变。这种情况发生时，通常我们没法停止物流的运输管道，然后工厂就会收到它们不再需要的物料，并且不必要地以加速的方式运进物料。所有这些活动都会给每个组织带来大量成本，甚至使涉及的供方和承运商不堪忍受。因此，对于物流系统来讲，挑战在于设计出能够对改变的需求做出反应的灵活性系统。那么我们如何在物流系统中加入灵活性呢？

15.2.1　建立灵活性并回到基础

有人会说灵活性是一个技术问题，但是精益六西格玛告诉我们它完全是另一回事。一个灵活的物流系统是能够根据需要进行改变，并以最低总成本提供根本性服务的系统。首先，我们要确保所管理的物料是需要管理的。其次，我们要有能以最小可能成本来运输、储存产品的能力。这意味着我们的系统、流程和基础设施需要灵活性，能够适当地随着需求的变化而调整自己。为了把灵活性构建在物流系统中，我们需要专注于以下领域：

- 降低库存；
- 减少前置期；
- 维持一个可以升级的和柔性的基础设施；
- 持续不变的、规划了的网络设计和可视性。

这本书里面的每一个概念都提倡减少浪费，减少大多数明显的库存。精益和消除浪费看起来是以库存开始也是以库存结束。过量库存导致我们的组织里引发非增值活动、增加成本、产生"隐形工厂"。隐形工厂指不为别的事情存在只为处理库存活动存在的人、设备和流程。比如，为给使用中的库存腾地方挪动过期的库存的时候，隐形工厂就产生成本了。

如果大多数组织里隐形工厂的例子不够丰富，但其例子也是够明显的。伴随过量库存的隐形工厂降低了我们的灵活性。要灵活，就得在各个方面变得精益。如果我们被库存和仓库淹没，就很难知道我们手上究竟有什么东西，因此我们的灵活性就被降低了。这可能听起来有点违反直觉，但是在系统中的所有库存（虽然这些库存可能在任何时候和任何商业环境下都可能需要）被消灭的时候，灵活性就会出现。释放掉那些不重要的库存，我们就可以通过物流系统来识别波动性。然后我们有能力做计划，使我们的基础设施能够支持那些真正需要的活动。当然在这么做之前，我们必需确保前置期已经被减少到一个绝对最小值了。

15.2.2　灵活性和前置期

前置期对于物流灵活性是非常重要的。当然，较长的前置期导致安全库存增加，从而会对抗物流管道中的不确定性。这些不确定性可能是供方质量问题，运输前置期的波动以及客户需求的起伏。前置期拉长，这些形式的波动性就会增多。减少灵活性意味着增加安全库存，这显然是最近兴起的从海外据点采购原材料的负面影响之一。明显地拉长前置期，会明显地减少灵活性，也会明显地增加库存。比如，假设有一个制造商目前在离工厂几百英里[⊖]外的地方有一个供应商，从订单到交货的前置期可能小于24小时。也就是说，我们今天下订单，可能当天就运出来，然后第二天就到货了。这种前置期就带来了很大的灵活性。假如，如果我们在某一天的晚些时间改变了生产计划，我们就可以取消下给供方的订单，避免供方将此订单的货物送到工厂。这样，我们也不需要接受本来不需要的货物了。本质上，较短的前置期是我们在不增加库存的情况下能够灵活地在当天做调整。这也使我们不再那么依赖于预测，也使我们能更成功地实施拉动系统。随着前置期的增加，实施拉动系统的可能性就成比例地减少了。

为了考察实施拉动系统和前置期之间存在的可能关系，我们可以考察一下最近风起云涌进行的海外采购活动，尤其是从中国。是这样的，我们今天订购原材料，然后45天后会在工厂收到集装箱。这意味着我们需要预测从今天开始计算的、未来45天将要生产什么。目前我们是在预测预期的客户需求，而这个需求可能在45天里改变相当得大。结果，如果零部件在45天后如期到达，我们可能会去制造那些市场并不需要的产品。本质上我们生产产品仅仅是因为我们拥有这些原材料。我们的生产计划只为拥有的原材料制定而不是由客户需求才制定的！这种情况既不精益也不聪明。增加的前置期将减少灵活性，结果导致大量的库存积压。再次强调，如果我们维持减少了的前置期，我们将更有可能识别出物流系统中存在的需求变化。只有在那个时候我们才能够靠它来做计划，使基础设施支持我们恰好需要的活动，这就是物流基础设施的灵活性。

⊖　1英里＝1609.344米。

15.2.3　物流基础设施的灵活性

根据定义，灵活性系统应该能够随着系统需求的变化而变化。理论上，如果想把成本降低到日常的最小需求量，我们就应该为恰好使用的东西付费。比如，如果我们使用了 35 000 平方英尺仓库，我们就要为那一天使用的这些空间付费。但这不现实，因为仓库和运输设备是固定资产。比如，如果我们在同一个屋檐下有 100 000 平方英尺的仓库，不管我们使用了多少，我们都得为之支付成本。装车的问题类似于此，就算我们只使用了整车的 3/4 的空间，我们也要付整车的费用。如果我们需要多少资产就用多少资产才能够节省客观的成本，这就是物流的灵活性。为达成这个目标，我们需要从开始就把灵活性设计进系统中。

从物流基础设施的角度看灵活性意味着，即使物流基础设施通常是发生固定成本的固定资产，我们也应该只使用需要的，只为需要的付费。问题是："需要这样吗？"一个精益六西格玛技术是建立一个基于网络中平均需求的基础设施，而非基于高峰时候的需求。假设我们有自己的 80 000 平方英尺的仓库，在当地的一个第三方仓库有 20 000 平方英尺可以使用。和第三方的协议条款应该比较灵活，这样我们就可以根据我们的使用量付费。要做到这一点，需要下决心去计划。

15.2.4　经过计划了的网络设计和可视性

为了使物流网络有竞争力，你需要有可视性。可视性一定要经过计划。可视性是精益物流中最没有被充分理解的一个概念。可视性不仅仅是要知道物流管道中有什么。我们可以通过系统和基于网络的技术来让你知道管道中有什么，但如果没有一个计划来比较，它的意义有限，因为计划是为了和实际情况比较。灵活性和物流管理依赖于我们能够立刻改变情况的能力。为做这件事情，我们需要问如下问题：

- 今天应该发生哪些事情？什么样的产品库存应该流经系统？
- 实际上什么库存流经了系统，和计划相比怎么样？

这种将实际与计划比较的概念是精益六西格玛的核心，并且回答了这个问题："我们期望系统做什么？"和"系统实际上在做什么？"管理这种

"计划对实际"的比较，不仅仅使灵活性能够随机应变，而且也能充分利用资源，它是有效的衡量系统的基础。从而，大多数组织都有机会去发展在物流职能中的计划能力。如图 15-2 所示，我们描述了可视性和可预测性是如何一起发生作用，取得成果的。

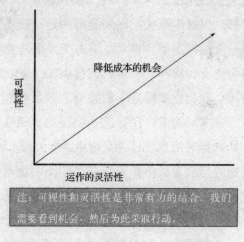

图 15-2　灵活性＋可视性＝降低成本

物流计划能力并不需要你殚精竭虑，也不需要你在技术上搞得很复杂，所需要的仅仅是组织的决心，把一个物流工程师小组分配去做资源需求计划，并对实际情况有一个可视的掌握。这种最低限度地投资可以带来明显的成本降低以及运作改善。比如，只需要支付三份薪水，并利用一些简单的工具（电子表格，数据库等），组织就可以对物流网络里面什么在移动，什么需要移动有一个连续的监控。利用这些分析员可以提高运输设备的利用率，减少使用的空间并优化库存。这是怎么发生的？一个分析员去考察如何"以少的资源做多的事情"。举个例子，利用同样的资源搬运更多的产品很显然是降低运输成本最容易的方法。这个分析员集中精力于此，可以拼货，多个地点装货，并寻找机会进行整车运输。组织有必要认识到物流就是一个需要计划的职能，而不是应激反应的职能。缺乏物流计划能力的组织为其网络的运输支付了太多的成本。总之，计划能力提供了基于日常运作的可视性，而这种可视性带来可以发生立即改变、利用资源、降低库存、削减成本的灵活性。

15.3 控制

公理：一个受控的物流网络并不是说没有波动，关键是我们要认识到系统的哪一部分失控了。

物流网络是一个活生生的系统，有很多变量和动态性会影响到整个系统。比如，订货战略会影响到运输战略，而运输战略会影响到仓储战略，仓储战略进而会影响到库存战略。关键是所有这些变量都不是独立发生作用的，作为系统的一部分，它们互相依赖。结果，系统每一部分的波动会导致系统另一部分的运作出问题。这种由于波动导致的影响要得到控制，即使受控也不一定意味着这个系统的绩效对客户来讲仍可接受。"受控"只不过是说系统在其运作能力的范围内活动。稳定的物流系统是受控的系统。为了理解物流和受控的系统，我们需要理解如下两点：

· 物流系统只应该从事其今天能力范围内的活动；
· 在一般的波动性原因和特殊的波动性原因之间会有明显的区别。

15.3.1 今天的能力就是系统的能力

就像通常那样，在一票货晚到客户的时候，客户怨声载道，而高级管理层要求提交一个答复以及对应的措施。他们需要再也不会发生类似事情的保证。当然，对于物流人来讲，如果告诉高层经理事实真相会妨碍其职业生涯："系统是精确地按照设计在运作的"。换句话讲，货到晚了，但却是按照计划到的！我们没有认识到的是：系统有预先设定能力局限的问题。这个系统能力的表现有一个平均水平，在这个平均水平的两边则有与之相平衡的波动性$^{\ominus}$。这种自然的波动阐明了系统的能力。

比如，对于一个特定客户的订货到交货的前置期可能平均要 7 天，然

$\ominus$ 读者可能觉得这句话有点绕口，费解。如果学过统计学就比较容易理解，作者的意思是说，如果平均值一定，由于这个值是平均值，那么根据正态分布原则，一定有大于它的也有小于它的，那么大于它的落在这个值的一边，小于它的落在另一边，所以说是平均水平的两边。——译者注

而由于自然的波动，一些交货可能只需要 5 天，而另一些可能要 9 天。当交货期是 9 天的时候，问题就来了。客户很沮丧，然后我们也觉得系统失灵了。其实系统并没有失灵，系统恰好是准确运作并反应了它的能力。确实，这一票特殊的货物没有办法做到不是 9 天到货。如果可以本来就期望在 9 天以内到货，那么这个订单的履行打一开始就注定要失败。系统在任何一个时间点，都会在其能力局限范围内运转。

怒气冲冲或者让公司高层贴出布告，都无法改变系统的能力。这完全是数学上一个确定性问题，系统会在其能力范围内开展工作。因此，我们应该开始着力于物流系统本身进行工作了。在要实施改革以达成可以忍受的前置期减少时候，说起来总比做起来容易。再强调一次，系统能力的改变只以系统的改变为前提，这是六西格玛的核心。六西格玛要求理解系统，特别是系统中的内在波动性，以及怎样减少波动来满足客户的每一次需求。作为这个旅程的开始，我们需要研究一下一般原因导致的波动和特殊原因导致的波动的区别。

15.3.2　一般原因和特殊原因导致的波动

一个受控的物流系统在其行为层面也会遇到波动，因此其目标是减少波动、管理波动，让自然的波动总是包含在客户的要求和意料之中。为此，我们需要隔离和理解一般原因导致的波动和特殊原因导致的波动。

一般原因导致的波动只不过是系统内在的一种波动，它正好体现了目前系统的能力。比如，运输网络的能力是表现出大约 98.5% 的按时交货率，这是说系统被设计成 98.5% 的按时交货能力。因此，如果 100 票货物中有 1.5 票货物晚到，我们不应该生气，也不应该惊讶。那些晚到的货物不过是系统的自然波动。这些自然波动是我们没法控制的、日常因素的结果。这些因素还可能是自然的交通模式、延迟或者路上的一些问题，比如设备停机。重点在于，这些事情还会出现，但却是系统自然波动的一般原因导致的后果。零担（LTL）行业是这么一个例子，其中的波动性都是内置的并被良好认知的。给一些额外的钱，你可以得到 100% 的按时到货的服务。然而，是不是给一些额外的钱的方法到处都行得通呢？当然不是！

这些额外的钱就是额外的钱，只不过特殊的一票货会引起特殊的关注罢了。换句话说，零担承运商手动地管理这些一般原因导致的波动性。异样的眼光都投向产生一般原因波动的地方，这种情况下，请问："为什么他们不能对每一票货都这样?"问题的关键在于波动一定会存在。如图 15-3 所示，这里提供了一些在流程失效时我们可以问的问题。

> 流程并不会随机地发生失控。在流程失控之前，有些事情会事先发生。如果一个流程看起来好像失控了，问问你自己如下问题：
> 1. 我们改变了衡量这个系统的方法了吗?
> 2. 环境（天气、供方地点）有变化吗?
> 3. 我们改变了管理这个流程的人了吗?
> 4. 流程的程序有任何改变吗?
> 5. 我们根据流程改变供方了吗?

图 15-3　关于失控流程的问题

　　如上讨论，受控的系统中存在一般原因导致的波动。然而，并非所有的波动都是正常的，有些是因为特殊的环境而发生的。这些事情应该当做特殊原因处理，而不是反映了那个流程怎么不好。比如，港口罢工或者暂时性地关闭边界，应该被当成是特殊情况，而不用改变流程。也就是说，如果有一票货由于边界关闭而迟到，我们不应优化掉这个供方，也不应重新设计物流网络。这是一个特殊原因的情况，是需要按照上面所说方法来对待的。我们如何才知道其中的差异，这就是需要精益和六西格玛才能解决问题的地方。

　　虽然控制图（control charts）[一]是利用绘画来展示流程信息的最有效方法，但目前运用得并不广泛。当我们画出行动的平均值和所处的范围后，我们可以很快就看到这个流程是如何在自然的配置下行动的。而且，把值标出来使我们能够区别一般原因和特殊原因。一旦我们有了控制图，我们就可以看到这个流程是如何在正常和非正常情况下运行的，从而使我们能够专注于持续地改善计划。这些计划专注于进入流程内部，减少一般原因导致的波动（在客户要求的限制内）。

[一]　控制图的样本，请参见第 23 章。——译者注

131

第16章
能力：可视性

功能强大的系统是具有可视性的。实际上，物流的可视性目前处于所有物流专家的优先级清单之中。然而，究竟什么才是物流的可视性呢？可视性必需要进行大量的科技投资吗？精益六西格玛物流推动降低库存，而这是一个需要可视性的过程：在我们的物流管道中我们一直持有什么样的库存？实际上，缺乏物流可视性的组织都是在漫漫长夜中摸索着管理，这可不是一个可以持续下去的方法。对于物流可视性有如下三个战略性专注领域：

- 可理解性；
- 可衡量性；
- 可行动性。

本章将会讨论这三个领域。

16.1　可理解性

公理：大多数物流流程隐藏在水平面之下，这是说我们需要主动地去理解系统是怎么工作的。

一些经理对他们的物流和供应链流程所知甚少，这给我们敲响了警钟。虽然系统是在最后产生结果，但系统的工作方式对典型的执行经理来讲可能是比较费解的。传统上，物流并不是会议室讨论的话题，物流在多数情况下只不过被当成经营企业所必需的、令人厌恶的成本，简单来说物流活动必需被最小化。然而，现在潮流发生了变化，物流已经开始在公司的会议室中得到一定的关注了，其中一些变革是主动的，一些却是被动的。那些意识到改善物流职能能够改善竞争优势的组织主动地推动了变革。全球企业之间互相影响模式的改变以及对供应链安全的更高需求，迫使一些组织被动地对它们的供应链进行研究。不论动机是什么，组织都需要理解其供应链和物流职能。事实上，这听起来似乎是常识，但并不意味着所有公司都理解其物流网络是如何运作的。尝试理解整个系统是一个压倒一切的工作。可视性要开始于理解物流系统中的渠道伙伴是谁，如图16-1 所示。

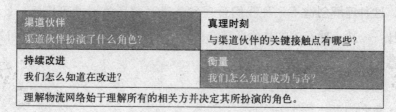

渠道伙伴	真理时刻
渠道伙伴扮演了什么角色？	与渠道伙伴的关键接触点有哪些？
持续改进	**衡量**
我们怎么知道在改进？	我们怎么知道成功与否？
理解物流网络始于理解所有的相关方并决定其所扮演的角色。	

图 16-1　理解物流网络

能力强的物流网络是可视的，而且可视性系统更容易理解。理解系统对于改进非常关键。不像制造流程，物流流程并不是在同一个"屋檐"下发生的。也不像其他业务流程，物流流程涉及到多个渠道伙伴，而通常，伙伴公司和自己所在的公司在地理上是分开的。物流职能覆盖了多个地理性边界以及多个渠道伙伴，这有助于更好地理解它的工作原理，以便更有效地管理它。理解物流系统的价值是不可估量的。从精益的角度说，我们想要消除物流中的浪费；从精益六西格玛的角度来说，我们想要减少物流流程中的波动。为达到此目的，我们首先必需知道系统是如何工作的。

16.1.1　理解的开始

我们已经讨论过绘制价值流图和标准化工作，这两个概念会有助于理解物流系统并让整个网络对组织具有可视性。理解始于绘制物流网络图。首先画出供方和客户，然后你就可以看到物流网络是什么形状了。其次，你需要理解流程在其自身的网络里是如何工作的。为此，我们依赖于SIMPOC工具（会在第四篇里面详细讲）。简言之，SIMPOC从供方、输入、衡量、程序、输出和客户的角度描绘了一个流程。一旦价值流图和SIMPOC完成了，你就可以回答如下问题：

· 我们的设施在哪里？还有供方及客户的设施在哪里？

· 网络里面涉及到了哪些渠道伙伴？他们扮演了什么角色？我们对他们的依赖有多深？

· 真理时刻包括哪些？存在什么机会吗？

16.1.2　渠道伙伴和他们的重要角色

理解了物流渠道伙伴所扮演的角色能够更进一步说清楚系统是如何工作的。这种理解创造了一种我们管理和改进系统所需要的可视性。比如，据估计，一票全球运输的货物所涉及的单据有200多份。要尝试着回答如下问题：

· 谁在完成这些单据？

· 我们的责任是什么？

· 有没有重复性的错误？

· 我们是否能够使这个流程更简单顺畅一些呢？

我们中的大多数人无法回答这些问题，因为我们只是盲目地在交接这些流程性的工作，而依赖于渠道伙伴来完成工作。渠道伙伴包括报关行、货物代理商、运输提供商和第三方物流提供商。我们要理解这些提供商分别做什么事情以及他们是怎么做事情的。

理解我们的渠道伙伴所扮演的角色并不是说要去很微观地管理他们所提供的服务。他们是专家，我们需要信任他们在物流系统中所承担的角色。然而，精益告诉我们，这个系统的所有部分都是灵活的，系统中的每一个节点都与其他节点相互作用。要理解整个系统就需要理解系统的每个组成部分。要理解每个组成部分需要理解每个伙伴对系统整体绩效的贡献在哪里。一旦物流网络图画完了，就可以把渠道伙伴叫到一起来开一个会，创建一个完整的价值流图。和每一个伙伴讨论一下他在流程中所扮演的角色，并且讨论如下几点：

- 描述一下你对这个流程好坏程度的看法；
- 解释一下你在这个流程中所面临的挑战；
- 如果齐心协力的话，讨论一下怎样才能降低成本。

回答了这些问题我们就能收集到与潜在机会和真理时刻相关的信息了。

16.1.3 机会和真理时刻

我们的渠道伙伴对物流流程的理解，就算不比我们好的话，也不会比我们差。因此，我们可以把他们叫到一块来帮助我们把那些可以改善的领域指出来。报关行、承运商和第三方物流供应商都有储存了我们物流系统的数据、信息的复杂信息系统。我们要充分利用这些可用的信息然后督促服务提供方找到改进的机会。这些渠道伙伴不仅知道系统的什么地方可以改善，还知道作为客户的我们在什么地方给渠道伙伴的系统增加了成本。换句话说，尽管我们可能增加渠道伙伴系统的成本，但这些成本最终会返回来让我们承担。这些成本可能包含过长的等待卸货的时间、场地里额外的拖车，或者本来应该自动化的但仍是手工处理的单据流程。改进机会的清单无限长，其中一些是相对容易实施的。信任并和物流渠道伙伴协作是非常重要也是必要的要求。

对系统的理解给物流流程的真理时刻带来了可视性。真理时刻是客户关系中的关键点，在那里事事重要。确切的真理时刻是当客户计划做一些事情，随后客户会感受到积极的经历的时候。这里有个关于移动电话的比喻。一般的移动电话用户不知道移动电话的无线沟通是使用了什么科技来完成的，也不关心。移动运营商的移动电话基站在哪里，或者它们是不是和其他移动运营商有伙伴关系，都不要紧。真正要紧的是，用户想打电话的时候，电话就能打。移动电话运营商的真理时刻就是在客户滑动手机盖准备打一个电话的时候，这是客户一供方关系中的关键点。类似地，我们需要隔离并理解我们与客户和渠道伙伴打交道时的真理时刻。为了增进对系统的理解，我们需要问：

- 客户和我们的物流系统的接触点在哪里？
- 在这些特定的时间，我们做得怎么样？
- 为了恰到好处地改进真理时刻的服务我们能够做什么？

16.2　可衡量性

公理：大多数的衡量系统都是完全无效的。它们让我们自我感觉良好，特别是打印在漂亮的彩色纸张上的时候更是让我们感觉良好，当然这些打印漂亮的纸张也许可以用来兼作墙纸吧。

衡量对于物流能力和物流可视性来说极端重要。比如，要决定一个系统的能力，我们需要有衡量的办法，要理解一个系统就是要用数学词汇来定义它。正如我们中的大多数人所知道的，实施一个有效的衡量系统是一件艰苦卓绝的工作。首先，我们需要决定衡量什么，然后收集准确的数据，并且尽力将这个衡量系统长期保持下去。系统创建是工作中最重要的一环。有效的衡量系统开始于并终结于你所衡量的对象，所以最大的挑战在于如何确定所衡量的对象。

精益教会我们利用拉动补货系统来消除浪费并降低库存；六西格玛告诉我们客户"声音"的重要性以及如何设计流程来满足他们的期望。最后，我们的衡量系统需要致力于这些重点领域，但起点是从客户开始。从客户开始是商业中非常好的一个经验。有疑问的时候，就从客户开始吧。

从客户和物流的角度来说，所有的衡量都可以被归结为以下三种之一：

· 成本；

· 时间；

· 质量（包括服务质量）。

记住了这三个类型，我们就可以把具有可视性特征的衡量系统建在物流网络中。如图 16-2 所示，我们定义了一个完美的衡量系统，我们以客户作为开始。

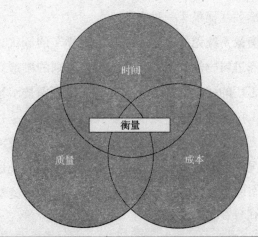

所有的衡量都能按照时间、成本和质量进行划分。三个指标的平衡有赖于彻底理解流程。

图 16-2 完美的衡量

16. 2. 1 客户之声

尽管难以置信，但确实是真的，有些组织会在对客户的想法和感受毫不知情的情况下生产并销售其产品。全面质量管理（TQM）和六西格玛都强调"客户之声（Voice of customer，VOC）"这个概念的重要性。

理解客户之声是要理解你客户的期望和目前的挑战。为了满足这些期望和挑战而开发产品服务是发自本能的要求。当然，要知道我们是否达到这些关键目标，做得有多好。因此，第一个衡量系统应该指客户之声。

和客户的一个简单交谈就能发现客户的期望和客户目前面对的挑战，因此可以以交谈中反馈的信息为基础来创建一个衡量系统。比如，在交谈的时候，你可能了解到客户在实施精益原则并期望降低原材料库存。那么你的衡量系统就可能需要描述一下，增加送货次数并减少批量大小以尝试缩减库存的可能性。因此，除了衡量客户之声，我们还要衡量批量大小和送货频率（影响客户库存的独立变量）。你可以用同样的方法来处理时间和质量两个要素。重要的是这个衡量方法要有意义并能够通过"那又怎么样"的测试。这个"那又怎么样"的测试是为了确认是否是由客户之声在驱动人、流程、运作优先级以及衡量系统。这为衡量客户所定义的顾客满意度是否得到持续关注提供了一种方法。

目前，很多衡量系统无法通过"那又怎么样"的测试。举个例子，为了衡量运输服务商进料物流的绩效，实施精益原则的制造商可能通过衡量其将原材料送到工厂的按时交货绩效来进行。尽管衡量承运商的标准以供应商的车辆到达工厂场地为准，但很可能并没有去衡量是什么时候在门口收到拖车的。更重要的是，没有衡量是什么时候在制造流程中消耗掉这些库存的。有些情况下，原材料可能躺在院子的拖车里面长达三个星期，然后才被拉进制造车间消耗掉。很明显，衡量库存的整体流动比简单地衡量承运商是否及时到位有意义得多。

我们的衡量数据需要能够让客户相信，我们是多么地理解他们的业务需求。比如，我们的衡量系统要能够清楚地告诉客户，我们正在满足或能够满足（甚至超过）他们的期望。一旦这种以客户为核心的衡量系统部署到位，我们就可以开始专注于我们内部的衡量了。听听客户之声是精益六西格玛物流的一个关键驱动元素，我们会在方法和工具那一篇里面再次讨论的。

16.2.2　创造有意义的内部能力系统

衡量系统至少需要完成两个目标。它需要清楚地评估特定活动的绩效并且为未来的行动提供能够产生假设的信息。关于内部职能性衡量，我们确定所有的衡量都要划分到前面提到的三个类别中。这三个类别是成本、时间和质量。为了开发衡量系统，我们要收集代表这三个类别的数据。单独的一个类别无法定义整个系统。

比如，很多年来汽车行业基于单件来衡量成本。计算每一辆车的物流成本在汽车世界里是司空见惯的衡量办法。然而，孤立地说，这种衡量无法精确地衡量出物流系统的绩效，这是由于等式中的分母和分子没有直接联系。这个例子中，只要工厂损失了制造时间，没有按照计划生产，那么这种物流衡量就是没有意义的。因为物流系统在一个较短的时间内是稳定而固定的，所以在短期里其成本是固定成本。因此，对每辆车的物流成本的衡量结果完全取决于这期间生产了多少辆车。而且，这种衡量对于确切地评估物流系统本身的绩效无能为力，进而又导致如下问题："最佳衡量或者最佳衡量组合是什么？"要回答这个问题，我们得知道是什么在驱动我们需要衡量变量（即独立变量）中的活动？

在上面的例子中，汽车制造商会对描述物流系统绩效表现的衡量系统感兴趣。尽管制造每辆车的成本是可以使用的一个指标，但我们已经说过它并不完善。为了创建一个更精确的衡量系统，我们需要隔离那些我们想衡量的渠道变量的活动。在这个例子里，我们想衡量进货物流的物流成本，因此我们要决定是什么驱动了这些成本。经过一番讨论之后，我们倾向于得出实际上是原材料采购驱动了进货物流成本的结论。最后，得出结论，进货物流成本占所采购的原材料价值的比例可能是一个恰当的衡量指标。这个指标能更好地描述进货物流的绩效。然而，如前所述，需要多种衡量指标才能使其更完善。这些指标不仅要包括成本数据，而且还要有时间和质量的数据。

最后，有价值的衡量系统是需要采取行动的。好的衡量系统给物流系统提供了充分的可视性，然后再把可视性变成行动，最后又把行动变成改进机会。一旦那些改进机会得到利用，衡量系统就能反映出运作改善并衡量得到改善的程度。

16.2.3　可行动性

公理：缺乏行动的物流可视性，如同拥有一辆跑车但却从未发动它。

精益物流是有足够能力的。能力足够的系统是可预测的、稳定的和可视的。可视的系统不仅可以理解而且能够衡量。创建一个可视的和可以衡量的系统使我们能够在日常活动中加以改进。

很多组织创建了物流系统，但却没有享受到内建的灵活性好处。这种情况下，是可以发现改进机会的，但要实施改进方案却是不可能的。甚至还会存在有想改进的意愿，但是却没有改进所需的相关资源、技能和时间的情况。比如，一旦达到可视性，组织就能看出开出去的拖车是否充分利用了空间。理想的情况是，拖车应在场地里面装满货物后才出去。要充分利用拖车就会涉及到重新设计特定的路线、集拼货物以及促使客户增加订单批量。同时重新设计，相关的人还需要消耗时间并拥有相关技能，要采取行动需要那种能够按需改变的系统来进行配合。比如，一些组织的文件处理流程不允许最后一分钟进行变更，这时即使你能够往车上加货，你得更改系统，但是你的电脑系统不让你改。在采取行动是第一位的情况下，我们不能接受这种类型的限制。

让物流网络具有可行动性，不过是沟通问题而已，再无其他，对此我们不要感到吃惊。要设计一个采取行动的平台首先要发展沟通渠道。隔离出看起来最需要采取行动的领域，或者换个方式说，事先决定出你想每天采取行动或者进行日常改进的领域。这些领域可能是：

- **发货拖车的利用**：采取的行动是要保证拖车满载；
- **供方运输恰当性**：采取的行动是要保证供方只运所订货的产品；
- **承运商拖车场地水平**：采取的行动是要监控并立即更正已经从牵引车上取下来等待卸货的拖车的数量。

正如你从这些例子可以看到的那样，我们选择了那些有必要在日常运作中进行频繁调整的关键领域。一旦重点关注这些领域，就可以把流程布置到位，以保证改进的可行性。我们的目标是保证流程能实时反馈信息，保证资源够用，这样就能提高拖车的空间利用率、对未按照订货量发货的供方做出反应，同时增加或者减少拖车场地的拖车数量。如果没有正式的流程，整个系统就会走下坡路，成本就会上升。持续改进的确是一个长期性的挑战。实施那种在实时信息的基础立即采取行动的流程，需要非常顺畅的沟通。

如第 12 章所讲，要事先计划好才能取得实时沟通的效果。内部沟通、与服务提供商之间的外部沟通都必需进行设计、文档化并且征得相关方的同意。如果不这样做，基于实时数据的运作就不会实现。如果没有纪律严明的流程，擅自采取行动，结果只不过是让众人觉得迷惑，并且以失败告终。若你把精力放在应该采取行动的地方、严明的流程和沟通渠道上的时候，你就能一天一天地消除浪费。采取行动，并且运用有效率的衡量系统来衡量行动的结果，物流人就能弄清楚每天改善的价值有多少。如图 16-3 所示，可以知道为了消除浪费我们需要每日采取的行动。

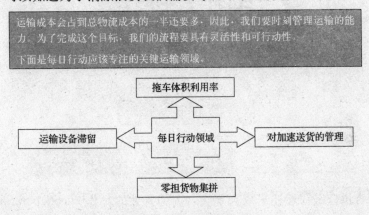

图 16-3 行动与运输成本

第17章

纪律：协作

综合供应链管理还未成为现实，因为有效的协作⊖（collaboration）还未成为现实。实施者需要和内部的职能部门协作，同时与外部的客户和供方协作。和其他任何职能一样，协作需要知识和计划。有效的协作需要有实现理想的决心。物流协作的三个战略关注领域是：

- 团队合作；
- 战略采购；
- 项目管理。

本章将讨论这三个领域。

⊖ Collaboration，朗文词典的解释是"为了实现某个目的而和另一个人或者集团一起工作"，所以协作一定是涉及自己或者自己集团以外的人或者集团，其特征有二：一是有一个共同目的，二是一起工作。前面讲的协同（coordination）应该被认为是协作的一种方式。——译者注

17.1　团队合作

公理：公司的成功取决于团队合作，部门主义已经过时。知识分享和内外协作是生存的必需品。

看到我们对团队合作概念的理解多么地浅薄，岂不让人想不通？尤其是我们大多数人是在参与和观看团队性体育活动中长大的。尽管对团队合作有很多定义，但这种团队主要是由一群个体所组成，而每一个个体都有独特的能力且为了一个共同的目标而努力。团队合作是一种非常强大的力量，它能融合各方想法和经验并同步运作，通常能使一个公司超越竞争。

自顾自的和政治揞客式的行为已经代替了团队协作。建立团队并鼓励团队协作非常困难，但成功的人士知道为此付出代价是值得的。一起工作得好的团队可以生存下去，甚至在成员有相互冲突意见的时候发展得更兴旺。与众不同的（并且有时候是有冲突的）想法能够蕴含积极的力量。要记住，三个臭皮匠，顶个诸葛亮。在创造性的团队里面，成员可以发挥他们每个人的特长，并且因为其特长而让人觉得他们有价值。

比如，一个典型的制造类公司的生产部门想生产种类尽可能少的产品，而市场需要生产种类尽可能多的产品。在典型的环境中，没有团队合作，这些部门就会开始冲突，并且有在彼此之间建立"围墙"的趋势，极端情况下甚至会互相搞破坏。在文明团队协作的环境下，各个单位分享相同的愿景，学会理解各自的不同点并且在工作中利用这些不同点。诞生新的观点能够最大化员工的能力，最后最大化公司的潜力。一旦目标达成一致，团队成员就会有更强的决心，会在朝着同一个目标而努力的时候设法增强彼此的才干。在一起工作让我们认识到，克服冲突是团队协作的一部分，并且这种努力最终是值得的。

通常在早期的、暴风雨般的、压力极大的团队合作发展阶段孕育着最好的想法。成功会"惠顾"那些努力实现与其他工作模式、目标和优先级不同的同事合作的人。建立团队与你喜欢谁以及你在哪一个部门没有关系。建立团队就是要分享目标，并且认识到谁有什么技能和才干可以贡献给团队。逐渐地，在物流和供应链管理中，大家就理解了更多跨部门团队协作的必要性。

缺乏跨部门团队协作会导致部门内的磕磕绊绊以及部门之间的壁垒，公司会因此而长期受到伤害。人天性就喜欢修筑围墙并且努力维持其存在。只要有沟通障碍，就不可能达成卓越的供应链管理。因此，有意义的一个问题是："为什么存在部门壁垒，为了拆掉它们，我们需要做什么？"可以说，部门壁垒的关键驱动因素有两个：缺乏对内部流程的理解以及缺乏和客户的沟通。

17.1.1　流程和了解客户

一般来说，在大多数组织的两个或者更多的关键团队中存在部门运转失调的情形，就是说存在摩擦和缺乏沟通的常见性源头。第一个是存在于销售和运作部门之间，而第二个存在于事务部门的流程和公司的其他部门之间。这包括关键的职能性流程，比如销售、营销、人力资源和财务。如果我们挖得深点儿会发现，问题的背后有两种流程导致了不良的团队协作。这两类可以被称为核心流程和辅助流程。

核心流程是那些直接给公司带来收入的流程。它们处于前线，每天都和客户联系在一起并且相互作用。在制造公司这个例子中，通常是由销售职能来管理这个核心流程，在服务业（确切地说是指第三方物流）的例子中，是由销售和前线运作人员来管理关键流程。你要知道，如果你的直接客户是从你这里买产品或者服务，那么你就是关键流程的一部分。

辅助流程是那些支持关键流程的流程。它们是那种把内部客户当成直接客户的职能领域。财务、人力资源和采购都代表了辅助流程，在那里其客户是满足最终客户需要的销售或者运营团队。

问题就在于此。不是所有的团队都在前线面对真正的客户。对于辅助流程来说，如果缺乏对最终客户需求的共同理解，对于什么才是重要的就会产生错误的理解。最后，负责关键流程的部门主任就会做出导致公司潜力次优化的、没有效果的决策。

关键流程的职员持续地和客户直接合作。他们可能会遇到连续不断地要求降价并要求同时提供更好的服务给患有"弹震症（shell shock ⊖）"的暴躁客户。最差的时候，这些雇员会受到斯德哥尔摩综合症（Stockholm syndrome）的伤害，作为"俘虏"慢慢地被"捕捉者"所同化，然后最终变成敌人阵营的一员（也即 Patty Hearst 的故事⊖）。一旦发生这样的事情，关键流程的员工会变得非常专注于客户，然后他们很容易就忘掉了内部的现实情况以及为了有效地服务客户公司必需要解决的商业问题。

最后，需要在客户需求和内部需要之间求得一个平衡，还需把这两点放进团队合作和战略计划里面。和许多沟通职能一样，把关键流程和辅助流程融合到一块也是说起来容易做起来难。

成功的公司所使用的一个办法是，让高级经理人和有抱负的、有经验的团队领导者在其职业生涯中经历不同的部门。对于销售人员，让他们在公司内部工作，可以让他们获得使其"清醒"的经验，以加深对运作的理解。这对于 CFO 来说如果让他们坐在怒气冲天的客户面前同样有"清醒"的意义。

在关键流程和辅助性流程的鸿沟之间建立桥梁，会形成对内部商业挑战和客户需要的共同理解。这样，所有的雇员都加深了对最终客户和内部现实的理解，我们也就能以系统的方法成功地协调关键流程和辅助流程。通过系统性思考产生的系统性方法有助于进一步瓦解部门间的障碍。

17.1.2 建立团队

作为专业人士，我们的工作变得越来越项目化。作为项目经理，我们

⊖ 弹震症，士兵因战争而得的一种精神疾病。——译者注

⊖ Patty Hearst 的故事：1974 年 12 月，美国革命激进组织 SLA 绑架了美国最富有和最有权势的家族之一，报业大亨 William Randolph Hearst 的 19 岁的孙女 Patty Hearst，SLA 曾迫使她父母捐数百万美元的食品分给穷人。2 个月后 Patty 宣称支持 SLA，与自己的家庭和阶级决裂，并与 SLA 组织一成员堕入爱河。1975 年，Patty 和其他 SLA 成员在旧金山被捕，并被判入狱七八年不等。后来，Patty 声称自己是被洗脑的受害者，为"斯德哥尔摩综合症"（人质认同，同情劫持者），并非出于自愿参与 SLA 的活动。当时的总统吉米·卡特为她减刑，她在狱中 22 个月后便被释放。本故事可以通过电影《伯克利的游击队》（*Guerrilla：The Taking of Patty Hearst*）看到。——译者注

必需为了完成目标而组建团队。这要求我们意识到如下两点关键的团队工作要素：

·有效团队的成员拥有互补的技能和相反的观点。

·团队在变得有效之前必需经过自然的发展阶段。

1. 互补的技能和相反的观点

如果只有一种类型的运动员，那么任何运动队要赢得冠军将面临不可名状的压力。想象一下，如果一个足球队只有一个外接手（wide receiver），或者完全没有外接手的情况。为了有效，团队中需要有来自于不同部门的、能够把一系列的技能和才干带到工作中来的成员。毫无疑问，我们每一个人都把不同的优点和弱点带到了团队里来了。尽管对人进行分类比较危险，但如果说一个具有高度机能的团队至少需要一个人能够承担如下角色之一还是比较安全的。

（1）技术专家（Content specialist）：这是能够在科学、数学或者特定主题的内容方面提供帮助的团队成员。

（2）驱动者（Driver）：这是一个能跟进完成项目所需步骤的人，他能打破壁垒并努力争取所有团队成员承担相应的责任。

（3）梦想家（Visionary）：这是能进行思考、梦想各种可能性和想法的人，他在头脑风暴中的作用至关重要，因为正是在头脑风暴中可以产生团队前进的机会。

（4）分析员（Analyst）：这是一个能够把细节事情做好的人，能够制定出工作计划并把要点落实的"碾磨工"。

常常，我们中的大多数人能够扮演这些角色中的任意一个。一般来说尽管我们对其中某一个特定的角色更适合一些，但大多数人倾向于随需要而转向一个特定的职能。比如，一个梦想家可能发现他很难从事一个分析员的角色，尽管在项目中有时候有这个必要性。有效团队合作的关键是每个角色都有人承担。

2. 团队建设的自然阶段

我们中的大多数人都意识到团队建设的自然阶段中需要培训，然而大多数人是因为团队出状况而被动地做出反应，这似乎是忽略了团队建设阶

段自然的渐进性问题。下面的话从一个幽默的角度来看待团队建设的自然
阶段：成立阶段（forming）、暴风雨阶段（storming）、规范化阶段（nor-
ming）、表现阶段（performing）。如图 17-1 所示，我们描述了团队的效能
随着团队建设的不同阶段而变化的情况。

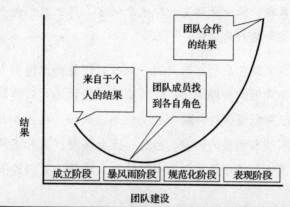

在团队建设的"暴风雨阶段"团队绩效实际上会下滑，然而，这是很
自然的现象，而且是团队达到具有显著成果的"表现阶段"所必需的。

图 17-1　团队建设及结果

团队领导人有着极大兴趣的阶段是暴风雨阶段，这也是一个团队产生
自我意识并且经历一些个人问题的起始阶段。确切地说，所有的团队都会
经历这个阶段。因此，这对于团队领导人来讲了解这一点很重要，他要为
管理团队通过这个关键阶段以及后续的阶段做好准备。这对于那种团队成
员可能来自于组织不同职能部门的精益环境显得尤其正确。人们想确切地
理解他们将在团队中扮演什么角色，这是自然而然的事情。找到自己所承
担角色的活动经常产生让别的团队成员感觉不舒服的"暴风雨般的行为"。
好消息是这个阶段绝对是很普通的，而且实际上是高绩效团队的催化剂。
最后，团队领导人需要管理团队从一个阶段过渡到另一个阶段的问题，以
确保在持续的调整中向着其目标迈进。没有有效的团队合作，协作是谈不
上的。我们的组织需要确保员工得到关于团队原则以及那些用于管理团队
和项目原则的培训。

17.2　战略采购

纪律　→　协作　→　战略采购

公理：如果我们像选择朋友一样选择供方，那么我们就会拥有共同目标、共同价值观和绝对的信任。

供方关系这个概念是精益词典的一部分。精益理论说供方关系应该基于对质量和成本降低的长期承诺。六西格玛理论认为，应该最小化我们拥有的供方数量以降低复杂性并减少相关成本。此外，从物流角度讲，采购的战略对物流职能有明显的影响。因此，所有涉及供方和采购的决策应该出现在"物流雷达"显示屏前面的中间位置。物流人感兴趣的采购源头类型有：

·原材料供方（选择采购件、零部件、原材料和服务件的供方）；

·物流供方（外包物流活动，包括但不限于运输、仓储、越库作业、包装和第三方物流）。

我们要突出与原材料供方相关的关键论点，但我们主要专注于物流服务的外包。

17.2.1　原材料供方

如果幸运的话，物流经理会参与制造流程中供方选择的流程。至少，在研究采购战略的时候，物流经理应该参与进来进行分析，尤其是当研究到与运输和库存持有成本相关的供方和供方地理位置的时候，在很多组织将供应基地从国内转移到海外时尤其应这样。这样做具有深远的意义。

在进行供方选择分析的时候，要研究的关键因素是：

·供方位置；

·供方从订货到发货的前置期以及可靠性；

·供方到工厂的运输前置期以及可靠性；

·供方服务质量符合要求的程度；

·供方产品质量符合要求的程度。

从精益的角度说，对供方选择的关注要点在于，确定这种决策如何影响到制造商的库存，这也是为什么伙伴关系和长期关系是如此重要的原因之一。这可能并不是本能，但实际上和供方的关系越好，我们系统中的库存就越少。我们越信任我们的供方，需要持有的库存就越少。这存在于六西格玛理论中：波动就是导致我们需要安全库存的原因。

持有安全库存是为了防备供方前置期和质量出现问题。供方离使用点越远，我们用于对抗供应中断的风险所需的安全库存就越多。当美国港口在处理海外来的集装箱而变得更具风险时，我们就能在工作中发现这种情形。类似地，当我们转移到未经过测试的供方时，我们会持有安全库存以防备收到的原材料可能有质量问题。大多数情况下，组织会打算对付可能最坏的情况，然后结果是产生了显著的库存。

我们并不是说海外供应基地没有用，而是提醒物流人在做出改变前仔细调查，彻底地计划。太多组织在没有完全理解物流相关问题的时候就做了采购决策。运输成本和库存的增加是等式中需要考虑的两个成本的主要来源，同时存在不良客户服务以及因为供应链中断导致的、失去销售的损失。如果有估计的成本，那么你的组织可能发现本地或者国内的供方仍然有竞争力。在本地供方提供了一系列好处，比如在途时间短、订单周期时间短、灵活性和协作机会的时候，这展现出积极的一面。

17.2.2 标准化、复杂性和双重采购

标准化和复杂性是我们已经深入讨论的关键主题。复杂性规则是说，参与的供方越多，和供方相关的复杂性和成本就越高。为此，我们需要最小化我们的供方基础（supply base）。这一过程是通过挑战我们最好的供方让它们承接新的业务而完成的。然而，在已有的供方和新的供方之间可以找到一个良好的平衡点。很多精益组织采用可以带来最佳平衡的双重采购战略。

双重采购是说，我们至少使用两个不同的供方来供应同一种部件或材料。由于其结果带来有竞争力的价格并规避风险，因此是合理的战略。由于公司能够和两个供方就同一种部件进行谈判，结果和采购一般商品的采

购类似，就是最终会促使价格下降，这带来了有竞争力的价格。有两个供方，我们可以抵御由于一个供方质量或者内部生产中断的风险。然而，双重采购会发生管理费用，这样我们可能会减少达到规模经济的可能性，因为我们把需要量进行了分割然后给予两个供方，如果不分割全部给一个供方可能产生规模经济。这意味着我们要明智地选择针对什么零件采取双重采购的策略。一般来说，双重采购适用于量大、价值高和复杂性强（需要显著的工程）的部件。比如，对于传动件，我们可能采取双重采购战略，但对于办公室耗材，很可能不会采用双重采购。

17.2.3 注意 "伙伴关系" 一词

协作和供应链管理都提倡跟提供输入的供方和服务提供商建立紧密的联系。在此时"伙伴关系"被用于描述为了双赢目标而努力的关系。虽然精益和六西格玛对紧密伙伴关系的需求和价值有一套理论，但是很多供方感觉伙伴关系对它们没什么好处。目前，实际上最大的公司的供方相信降低成本是唯一有意义的事情。降低成本的愿望以及客户对我们的影响在工业史上是空前的。

目前的商业氛围是否健康，颇有争论。一方面，极端地降低成本的压力迫使制造商和供方进行创新并消除其系统中的浪费，然而另一方面，为了对付成本压力，工程师设计产品的时候可能将质量和服务抛诸脑后。幸存者将是那些和供方、客户维持了专业级别的关系并且提供持续稳定的产品和服务质量的公司。为了提供服务和质量，物流经理需要和物流服务商进行深度协作。

17.2.4 协作与物流服务

所有公司都以不同的形式和外包物流公司合作。不论我们是购买小包装的送货服务、整车服务，还是仓库贮存服务，我们不可能在自己内部来提供所有这些服务。为了应对我们的物流挑战，我们和一系列供方（从卡车运输公司到货代再到第三方仓库）建立了协作关系。经济状况正在改变这些关系的互动模式，它们典型地是在遵从商业周期，特别在运输服务中也是如此。为应对目前的挑战，许多公司迈步向前，雇佣第三方物流公司来为托运人管理整个物流职能。虽然这种第三方的方法可以带来明显的好处，但必需要科学地、恪尽职责地进行实施。如果我们要达到精益的目的并执行有效的物流战略，和服务提供商的协作非常重要。为了在这个动荡的环境中为未来建立有意义的成功战略，我们必需持久地、坚定地学习新的方法。

运输成本在大多数行业中通常代表了物流总成本的一大部分，因此，我们倾向于把运输成本置于其他之上来管理。也就是说，有极大的必要性去专注于运输的相关问题。

运输成本与卡车运输费率的周期有关，并随着供给的波动性而戏剧性地起伏。尽管无数公司谈论着伙伴关系和协作，而未说出口的事实是：供给决定着价格。这看起来是合理的：一段时间是托运人的买方市场，然后是承运人和服务提供方的卖方市场。谚语说"太阳还没有下山的时候快把草晒干"，这描述了托运人和服务提供方的态度。每个组织都在从这种情形中获取好处，都知道得很清楚，随着时间流逝会"30 年河东 30 年河西"。无论如何对于那些喜欢玩过山车的人来说这种周期可能令人兴奋，但这和精益六西格玛的学说不一致。物流行业的环境以多种途径变化，它永远不会回到我们称之为的"常态"。

比如，想想看目前在北美存在的、严重的商业卡车司机荒吧。卡车司机的生活对于年轻的一代来说一点都没有吸引力，因此没有足够的合格司机来接替那些面临退休年龄的司机。这种司机荒导致与卡车运输资源可得性相关的供给问题——不是缺卡车，而是缺司机。这种供给问题导致卖方市场和升高的运费率。这虽然不是一个新现象，但由于目前没有迹象表明有解决这个司机荒的方案，因此这种情况还是很烦人的。因此我们针对运输服务的方法明显地且永久地改变了。精益六西格玛物流组织需要认识到这些环境变化，然后和承运商紧密合作以帮助它们留住司机。进步的组织会认识到，物流伙伴所面临的问题未得到解决最终会变成它们自己的问题。

17.2.5　第三方物流

有多少运输服务提供商就有多少种运输战略。每一个战略和每个服务商都有其优点，都面临挑战。不管我们是使用私有车队、第三方物流、基于资产的卡车公司或者没有资产的运输中介商，我们都需要知道运输服务提供商是谁以及如何以协作的方式管理其中的关系。也就是说，在尊重和意识到承运商提供服务的重要性的基础上，需要保证我们和承运商之间的关系并使之得到管理。在第三方物流的例子中尤其如此。

选择第三方物流公司是一个严肃的战略采购决策。在大多数情况下，在公司考虑外包给一个 3PL 的时候，这是一个将其业务的一部分交给 3PL 的决策。这种决策影响深远，因为 3PL 会和公司的供方和客户有直接的沟通。这种直接的接触意味着 3PL 是作为物流组织的代理人存在。作为代理人，3PL 必需分担组织本身的、同样的价值观和客户服务准则。

第三方物流行业是一个以每年 2 位数持续发展的行业。不幸的是，和一个新的 3PL 建立关系的时候，原有的 3PL 关系由于未能履行承诺而分崩离析了。这种失败并不能说是任何一方的错，而是计划太差以及缺乏有效战略的结果。这种关系的主要原因从一开始就注定了。

（1）客户从一开始就没有提供准确的信息，导致 3PL 没有意识到并低估了初始概算时的合同的报价。

（2）3PL 太急于得到业务，它没有考虑到所有的成本以及所有的运作组成部分，以致价格低估并且承诺过多。

（3）客户认为物流职能的每个方面都应该留给 3PL 来处理。

（4）3PL 在没有资源来实施的情况下接下了新的业务，并且没能长期地有效运作客户的业务。

（5）客户没有设立期望、标准和衡量标准来定义关系的成败。

（6）3PL 没有听或者记录下来客户之声，最后未能理解客户的需求或者期望。

（7）3PL 没有到位的、支撑持续改善的一套正式基础系统，进而导致启动阶段开始后，与客户的关系停滞。

（8）由于关系只是建立在降低成本这个唯一的目标上，以致在运作开始后无法计算、确认或者否决这个目标的实施状况。

在我们检查这份清单的时候，很明显看到很多 3PL 关系因为错误的原因而建立。成功的商业关系不会用降低成本这么一个标准来决定相互关系的存亡。成功的关系是受目标、共享的愿景以及互补的专门技术所驱动。成功的 3PL 把技能和才干带进这种商业关系里面。技能和才干不是指技术，也不是指卡车或拖车，它们是指所涉及的人的专业知识。成功的 3PL 会使用属于其领域专家的那些人，以及有经验的、才干突出的物流人。由于极少有 3PL 懂得精益，这对于在寻求物流外包的精益组织来讲显得尤其重要。

17.2.6 建设一个精益的 3PL 关系

信奉精益六西格玛物流的组织会考虑，在某个时刻外包很多（如果说不是所有的）外部物流活动给第三方。挑选第三方公司的流程是这个计划的最重要部分。实际上，可以说在进行价格谈判之前就应该决定使用哪些 3PL。这个观点违反直觉，但是这的确是讲得通的。首先应选择伙伴，然后再在价格上努力，关系是最重要的。比如，图 17-2 告诉我们，不良的伙伴关系实际上比按次交易的供方关系的成本更高昂。

这里的逻辑是，如果你选择了正确的伙伴，价格就不是问题，因为谈判会公平合理并且反映市场行情。既然这样，我们应该怎么选择正确的伙伴呢？选择一个用于支撑精益计划的 3PL 的时候，应该把下面几点考虑进来：

- 这个 3PL 掌握的精益和六西格玛的知识水平到什么程度？
- 这个 3PL 是否有一个保证持续改进的基础设施？
- 3PL 会派什么样的员工为你工作，他们有什么样的技能和才干？

第一个问题问到了关于 3PL 是否理解精益的价值和运作模式的核心问题。很遗憾，有不少 3PL 没有完全理解精益原则却在兜售精益原则。很有必要问一下："3PL 都有些什么已经实施的流程以保证持续改善呢？"持续改善计划的缺乏是 3PL 关系失败的主要原因。和持续改善一样重要的是，将为你服务的 3PL 员工的能力。即使 3PL 兜售自己的时候自诩为技术提供者或者问题解决者，但现实是它们是处于服务行业中，而服务行业先天的特征是服务是由人来完成的。因此，服务水平完全取决于提供服务的人的态度和能力。让我们周围围绕着懂得精益、六西格玛并且有坚定的力量来消除浪费的人是至关重要的。当我们的物流活动外包给一个能胜任的3PL，它们分享我们的价值观并且雇佣高度熟练的雇员的时候，这种关系正面产出的可能性是无穷尽的。

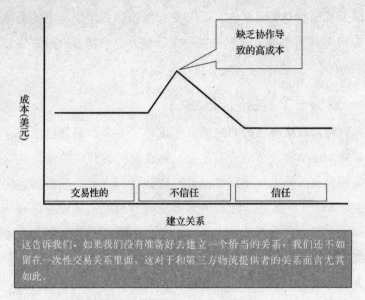

图 17-2　不成功的供方关系成本

17.3　项目管理

公理：工作在变。物流人正远离以职能为中心的活动，而变成进行流程改进和肩负流程责任的项目经理。

从某一时点说，物流职能原是关于谈判运费价格、阅读价格表和维持与承运商关系的职能。这些都是以职能为核心的工作，但已经永久地成为历史。这已经不是如今的物流专业人士所面对的情况了。在精益和六西格玛的环境中，物流人的角色正在变为项目经理人一类的角色。实施一个第三方关系、海外采购和开辟越库作业都是需要由现代物流专业人士管理的项目。当然，使用 DMAIC 模型的六西格玛公司在任何时候都有好几个同时运作的项目。物流人可能是这些项目的领导人或者他们作为团队成员在项目里面扮演了关键的角色。不论这些角色如何，要成功地完成一个项目就必需要有有效的项目管理技能。

一个项目是一个有着明确目标，并限定了开始时间和结束时间的计划。大多数项目涉及到多个人，它们中的很多人可能在不同的部门或者甚至是在不同的公司工作。因此，任何项目的成功都依赖于项目领导人从始至终地管理。

由于不是每个项目组的所有成员都对项目有同样水平的承诺，因此项目领导人的这种管理很关键。这是说项目领导人会持续地指导其他人直到达成最终目标。这要求有项目管理技能和领导技能，否则任何实质性的计划都不会成功。

项目管理是任何精益六西格玛计划的"脊梁"，它如此重要以至于任何受人敬重的精益六西格玛项目都以团队建设、项目管理和领导力的培训作为开始。富有经验的精益六西格玛专业人士认识到，这些所谓的"软件"实际上是"硬件"。你可以培训 100 个统计员，你也可以培养 100 个精益工程师，但是如果他们缺乏正面影响他人以朝共同目标迈进的人际能力，他们注定会失败。幸运的是，项目管理没有必要像一些员工所想象的那样复杂。实际上，很多关于项目管理的手册都似乎没有触及最根本的东西。如图 17-3 所示，在这里我们描述了有效项目管理的基本工具。

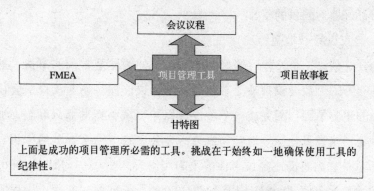

上面是成功的项目管理所必需的工具。挑战在于始终如一地确保使用工具的纪律性。

图 17-3　项目管理工具：基本的却是最重要的

17.3.1 项目管理：基础

当把更多的精力集中于项目本身，更少精力集中于项目管理的时候，项目管理就会有效而且进展良好。整天埋头于项目管理工具里面，使管理不堪重负，导致更多的时间放在管理项目上而非把项目完成。这听起来奇怪，然而当太多的时间花在项目管理工具本身的形式上的时候，项目将陷入困境。这是人类行为有趣的一面。比如，雇员花了大量的时间来讨论怎么写问题解决方案的格式问题，而他们本可以把时间花在解决问题本身上。这并不是说格式不重要。六西格玛最有力的逻辑是定义——衡量——分析——改进——控制（DMAIC），这个模型提供了解决问题的程序，可以据此行事。这避免了花费大量的时间来争论如何解决问题，从而使员工能够开始解决问题本身。为了使项目成功地完成，我们需要遵循如下的项目管理基本工具：

- 会议议程（指南针）；
- 项目故事板（Storyboard）（即著名的 A3 报告或图文摘要（Tabloid））；
- 带明确阶段总结会（tollgate meetings）的甘特图；
- FMEA：失败模型影响分析（Failure Mode and Effects Analysis）。

虽然抱有项目管理纯粹观点的人会毫无疑问地争辩说还需要更多的工具，但对于一般的物流专业人士来说，发展并有效利用这四种工具的能力就能够很好地达到目的了。

1. 会议议程（指南针）

为会议创建一个议程，这好像是去做一件明显是常识的事情。然而现实是，召开的无数会议都缺乏有条理性的会议议程。缺乏议程是会议失灵和失效的主要原因，而完成一个会议议程并不需要弄得那么麻烦、那么复杂。首先，议程只是简单地起到成为指导会议的"指南针"的作用，如图17-4 所示，它需要描述会议事件涉及的"何人（who）、何时（when）、何地（where）、为何（why）以及如何（how）"的问题。其次，议程需要起到记录会议中定下来的、采取行动事项的作用。行动项目同样需要遵循"何人、何时、何地、为何以及如何"的格式。

会议的主要目的：								
日期		时间	开始	结束		地点		
参加人员：							准备工作	
领导者		姓名		姓名				
会议召集人		会议记录者						
时间记录人		监督人						

会议议程				
开始	结束	何人	议题	

行动要点				
#	何人	何事		何时
1				
2				

停车场		
1		
2		

会议效果						安全
1	高 中 低	设定目标	6	高 中 低	参与程度	
2	高 中 低	角色分配	7	高 中 低	倾听	
3	高 中 低	处理冲突	8	高 中 低	领导力	
4	高 中 低	决策	9	高 中 低	成果	
5	高 中 低	是否偏离主题				

图 17-4　会议指南样板

2. 项目故事板

在精益循环中，故事板就是众所周知的 A3 报告，指的是使用日本和欧洲常用的 A3 大小的纸张（称为图文摘要，在北美也称为 11×17）来勾略出计划的大略图。故事板的真正魅力在于它迫使项目经理把整个项目描述在一张纸上，并且这张纸是用作更新项目进度的主要文件。故事板上列明的项目包含项目名称、项目领导人和团队成员、简短的项目描述、客户之声的分析、高层次标准的目前状况分析、期望的状况、宏观的项目时间限制以及最终目标。故事板会定期更新并且在整个项目周期里面起到指南针的作用。有一个故事板的例子，如图 17-5 所示。

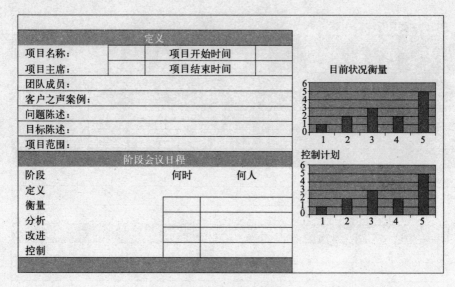

图 17-5　项目管理故事板样本

3. 甘特图

怎么描述甘特图的力量都不为过。甘特图容易设计也容易用，基本的甘特图将整个项目包括在内。它是一个用来沟通项目任务、分配职责、保证承担义务，更重要的是驱动项目前进的工具。甘特图是一个按照项目任务的时间先后排序的 XY 矩阵图，如图 17-6 所示。每一项任务都有一个明确的责任界定并分配给一个责任人。每一项任务都有明确的起始和完成时间。一旦所有的项目成员就甘特图的内容达成一致，步骤就定下来了，然后各个成员就知道该做什么以及什么时候做。这是成功的项目管理的基础之一。

甘特图的另外一个特点是关于阶段性会议的概念。阶段性会议是和管理高层召开的、用于回顾项目进度的会议。在六西格玛里面，阶段性会议主要发生在完成各个阶段（D-M-A-I-C）之后。实质上，阶段性会议是项目经理允许从项目的一个阶段过渡到另一个阶段的会议。这个会议起到了很多作用，包括：

（1）为项目展示出高层的支持；

（2）使项目经理能够寻求额外的支持或资源；

（3）使整个团体能够讨论和回顾初始的目标；

（4）突出项目经理面临的挑战和约束条件；

（5）如果合适的话，可以公布起到支持作用或者没有起到支持作用的项目成员。

这些阶段性会议推动项目朝前发展并且使高层经理了解项目进度的最新情况。如果这些阶段性会议管理得当，新的计划就能得以实施，项目得以完成。为保证成功实施这些新的计划，我们依赖于失败模型和影响分析工具，下面将会介绍。

4. 失败模型和影响分析（FMEA）

失败模型和影响分析（Failure Mode and Effects Analysis，FMEA）是一种实施工具，它看起来比实际情况复杂多了。本质上，FMEA 只是让项目经理用头脑风暴的方法找出在实施新计划的时候可能什么地方不对劲了。FMEA 可以推广到与运作执行相关的所有可能失败的地方。对于每次失败，我们问自己：

（1）实际失败的可能性或频率是多少？

（2）如果真的失败了，其严重性如何，意味着什么？

FMEA 使我们能够看到每个潜在的失败模型，以排定管理各个可能的失败的先后次序。也就是说，在实施过程中我们能够分配宝贵的管理时间来阻止可能导致崩溃的事件。FMEA 逻辑如图 17-7 所示。

物流专业人士工作的方式已经永久性地改变了。它们已经变成专业项目经理，因此需要专业项目经理的技能。物流人的一个额外的和显著的挑战是去建设"软"的技能或者说人际技能，以及建立基本的项目管理工具的技能。完成这件事后，才能产生有意义的持续改进。

为有效管理项目而将下图的必要信息填满

步骤	序号	子步骤	行动步骤	工具	按时	责任人	需要的输出
战略发展	1	定义产生的顾客	会议	沟通计划	是	罗伯特	会议指南
	2		计划	甘特图	是	汤姆	XY 矩阵
	3	衡量目前的状况	衡量	SIMPOC,流程图	否	汤姆	流程图
	4		行动	运作检查清单	否	罗伯特	控制图

图 17-6 甘特图样本

第一周				
周一	周二	周三	周四	周五
1月5日	1月6日	1月7日	1月8日	1月9日

流程:
FMEA 责任人:
FMEA 日期:

P=发生失败的可能性或机会
S=发生失败的严重性
D=失败与导致客户处发生缺陷的关系
R=风险优先级=P×S×D

1=低风险
5=高风险

流程名称	流程目的	失败模型	失败的可能根本原因	失败的影响	目前的控制计划	P	S	D	R	推荐的更正计划	采取的计划
发货运输	将产品送给客户	承运商未到位	没有卡车	产品未出运	打电话给承运商确认送货问题	4	4	4	64	让承运商每天安排10辆车给我们	承运商保证每天6辆车

图 17-7 失败模型和影响分析(FMEA)

第18章

纪律:系统优化

精益六西格玛物流的根基是管理总成本这个目标。精益教会我们,组织是以整体系统的形式运作的。尽管物流人通常没有得到授权或者说义务去管理整个系统成本,但我们必需通过在各个层级降低库存和消除浪费,并朝优化整个系统的目标前进。物流系统优化的三个战略专注目标是:

- 总成本;
- 水平整合;
- 垂直整合。

本章将讨论这三个领域。

18.1　总成本

公理:到处都在谈论总成本,但很难发现有人针对总成本采取行动。

精益理论告诉我们，我们的业务是一个整体。这个系统是由互相依赖的人和流程组成的复杂的结合体，在那里每个人都对其他人有影响。因此，我们认识到孤立地看待任何特定的活动都是错误的。这对所有的业务流程都是如此，但对物流来说尤其是这样。物流内在的互动模式使总成本这个概念变得令人困惑和令人感到挫折。这种复杂的互动模式是可见运作成本和库存持有成本之间的关系不够明显的结果。同时，组织需要管理显性成本以及与之相应的隐性成本这两个概念。一般来说，大多数运作成本是显性的，而多数库存持有成本是隐性的。

优化（Optimization）是一个术语，用于描述在给定的所有变量、动态变化、系统限制条件下，整个系统的运行水平最佳的情况。组织应该追求所有流程的优化方案。最小总成本就是我们对与公司的整体系统相关的流程进行优化后的结果。比如，最常见的管理总成本的战略是建立库存战略。根本上，库存战略是关于平衡客户服务目标和库存持有成本的战略，这在其本身来讲是总成本的概念。换句话说，我们需要决定花费多少库存来满足目标客户服务表现水平。然而，目标客户服务水平的隐含意义可能是影响深远。

18.1.1　显性和隐性成本

关于如何计算总成本有很多不同观点，比如，我们应该怎样计算资金成本以计算持有库存的机会成本呢？资金成本并不会体现在物流经理的财务报表上，因此管理并计算这些成本是一件不容易的事情。有多少组织有那么进步以至于它们会通过增加运输花费的方法来减少高昂的库存持有成本？实际库存持有成本可能并不可见，这把事情弄得更复杂了！但可以肯定的是，不可见的成本并不是说不存在。我们需要认识到隐性成本和显性成本的区别。

显性成本被定义为在公司的财务报表上可见的、切实的历史成本或者实际成本。对于物流，这些成本可以体现为储存费、运输费、包括人力费用的材料搬运费、仓库租金以及快运费等形式。与持有库存相关的显性成本包括，那些和废料、缩水、过期、税金、保险以及库存损坏相关的成本。

尽管这些成本中的大多数应该是显性的和可见的,但在很多组织里面却并非如此。即使公司认识到和库存相关的这些显性成本,许多公司仍然把这些成本当成做生意的合理化成本。即使降低这些显性成本是一件令人生畏的、有难度的事情,但这么做正好能把优异的公司从这个竞争性环境中区分出来。

隐性成本是那些不涉及公司实际支付但却代表失去的机会成本,这些机会是由于把金钱分配到一个领域,然后失去了其他潜在投资和项目的机会。这种决策的机会成本导致失去利润,而这一利润是由于可能放弃的投资项目的资金产生的。关于如何计算机会成本有很多学派,但是大多数财务经理都同意财务上的损失介于实际的资金成本和公司必需根据风险调整后的股东净值盈利(资本的加权平均成本)之间。不管一个公司如何计算持有库存的机会成本,毫无疑问这成本是存在的而且在做战略决策的时候需要考虑在内。比如,100%的满足率设定目标的成本是怎样的? 98%够吗? 从保证98%~100%需要多少安全库存? 当然是比 2%要高很多! 公司做出这种战略决策的整体成本或者总成本是多少?

正如你所知道的,显性成本并不能代表与库存相关的所有成本。隐性的库存持有成本告诉我们,库存对公司财务有非常明显的影响。正如我们可以从进货物流成本的驱动因素这个例子看到,让公司理解与这些物流活动相关的总成本的图景非常重要。为此,我们的目标不是去孤立地优化每种物流活动,而是要把所有成本加到一块来进行战略决策、优化整个系统。

为此,每一种活动的驱动因素都要根据相关系统中的成本驱动因素进行分析。为了给这种哲学提供例证,公司可以选择物流成本驱动因素中的一部分来分析、理解其相互关系。但存在一个难题,它需要跨部门合作以及对问题的高层次⊖理解,因为可能有这样的情况,即应该在一个领域增

⊖ 高层次 (High-level),请读者注意,在这里不是说很高明的理解,而是说比较宏观的把握,相对运作来说层次更高一些。——译者注

加成本才能减少整体系统成本。例如，即使公司意识到其库存持有成本有多少，但它们仍然优化运输成本并竭力以整车形式来运输原材料。这是短视的，背后的逻辑在于持有库存相关的成本很可能超过优化运输成本后导致的运输成本节省。比如，这里给我们提供了一个物流总成本会远远高于运输成本的例子，如图 18-1 所示。

进货总成本模型——进货物流				
每年消耗的原材料	$ 360 000 000		年花费	
平均库存天数		10 天	平均库存天数	
原材料平均库存	$ 10 000 000		原材料平均库存	
进货运输费用预算	$ 6 000 000		美元/年	
活动		总成本计算		
订货			$	100 000
供方管理			$	100 000
物流设计			$	100 000
运输	这些就是组成总成本的进货物流活动		$	6 000 000
场地现场管理			$	50 000
收货管理			$	150 000
（库存持有成本）				
管理成本				
资金成本	原材料平均库存的	2.0%	$	200 000
损坏	原材料平均库存的	9.0%	$	900 000
保险	原材料平均库存的	1.0%	$	100 000
工厂间班车	原材料平均库存的	1.0%	$	100 000
过期	原材料平均库存的	1.0%	$	100 000
缩水	原材料平均库存的	3.0%	$	300 000
空间	原材料平均库存的	2.0%	$	200 000
储存系统	原材料平均库存的	10.0%	$	1 000 000
税金	原材料平均库存的	0.5%	$	50 000
	原材料平均库存的	3.0%	$	300 000
	原材料平均库存的	32.5%	$	3 250 000
库存总成本	占总成本的	33.3%		
总成本			$	9 750 000

图 18-1　总成本远远超过运输成本本身

因此，对公司有意义的挑战在于，去建立一个计算、优化总成本的数学模式或者管理方法。管理总成本需要优异的协调能力、需要公司内部进行水平整合。为了成功完成总成本优化，必需有人为整个物流系统承担责任。这个人可以是组织里的物流或者供应链管理副总裁，在很多公司里也可能是 CEO。

18.2 水平整合

公理：当人们能够看到更宏观的状况，并且有措施鼓励对系统采取行动的时候，就能实现管理总成本的愿景。

大多数战略计划教科书把水平整合定义为，公司通过水平发展比如收购竞争者的方式来拓展市场的战略。从物流的角度来说，我们描述的水平整合有所不同。物流水平整合是尽力利用组织的潜力以最大化计算总成本的基数。目前，水平整合并不普遍，但却存在很多机会，可以让公司一面实现实质性地提高运作效率的目标，一面降低成本。但为什么公司进行水平整合这么难呢？还是那个道理，问题的答案在于设计不良的流程和人。图 18-2 描述了流程的流动方式和人的流动方式是怎样地大相径庭。

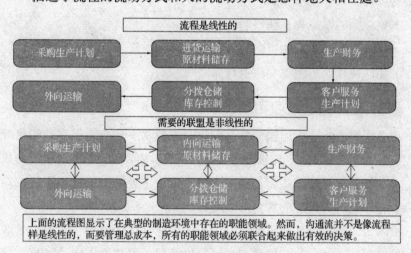

图 18-2 流程和沟通路径的不一致

驱动水平整合会戏剧性地改善公司的物流运作。这是基于一个前提：在物流中量决定机会，量越大，机会越多。比如，一个组织可能在北美使用 5 个地理分散的设施来满足制造需求。典型的情况是每一个工厂建立并管理一套独立的物流系统。单独每一个工厂可能没有足够的量来支撑精益物流原则比如循环取货（milk run）或者越库作业（cross-docks）。最后，物流系统虽然花费不菲，但还不能支持精益原则的实践，精益原则是用于降低库存并专注于总成本的。

有一个改进机会是把 5 个工厂的量合并在一起，然后让物流工程师基于总的量来设计解决方案。很明显，这样做实质性地增加了进行循环取货和越库作业的可能性。这种合并后的量在将原材料稳定地、高频地送进制造工厂的运作中提供了明显的灵活性。

水平整合的第二个例子是关于只有一个工厂设施的环境里面的同化作用。如前讨论，总成本只有在我们优化了各部分的总体后才能实现。各部分是指职能、流程和内部各部门。这意味着只有当内部各部门齐心协力工作的时候才能实现针对总成本的管理目标。采购需要与运输一起工作，运输需要与贮存进行协调，贮存需要与收货和材料搬运进行协调。这看起来很容易，但很少在实践中得到落实。为什么水平整合如此之难？需要克服的关键障碍是：

- 察觉到的难点和系统限制；
- 设计不良的激励和报酬计划；
- 团队协作、不完美和防卫行为。

18.2.1　察觉到的难点和系统限制

很多组织有机会把运输的量集中起来进行水平整合，但存在的挑战是很少有人做到协调并协作。第一个障碍是怎样才能有一定要把事情完成的决心，其次是怎样通过实际行动来完成事情。主要的挑战是，系统的局限性以及不以意志为转移的客户的看法。

很多公司通过兼并和收购得以成长，因此，这些组织实在有太多的不相同的流程、不相同的运作技术和计算机系统。这些约束条件被草率地当成拒绝水平整合设想的借口。集合并均衡物流活动的确是有意义的，这是我们毫无疑问要做的、正确的事情，这有助于避免把整合看成是比一生还要长的一项计划。计算机系统不需要整合，所有的流程也不必要完全一致。虽然完全一致是最理想的，但对于初期的整合计划并不很急迫。只需要简单地、设法以标准格式（standard format）获得业务量，然后让物流工程师分析整合可能的机会。一旦发现机会存在，就可以交给运作来执行——每次一件小事件即可。比如，我们不需要一夜之间就把整个公司的量整合起来，但是你可以一次性实施一个循环取货或者一个不足整车的集拼活动。

18.2.2　报酬与激励计划

设计不良的激励计划是物流运作失败的主要原因。往往计划缺乏一个激励措施去鼓励人们基于水平整合来进行改变。实际上，多数情况下，人们受到金钱方面的刺激才去干背道而驰的事情，而置组织明智的和最好的事情而不顾。比如，如果奖金是基于运输成本，一个运输经理怎么可能减少批量同时增加交货频率？很明显，运输经理希望每一票货都以整车发运。或者比如说，如果奖金是基于仓库利用率，仓库经理就会去设法降低库存以释放出仓储空间。激励计划需要基于总成本概念。总成本计算方法需要明确，然后激励措施需要和总成本驱动因素挂钩。这会涉及来自于很多职能和部门的很多人，所有的人都对共同目标负责。这个共同目标就是要提高运作效率、优化整体的总成本。效果就是要"以少胜多"、消除库存，从系统中清除浪费。即使在这种情况下，人性的本质会创建壁垒，而这个壁垒需要被打破。

18.2.3　团队合作、不完美和"防卫性"行为

在过去 10 年里，组织的团队合作成了时髦的概念。虽然在主流行业很难发现真正的团队合作，但很多公司信奉团队合作的理论和智慧。看看团队合作的主要论点，我们就明白是怎么回事了。试想在一个高度职能化运作的集团中工作，却想通过同步、协作以及其他方法来实现共同目标的情况。通常一个职能领域的人认识到公司另一个职能领域的人的弱点，也就是说，一个领域的雇员通常能看到并识别出组织的另一个领域需要改变的地方。然而，沟通这些弱点并解决问题在一个团队的环境中仍然是一项难以完成的任务。为什么？答案在于人是不完美的并且具有防卫行为的特点。

没有人是完美的,我们都同意这点。因此,没有任何CEO,也没有任何副总裁或者任何经理是完美的。作为专业人士,如果意识到我们不是完美的,那么就应知道在我们的管辖领域里面有些地方是需要改善的。在一个理想世界中,我们会利用从那些更容易认识到我们部门缺陷的同事那里得到批判性的和有建设性的反馈。唉,但这不是一个理想世界,因此自然有效实施跨部门、水平方向的反馈仍然是一个挑战。带有讽刺意味的是,发生防卫行为恰好是因为我们需要去克服这些防卫行为。也就是说,由于我们不完美,作为专业人士,在我们管理的领域中总是有需要改进的领域。我们的同事会认识到这些领域,因为他们"旁观者清",而我们却不行。这描述了一个典型的"群众的眼睛是雪亮的"的概念,这也是大多数咨询公司取得成功的"秘诀"。然而,我们天生的防卫行为不允许我们对不完美的同事的反馈敞开胸怀或者予以接纳。从另外一个形式说,我们不愿意接受那些自己部门里面还有很多问题的同事提出的批评性意见。因此我们会想:"你自己部门里面还是一团糟的时候,你怎么好意思给我们部门提改进意见?"同事提出的关于改进领域的意见很可能是正确的,而且实际上,他们看出我们弱点的能力跟他们把自己的领域管好管坏没有关系。他们可能把自己的事情做不好,但由于距离的原因,他们能够准确地评判其他部门。

基于这些原因,有必要以积极的心态来对待反馈意见。超越这种破坏性的循环需要互相理解,要认识到我们都不完美,要理解其他人能看出我们的工作在哪里不完美,而且批判性意见并不一定是负面的,我们宁愿视之为建设性的和有价值的并有助于达成公司的共同目标,那才是团队合作。

18.2.4　拆除围墙

既然柏林墙都能拆掉,毫无疑问我们也可以拆除自己组织里面无形的墙。如果没有职能内部的壁垒也没有职能间的壁垒,组织就能做出更有效的决策,好的效果就会成指数倍增长。开始,我们要认识到并接受我们是不完美的这一概念,从而鼓励和接纳来自于同事的批评性意见。成功的公司会通过设立整体的系统方法和衡量措施,来增加、补充公司自信并且把核心流程和辅助流程有效地连接起来。一旦得以完成,团队合作就会越来越兴旺，成本会降低，收入会增长，而客户会尊敬你。

18.3 垂直整合

公理：供应链管理之梦尚未实现，然而在垂直整合、协作、合作⊖成为第二天性之前，供应链管理不可能实现。

精益理论深刻地讨论了供方和客户关系。此理论说精益期望将生产和需求同步。需求的"心跳频率"被定义为节拍时间（takt time），而节拍时间就是用于制造产品的节奏。节拍时间的目标是只生产市场所需要的产品，因而避免了生产、持有市场不需要的库存产生的相关所有浪费。如我们所知，过量生产被认为是一种导致很多其他浪费的浪费。供应链理论指出，如果我们以客户的需求频率制造产品，那么我们也应该让供方以这个频率来制造。理论上，供方和制造商应达到完全的同步，在最终客户产生真实需求前不应该制造任何东西。

让我们拿一包薯片来做一个夸张的例子吧。在理论上的供应链环境中，当你在当地杂货店买一大包薯片的时候，你就触发了如下一系列活动，同时所有的活动都是实时的：

（1）你买薯片的信息被杂货店的 POS 机实时获取。

（2）分销商会收到一包薯片被你买掉所导致的补货信号，然后会安排发运一包薯片到杂货店。

（3）制造商接到信息去制造一包薯片，以补充那包从配送中心运走的薯片。同时，它还会订购并且准时地收到制造这一包薯片所需要的恰当数量的原材料。

（4）农民（供方）会从田里挖出一个马铃薯，然后种一个下去以补充刚才挖出那一个。

⊖ 协作（collaboration）和合作（cooperation）是有区别的，协作主要指有不同利益的团体之间进行的一些配合行为，而合作的人的团体目标是完全一致的，从而全心全意不分你我地工作。——译者注

（5）在我们从商店买这一包薯片的时候，每一方将通过电子支付系统实时结算。

很明显，这个例子是理想化的，因为有很多实践方面的难题会妨碍其成功的实施。原材料的季节性、制造的规模经济、电子通信的约束条件、客户的不确定需求都是我们在这样的例子里面要达到无缝、无浪费的供应链管理所面临的许多约束条件的一部分。尽管理想境界无法达到，但还是可以做很多针对垂直整合的明显改进。

18.3.1 从客户到供方

垂直整合试图把一系列业务流程当成一个业务，也就是说，从最终客户到原材料供方的最顶端层次，我们试图建立能够优化整条供应链的系统。关于垂直整合的绝佳例子是发生在亨利福特拥有制造汽车的整条供应链的时候。从采铁矿到汽车经销，每一个环节都是福特自己在做。目标是把流程里面的每一项都整合起来、同步流动，以优化整个系统。当然，如果你拥有供应链的所有运作，你能够达到你的目标。因为成功的垂直整合的主要要素是沟通、信息分享和信任。为支持这些想法，我们给出了一个开始进行垂直整合的简单方法，如图 18-3 所示。

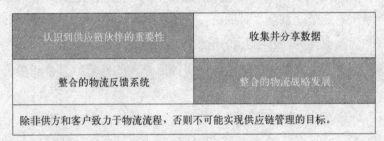

认识到供应链伙伴的重要性	收集并分享数据
整合的物流反馈系统	整合的物流战略发展
除非供方和客户致力于物流流程，否则不可能实现供应链管理的目标。	

图 18-3 垂直整合：迈向成功的步骤

18.3.2 垂直整合和信息

著名的牛鞭效应给运作带来危险。牛鞭效应起源于杰伊·弗雷斯德○

○ Forrester, Jay, *Industrial Dynamics*: *a major breakthrough for decision makers*, *Harvard Business Review*, 36（2），37～66，1958.

(Jay Forrester)在 20 世纪 50 年代提出的工业动力学理论。它告诉我们供应链中的库存量是供应链(垂直)伙伴中分享信息的函数,且以相反方向增长。这种关系在自然界中是一个倒数关系,分享的信息越少,系统中产生的库存就越多。需要流动的信息包括预测信息、需求计划信息以及实际销售数据。当然,如果我们知道每个供应链水平确切的需求数据,进行系统优化就容易多了。从客户开始,我们需要倒推供应链的需求。当然,这是精益和拉动补货系统理论的核心所在。精益模型是这样的:生产所卖的,补货所消耗的。

不幸的是,现在商业实践使有效的垂直整合实施变得困难重重。这主要是由于不信任的问题和沟通缺乏效果所致,缺乏知识也是原因的一部分。如果只有某人知道将会发生什么事情,大多数组织将会很高兴去分享预测和信息,但是没有人会知道。我们的内部系统和流程缺乏效率,导致产生职员都忙于救火的情况,而恰当的供应链管理仍然停留在梦想阶段。一旦发生这样的事情,就会产生波动了,而正是这个波动导致供应链垂直方向的不稳定性。

18.3.3 波动性、平衡流动和垂直整合

六西格玛教会我们去理解波动、管理波动。精益教会我们让流程以及源头的需求流动起来并且进行平衡。我们再一次认识到,将六西格玛和精益连接起来是可以为运作管理中的严重的问题找到解决方案的。特别是波动性和平衡的流动在垂直整合中扮演了重要的角色。

例如,拿汽车行业的给多个 OEM 客户供货的、处于第一层供应商位置的一个供应商来作为例子,即使它们从同一个工厂给 OEM 客户供货,供方可能针对每个客户有非常不同的运作方法。比如,可能其中一个 OEM 客户是一个精益制造商,它让自己的制造和客户的需求频率保持一致。由于这个 OEM 客户订单的波动性应该小到了极点,这样,这一层的供方应该没有或者很少为这个 OEM 客户准备安全库存。这种小的订单波动使得这一层供方信任并根据这个 OEM 客户所需要的量来进行生产。这个供方可以在需要送货到客户的时间内根据需要对自己的系统做出计划来

进行生产。

现在，考虑一下同一个工厂服务的第二个 OEM 客户。这个 OEM 客户没有实践精益生产因此需求不均衡而且生产计划经常改变。尽管这个客户可能给这一层供方一个预测数字，但是这个数字会变。在货物交付前那一天这个变化可以高达 20％。那么第一层供方在客户订单有这么大波动性的情况下怎么来管理自己的业务呢？唯一的办法是持有安全库存，因为安全库存是对抗不确定性的唯一办法。然而安全库存会导致明显的成本，而在某个时候以某种方式，这些成本都会转移给 OEM 客户来承担。

垂直整合是要去就期望和需求两方面进行沟通，这样供应链中的贸易伙伴可以更好地计划系统，并且更有效地维持运作。这意味着信息、沟通和材料流必需流经整个供应链，同时还需要决心和信任——有决心分享和信任那些用于诚实目的的数据。重要的是，垂直整合要求我们认识到供应链伙伴是我们业务中不可或缺的组成部分。成功的垂直整合需要基于总成本和系统供应链管理的战略。

第 19 章

纪律：消除浪费

问题可能到 CEO 那里就能得到解决，但消除浪费只有到了实施者的桌上才能够谈得上达到目的。不论一个公司多么成功，浪费仍然很多，因此所有员工的目标应该是消除浪费。正如所有的重要计划，实施解决方案将被证明是一项极大的挑战，但它必需得到完成。消除浪费有如下三个战略性关注领域：

· 源头质量（Quality at the Source）；

· 持续改进；

· 执行。

本章将讨论这三个领域。

19.1　源头质量

公理：操作错误（operational error）和客户缺陷（customer defect）之间有明显的区别。

由于我们未能将质量内建在我们的产品、服务和流程中，因此计划通常从一开始就注定要失败。秘诀在于事先对质量下定义，然后避免设计错误或者操作错误，从而避免了在供应链里往下流动后最终变成客户缺陷。

精益的一个关键概念是说错误不同于缺陷。由于涉及人和机器，错误总会发生。令人兴奋的是错误不一定要变成客户缺陷，这是源头质量这个概念的基础。挑战在于在我们的程序和制造系统中要建立防错的流程。防错使我们能够在错误变成缺陷之前发现它们。为支持这个概念，我们描述了错误和缺陷的区别，如图 19-1 所示。

> **错误**
>
> 定义：做出的一个可以导致产品或流程缺陷的过失。
>
> 例子：运输单据上错误的客户地址
>
> 发生错误的可能性：100%
>
> 杜绝错误的可能性：0%

> **缺陷**
>
> 定义：客户（内部和外部）定义的流程或程序上的缺点。
>
> 例子：货物被送到了错误的地址
>
> 发生缺陷的可能性：100%
>
> 消除缺陷的可能性＝99.999997%

> 缺陷和错误非常不同。错误非常确定地会发生，然而，错误不一定要转变为客户缺陷。

图 19-1　错误与客户缺陷

对于大多数人来讲，质量就是关于制造以及制造产品的质量。在质量问题传递给客户以前，大多数制造公司使用检查和返工的方式来解决质量问题。我们想强调的是，质量不仅是运送一个没有缺陷的产品，质量还是要有出众的产品、出众的服务和出众的流程。质量要开始于源头。在设计产品或服务之前，我们首先要针对这个产品或服务定义一下什么才是"质量"，然后我们需要确保这个质量从一开始就内建了。在发生质量问题的时候，我们要确保不良质量的产品不会传入流程的下一环节。这很关键，因为质量问题一旦流经组织进入顾客环节，就是一个很严重的问题。

比如，想象一下一个销售人员在系统中为一个新的客户建立基础数据。假设这时候，这个销售人员对其工作没有任何自豪感，然后在输入客户信息的时候马马虎虎。最后，不准确的信息得以录入。如果销售人员把客户地址录错了。当客户打电话给销售人员时，销售人员开始"救火"。虽然把第二个订单发给了客户，但是到货又晚了。公司开发票的时候，发票到错了地址。余下的就是一系列商业错误，这些对客户来说很可笑。这种事情听起来好像荒唐，但是商业中每天都在发生。许多大问题都起始于一个小小的错误。挑战在于专注于质量，然后从一开始就把质量变成所有流程的一部分。我们需要做以下事情：

- 理解质量需要从源头开始；
- 寻找需要从源头开始进行质量改善的流程；
- 定义"质量"的内涵和外延，对任何流程从开始就内建质量。

19.1.1　源头质量的好处

精益生产从很多角度和方面都提到公司应该有能力实施一个针对缺陷的快速反应行动，以建立能够检查流程本身或者流程直接结果的程序。自检这个概念就是防错。不论如何，在错误变成缺陷之前，我们需要有一种机制探测错误。防错或者防呆对于建立流动很重要，也是减少波动性的关键。

很多商业目标雄心勃勃地计划递送 100％ 满意的产品给每个客户。如果一个个事后检验产品，这个目标不可能完成。质量必需内建在产品中，并给予流程和雇员在发生错误的时候予以纠正的手段。需要实施从事发的第一位置阻止错误的防错设计和防错流程。如果我们能做到这一点，我们就能：

（1）**减少返工**：能够一次把产品生产正确的能力是连续流的一个关键组成部分。这防止了产品移动中的中断，并减少了对资源的浪费性消耗。它专注于那些只制造所需要供给客户的产品的资源。换句话说，源头质量将会消灭隐性工厂。

（2）**减少废料**：源头质量的目的恰恰是为了减少废料和返工。废料和返工导致流程波动、降低达到标准化工作的能力以及增加成本和前置期。

（3）**降低风险**：源头质量减少在制造产品地点（或者增值的地点）发生问题的可能性。这可以减轻沿着运作流程更深入的地方或者沿着整个价值流更往下的地方，发生高成本的问题和中断的可能性。它减少了产生更多成本的风险，也减少了客户发现缺陷的可能性，同时还可以创建一个能够在发生问题的地点发现问题、处理问题的环境，这能够发现并消除问题的根本原因或者实施相应的对策。

（4）**减少波动性**：任何形式的波动都会使流动中断。缺陷导致明显的、以各种形式存在的波动，这导致库存或者对额外资源的需求。从系统中消除波动对于创建连续流是非常关键的，这要求探测出缺陷并且快速发现问题的根本原因。

（5）**降低复杂性**：实践源头质量能够降低系统的复杂性。系统产生的缺陷越多，为了发现、处理和理解缺陷发生的根本原因，系统要得以维持对复杂性的要求就越高。

19.1.2　物流与源头质量

开始制定源头质量的计划是一件让人烦恼和缺乏信心的事情。首先要回答的问题是怎么开始这个计划。画一个源头质量的实施地图，将物流管理里面的"完美订单"阐释出来。完美订单以 5 个"正确的"进行描述：将正确的部件以正确的数量在正确的时间同时以正确的质量和正确的成本送达。记住这个定义，我们需要确保我们有到位的保证源头质量的措施或者防错的措施来实现完美订单。从实践上说，我们得研究一个例子。

在一个精益生产的环境中面临完美的供方订单的时候，我们需要保证供方在正确的时间以正确的成本运输了正确的数量和状况的零部件，到正确的地点。精益制造商用来保证完美订单源头质量的办法是订单货物被装上发货物流车之前，在供方所在地完成订单复核。这个复核流程是由负责对这个部件进行提货的司机来完成的。作为制造商的代理人，司机得到了关于如何复核来自供方的所有完美订单的组件的培训。为完成这个任务，司机持有那天供方应该发运货物详细情况的装货单。在货物装车之前，司机就会核实待运的货物是不是型号正确，数量正确，包装正确，标签正确以及是否有与流程质量相关的其他问题。这样做，司机能识别任何和流程相关的问题。比如，假如供方应该送 20 个方向盘但是给的货架上只有 18 个，那么司机就会立即停止流程。精益词典里面称之为"自动化"，就是指侦测出异常情况时立即停止流程的行为。因此，我们发现一个错误从而避免了一个缺陷。这种情况下，司机会就零部件短装的事通知供方，然后就在那个地方发展出一个解决方案。把这个流程和那些没有防错机制的流程比较一下，司机到达供方所在地，然后装好车，不管供方给装的是什么。拖车会按时到达制造商的设施，然后在检验之后会发现缺少 2 个方向盘（如果彻底检查）。然而，这个时候已经太晚了，缺少零部件的后果可能是停掉生产线，至少也会产生昂贵的加速送货费用。

源头质量教会我们要尽可能早地发现错误。在物流里，这意味着我们的所有关键流程都需要有防错的工具。在实践中，这意味着我们应该把供应链的流程沿着供应链往上看，越远越好。目标是在问题变成组织的负担之前发现并解决它们。

19.2　持续改进

公理：持续改进既不是一项计划也不是"本月流行"。持续改进必需是组织文化的根基。

如果说持续改进的概念和原则并未被大多数公司完全理解，这么说是公正的。实际上，在多个调查中发现，持续改进是给客户提供服务的物流提供商（3PL 和承运商）的关键缺陷之一。换句话说，物流提供商需要改进它们的技能。

而且，客户也需要改善其内部的改进能力。为什么发展并维持持续改进的文化如此让人挣扎呢？问题的答案很简单，如同解决大多数困难的问题一样，这个旅途开始于问更多的问题。问题中的几个是：

· 什么是持续改进？

· 为什么持续改进这么难理解和实施？

· 我们怎么才能发展出信奉并推动持续改进的组织文化？

19.2.1　持续改进：纯粹的事实

简单地说，持续改进是为了改进组织绩效的。很多公司没有正式的改进流程。持续改进在没有正式流程的情况下不会存在。

近一段时间，持续改进已经变成精益六西格玛词典的一部分了。在精益里面，持续改进即是著名的 Kaizen [⊖]。在六西格玛里面，100 万个机会里面有 3.4 个缺陷（DPMO）的方法已经把持续改进包含在定义、衡量、分析、改进和控制（DMAIC）这个过程里面了。因此，精益或者六西格玛的任何计划到最后都会殊途同归，都会围绕着持续改进平台开展组织工作，而这个平台正是公司发展持续改进和得以持久的基础。我们会在后面详细讨论这一点。

首先要理解的是，持续改进并不是一场运动。"Kaizen 运动"这个词已经损害到了真正的 Kaizen 原则和价值。尽管专注于改进计划很重要而且需要完成，而且持续改进必需在整个组织中进行，但是其发展并不是孤立的、零星的爆发。我们提供了一个简单而有力的关于持续改进的四象限图，如图 19-2 所示。

⊖　日语词汇，指小的、连续的、渐进的改进。——译者注

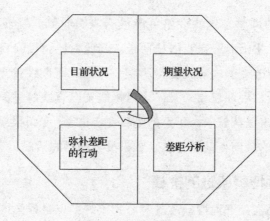

图 19-2　持续改进象限

当持续改进流经组织的时候，我们立刻认识到持续改进并不是一个比人的一生还要长的重组计划。实际上，改进来源于小的、累加的革新。真实的持续改进有一点矛盾，有时候改进很小看起来不合逻辑。一个小的改进可能难以衡量其效果，它可能不会给投资带来什么回报，也不是会给运作带来明显可见的变化。然而，这些小的、累加的改进经过一段时间的积累就会形成高度有效的流程和运作。

随着时间流失，累积的改进会产生最佳实践，而且持续改进使那种以大型重组活动来改进管理所面临的挑战变得不必要了。这是一个关键点。不采用持续改进的组织会使用对组织有破坏性的模式，重组、下岗以及使用其他具有反作用但却使经理人员觉得他们做得多么正确的管理技术。这些经理人员不理解他们的公司是一个系统，因此他们没有根据的行为损害了正在运转的自然系统。

以此类推，把组织设想成渡船，渡船想过河，从 A 点移动到 B 点。显然，从 A 到 B 的最短、最快的路是以一条直线移动。但是，穿越河流的时候遇到了强烈的水流，我们被迫改变航向。这些导致我们改变航向的力量可能是系统外部或内部的动态力量。不稳的经济，改变的客户需求以及人员不足都代表了改变我们在一个财务年度内的动态力量。

信奉持续改进的组织会看到那些不断变化的动态力量，并且会根据它们采取行动。他们和一个优秀的渡船操作员一样，组织会给航向进行一些微小而累积性的调整。这些调整可能没有人察觉到。让我们继续这个推理，渡船可能似乎沿着一条直线往前走。与此对比，没有持续改进的基础设施的组织面对改变的力量就显得两眼一抹黑，而最终就需要动态的、完全不一样的改变。现在想象一下，一只帆船要以直线跨过同一条河流，持续地以 45 度角来保持航向。不幸的是，完美的 45 度角很难保持，最后组织必需做 90 度的转向，甚至打转，如果没有翻船的话。

19.2.2　实施持续改进的挑战

组织领导不会公开说持续改进对公司不好，但是残酷的现实使很多公司在日常活动中进行持续改善的努力以失败告终。这就是持续改善的一个看似矛盾的情景。我们相信持续改善的效力，但实现对它的努力却很少。领导力理论认为这源于两个原因中的一个：第一个是说我们有持续改进能力（我们有相应的技能和知识），但我们有意识地选择不去改进；第二个可能原因是我们真的想改进，但是并不掌握发展、实施、维持一个有效持续改进战略的相应技能和知识。尽管第一个理由在劳资关系不好以及员工无能的时候可能是真的，而后面一个原因迄今为止就是持续改进为何未在组织里面开花结果的真正原因。我们想要改善，我们不知道怎么办。因此，需要揭示并解释那些阻碍我们释放组织和个人潜能的关键驱动因素。

以下是缺乏持续改进的许多原因的一部分：

- 缺乏问题解决和持续改进的模型；
- 缺乏时间以及受训练的资源来执行持续改善；
- 缺乏维持改善成果的纪律和公司基础设施。

19.2.3　架桥于沟壑

为了改善，组织需要有一个模型可以提供同一种语言给所有的成员使用，以阐明任何特定改进行动的价值和工作计划。虽然有很多模型可选（比如精益的计划—执行—检查—行动模型（PDCA）和六西格玛的定义—衡量—分析—改进—控制模型（DMAIC）），对于解决问题，本质上它们提供的是类似的方法。这种方法就是考察我们凭直觉发现需要改进的状况，然后回答如下问题：

- 流程的现状如何？

- 流程的目标状况是怎样？

- 现状和目标的差距在哪里？

- 为了弥合差距能做什么？

- 随着时间流失，怎样才能保持成果？

　　由于问题的复杂程度，回答这些问题也许比较简单，只需要很少一些分析工具，或者需要特殊的技能和复杂的分析工具。然而，最终的目的就是要就我们现在在哪里，想去哪里，怎么去，进行沟通。这需要时间和资源。经理人员在没有考虑改善所需的时间、精力和技能的时候，就盲目地开始一个持续改进的战略，可能的原因是他被误导了。这样做的结果只不过是简单地宣告：持续改善只不过是一种毫无悬念地、让自己遭受挫折和失败的新式武器而已。

　　持续改进和解决问题需要具有恰当技能和时间的、经过训练的人。这和组织内部的任何流程都没有不同。实际上，持续改进是一个流程，我们管理它需要的方法和管理其他重要流程的方法一样。最后，如果我们期望人们去改善活动，他们必需有时间。太常见了，经理人员把人叫到一起，把持续改进的好处"兜售"给它们，然后发布命令让团队回到现场从事运作改善。然而这些团队成员有全职的责任，没有空余时间去从事改善活动。这种情况在很多日常活动都需要紧急和立即的行动的物流行业里面，经常发生。在这种环境中，事实上不可能一面从事日常活动，一面完成改善项目。

　　如果你花时间从事改善，你可能就不需要救火或者防止紧急事件发生，这可能是一个自我实现预言的理论。这种说法在理论上有优势，但实际上我们永远不可能消灭紧急事件，尤其是在物流领域。因此，要任何持续改进取得成功，必需给予雇员时间去从事持续改善的项目，这也是六西格玛活动为什么这么成功的原因。在一个真正的六西格玛活动中，公司会训练 2% 的雇员，让他们脱离他们的全职工作，去专注于改进项目上面。

19.2.4　让人得到训练

　　为持续改善训练人员可能是一项令人退缩的工作。我们应该训练他们什么？他们需要什么技能？我们需要雇员里面有工程师和统计学家吗？尽管这些都是好的问题，但现实是，成功的持续改进所需要的技能往往被夸大其词了。乍一看，我们似乎需要流程工程师和数学家来设计流程并衡量数据。在解决复杂的问题中需要这些技能可能是正确的，但对于大多数遇到的商业问题，我们并不需要搞那么复杂。实际上，大多数情况下，雇员都知道问题的答案，只是没有改变做事情的方法。这并不是说严格的分析就不需要了或不重要了，当然需要。然而，大多数情况下，尤其是服务行业（卡车运输和 3PL 运作），流程一般不是那么复杂，不需要用高级的统计分析工具来分析问题。

那究竟需要什么呢？这个培训需要能够使持续改善计划得以持续下去，包括与项目管理、团队合作、变革管理和领导力相关的人的技能的发展。完成任何持续改进计划都需要项目管理的技能。设立管理时间的最终期限、对于维持项目的正常开展绘制甘特图、让所有的责任人都负起责来是至关重要的。需要对团队合作有深入的理解，人们需要参与进来，以保证活动超越了部门和职能的壁垒。要发生明显的、可持续的改变，领导技能在所必需。

维持改进计划是任何持续改进项目中最难的一部分。不幸的事实是，人和流程都有一个把流程拉回到老路的天然动力。一个著名的 CEO 说过，"企业倾向于成为一个官僚主义系统，每天，我们都要为防止被官僚主义篡位而抗争。"尽管这看起来好像是科幻，但毫无疑问的是自然的理论一直在起作用——它试图挑战我们改善的持续性。因此所有的雇员，除了 CEO，都需要接受领导力和变革管理的培训。如果所有的参与者都认识、理解并相信持续改善在公司走向成功的过程中具有重要的位置时，就会发生明显的改进。

19.3　执行

公理： 只会说一文不值。做物流你必需得把事情做好。

　　我们都曾卷入到那些想法里面即从一开始看起来很伟大，但直到项目实施后悲惨地以失败告终。实际上，六西格玛和 DMAIC 流程突出了维持改善成果的重要性。维持改善成果只有在我们成功实施改善，然后成功经受了时间的检验才算成功。这并不容易做到，因为返回老路的自然力量使改变并维持新的做事情的办法变得很难。物流专业人士就会面临这些挑战。实际上，大多数物流专业人士明确地知道在他们的组织里面需要做什么。实际的挑战是得到组织的支持，把物流放在优先级里面。信奉精益和六西格玛的组织认识到物流的重要性，并且为它采取了一些行动。然而，作为整体上的一个专业，物流还有很长的路要走。现在，我们对于世界级的物流和供应链管理的愿景超越了大多数组织里面的运作实践。让我们称它为"思想与现实的鸿沟"，在那里我们的执行力滞后于我们的想法。如图 19-3 所示，我们描述了成功执行所需的关键变量之间的关系。

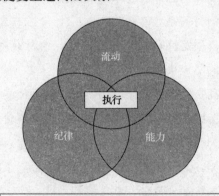

把物流桥模型当成组织的指南针，精益六西格玛物流就可以被成功地实施。

图 19-3　精益六西格玛物流的执行

　　我们不需要太吃惊或者过度忧虑，因为所有的显著改变和心智模式的改变都始于"思想与现实的鸿沟"。正如格言说的，"思想的时间到了，什么也撵不上"。很明显，精益六西格玛物流的时间到了，我们就需要领导力。

像精益六西格玛领导那样行动

　　有上千本书推销它们对领导力的定义。它们可能强调远见、激情、干劲或者影响他人的能力。这些都对，但是，没有行动它们就等于零。行动的能力，完成事情的能力不仅是领导力的一面，而且还是把它们凝聚在一起的"胶水"。没有行动，任何领导模式都无法生存。行动是把物流推进公司行政会议室进行讨论的力量。斩钉截铁的行动辅以有效的执行会使精益六西格玛物流对组织绩效的影响达到最大化。然而，我们从哪里开始呢？

作为领导，我们要专注于三个关键领域并据以行动，也就是我们要提出难题、寻求事实、发展战略并追求如下三个原则：

- 物流能力：我们的物流系统有能力吗？
- 物流流动：我们设计了一个流动的物流网络吗？
- 物流纪律：物流流程是基于有规有矩的原则吗？

（1）能力意味着物流领导者专注于确保物流系统是可以预测的、稳定的和可视的。

（2）流动与物流专业人士描述和阐明系统的资产流动、信息流动和现金流动是如何表现的能力有关系。

（3）纪律对于维持稳定性和流动非常关键，主要的物流纪律包括协作、系统优化和消除浪费的坚定决心。

当物流和供应链高层经理专注于能力、流动和纪律的时候，很明显，在组织和客户之间架立桥梁，克服使竞争者陷入绝境的浪费的供应链行动能真正成为公司的基本行为。这并不容易，但最后信奉精益六西格玛物流的组织将会成为胜利者。作为物流专业人士，我们已经描绘出了愿景，并且设立了步骤，现在需要的就是行动、行动、更多的行动。

现在我们有了愿景、结构，但需要物流桥模型所设定的行动，我们在下一篇将研究可以弥合物流系统中目标和现实差距的关键工具。精益六西格玛的工具和方法会帮助你持续改进活动并且衡量其效果。

第四篇

架桥:精益六西格玛物流工具

第 20 章

战略和计划工具

20.1 工具箱调查

精益和六西格玛分别被设计成可以理解的方法，这两种方法里面都包含了广泛为人所认可的哲学原则、价值观、模型和工具。试图描述精益和六西格玛结合在一起后将能提供些什么，对我们来讲是一种挑战。同时，培训和执行也面临挑战，因为雇员可能被理论和接下来该怎么操作之间的事儿搞糊涂了。由于物流是专注于运作的，因此这对于物流来讲特别正确。因此，物流人应既要超越理论也要从实践的角度来理解精益和六西格玛，这是很重要的。为了达到效果，物流人不但需要用理论来武装自己，还要用能直接提升运作效率并降低成本的实践知识和工具来武装自己。

很多培训课程和书都试图将精益工具和六西格玛工具分开。比如，一个可能说客户之声是六西格玛工具，而价值流图是精益工具。尽管这些工具的源头可能要追踪到一个学派或者另一个学派，但物流人只需要知道有哪些工具可以用以及什么时候用最合适就行了。因此，我们就把这些工具简单地以精益和六西格玛为核心分为 4 个类别：（1）战略和计划；（2）解决问题；（3）运作；（4）衡量。与这 4 个类别相关的方法和工具将会在本篇的 4 章里面分别讲到。

在介绍精益六西格玛物流工具之前，有三点需要说清楚。首先，这些工具并不是"新的"。大多数情况下，它们只不过是首次被运用于物流和运作，从这个意义上讲这算得上"新"。其次，这里提供的清单并不是想要提供一个包罗世界上所有工具、方法和概念的、大而全的清单，而是提供了在精益六西格玛物流中有价值的、经过实践检验的、有代表性的样本。幸运的是，每一种工具都已经有无数的指南类书籍以及网络资料可以参阅。

本章讲解了用于战略和计划的关键工具，而战略和计划为精益六西格玛物流实施提供指导和范畴。组织精力的焦点和优先级应该是建立在这里。对于精益六西格玛物流来说，不仅是要把事情做对，而且是要把对的事情做对。物流桥模型强调了倾听客户之声，我们也从这里开始讨论那些颇具价值的工具。

20.2 客户之声

客户之声，如其名字所示，是一个听取客户对我们提供给它们的产品和服务意见的概念。这也是六西格玛"市场概念"的体现——认识到顾客是商业存在的原因，识别客户的特定需求，然后开发包含有这些需求的产品或服务，这要远远有效得多。它和传统的"生产思想"不一样，传统的思想建议公司生产擅长的产品和服务，然后再把产品和服务卖给客户。这两者的区别可以在这样两句话的对比中看到："我们生产我们所卖的"和"我们卖我们所生产的"。精益六西格玛认识到理解客户需求是第一位的。把产品和服务推给客户只能产生浪费。说到物流服务，很容易发现不是所有的客户需要同样的服务或者期望同样的服务水平。一些客户寻求增值服务比如贴标签和包装，另一些需要运输和仓储服务，还有一些只寻求运输服务。对于那些需要运输服务的人，一个客户可能期望95％的准时交货表现，另一期望是98％，还有的期望是100％。很明显，用一种统一的方法来设计服务和履行订单无法满足客户的多样化需求。

供方必需理解的客户的关键要素，包括如下问题的答案：

· 客户的目标是什么？

· 这些目标背后的激励性力量是什么？

· 客户的挑战、局限性和资源是什么？

· 在这些挑战存在的情况下，我们如何帮助客户达到这些目标？

我们以一个循环图概括了这些要点，如图20-1所示。分析客户之声的目的最终是要更好地理解客户的真正需求，去"感受他们的痛苦。"为了提供最大的价值，不要局限于理解客户所明确表达的问题，而是要理解更宏观层次的需求：（1）客户的目标以及提供的服务如何对特定的目标做出贡献；（2）客户目标的驱动性因素。这种层次的理解不但能够改善对目标的理解，提升基于追求共同目标的"同志"之情，而且能够取得比客户本身所愿冒险的成绩更大的成绩。被认为不可能（或者完全未被识别）的方案也许反而是可能的。

图 20-1　客户之声循环图

　　然而，就算识别了目标和驱动因素，如果缺乏足够的信息，也不能把梦想变成现实。在设计进攻计划的时候，也需要识别并考虑资源及它们的约束条件。最后，需要发展能力来达成目标，并对进度进行衡量，以推进后续的行动。然而，这个客户之声的循环并不是在此结束。在达成目标的时候，客户的需求又改变了，新的目标又建立起来了，由此产生了似乎是不断变化的动态目标。

　　很明显，在尝试满足客户的特定需求的时候，生活变得复杂了。因为这个原因，许多公司开始转向分类，即把有"类似的想法"的客户归为一类的方法。以明显的类别来处理集群客户可以减少服务于顾客群的复杂性，同时可以提供一定的规模经济。提供"恰当规模"的服务来满足客户需求并同时为公司的规模经济作准备，这将会在下面连接客户之声和业务之声的时候讨论。

20.3　业务之声

　　在满足每个客户的独特需求之前，我们必需理解每个客户对我们的努力给予回报时提供给公司的价值。经理们经常把对一个客户的销售额等同于其盈利性，但很可能公司最大的客户是最不赚钱的客户。这种情况在客户要求完全独特的服务和过分的特别关照时尤其正确，因为这些要求会导致供方发生异乎寻常的成本，并抵消了服务于这个客户所产生的收入。由于这个原因，公司有必要针对每个客户制作利润和损失（P&L）报表。这个 P&L 就起到了重要的"业务之声（VOB）"的作用。在没有理解每个客户创造的价值的时候，我们很容易答应满足客户任何需求。但如果在提供给某个客户服务的成本能够被衡量的时候，经理就很容易评估提供的服务水平是否划算。

如表 20-1 所示，这里描述了一个部门的盈利性分析，同时也描述了三个关键客户产生的净收入（收入减去可避免成本）。从最上面一行服务每个客户得到的收入可以看到一种情况，但看到最后一行的利润却是另一种情况。"大"客户 C 被证明是最不盈利的——在目前的分析里面是亏损！然而，小客户 B 却显示出正常的利润。应该集中于保持客户 A，发展客户 B 以及使客户 C 扭亏为盈的努力上。

表 20-1　按照客户的盈利性分析

	客户 A	客户 B	客户 C
净销售收入	1 000 000	500 000	2 000 000
可变制造成本	600 000	300 000	1 200 000
制造贡献	400 000	200 000	800 000
可变营销和物流成本			
销售佣金	20 000	10 000	50 000
运费	100 000	60 000	250 000
贮存	50 000	10 000	100 000
订单处理	10 000	5 000	30 000
应收账款投资调整	5000	2000	15 000
贡献利润	215 000	113 000	355 000
可分配的固定成本			
薪水	100 000	50 000	200 000
相关广告费	10 000	5 000	20 000
进场费（渠道费）	10 000	3 000	20 000
库存持有成本	25 000	5 000	60 000
可控制的利润	70 000	53 000	55 000
专用资产收费	40 000	15 000	80 000
净利润	30 000	35 000	(25 000)

认识到收入并不等于盈利能力对任何业务都很关键。令人吃惊的是，极少有公司是基于一个一个客户来做盈利性分析。我们面临的挑战在于，

如何获得恰当的数据来进行分析。收入数据很容易获得，但是可以分配的成本（可以分配给特定客户的成本）要更复杂。比较理想的办法是根据分析所需要达到的级别（根据客户或者业务部门）来获取相关信息，以支持对特定客户或特定业务部门的服务成本的追踪。在缺乏这种信息的情况下，我们必需依赖于将成本分摊到客户的作业活动的方法。到目前为止，作业成本计算法是提供了将成本分摊到特定客户或者特定产品相关作业活动上的最好（尽管不完美）办法。如图 20-2 所示，我们给出了这个方法的梗概，以及做基于作业活动的成本分析所需要的数据。

作业成本分析的关键考虑点如下：

- 只有和客户的业务相关的成本才能拿来分析；
- 可以质疑所确定的成本驱动因素是否恰当，成本的增减应该与活动驱动因素的变化成正比例；
- 第一次收集进行分析所需要的相关数据可能比较麻烦，但在接下来的工作中就容易多了；
- 线性表示的成本极大地忽略了规模经济性。

		计　算		
资源	➡	成本 驱动因素	×	驱动活动 成本对象	=	成本 成本对象
来自于总账或者损益表的成本数据		记录驱动整体成本的活动，以及观测到和雇员估计到的		客户／销售文档中与成本对象相关的活动，观测和雇员估计		一个成本对象（客户、服务、产品）的总服务成本

计算每种成本所需的数据来源

图 20-2　作业成本计算法：计算和数据

资料来源：Goldsby，Thomas J.，Closing in on the true costs of service，*Transportation Trends*，1，2，1999.

作业成本分析的核心就是一种把不容易分配给特定客户的成本进行分摊的办法。大多数使用过这个方法的人感觉是，这种分析做出的成本分摊决策是"基本正确的"。当成本成为获利能力分析的一项输入因素时，公司享受到了一种空前水平的商业智能。对于测定客户对公司的价值，不再需要依赖于投机或者经理的所谓预感，分析出来的证据都是白纸黑字摆在那儿的。一个经理把他的经历比作到远方狩猎的行动："在按照客户的获利能力分析以前，我们就像在黑暗里开枪，鲁莽地对任何引起我们注意的东西开枪。现在我们有了这些信息，就好像灯被打开了，我们能够很清楚地看到目标。"这个经理继续讲他的公司如何提高了"命中率"，并以最低成本提供恰当水平的服务，从而满足客户的需要。

很明显，公司必需使用客户之声和业务之声来决定客户的服务种类和服务水平，而这些正是基于大量顾客判断出来的。一些客户会基于他们的反馈来提出正当的需求，另一些客户会提出不太合理的要求。在把正确的事情做对的过程中，知道哪些客户值得花时间和精力是很关键的——这是精益六西格玛的核心。除了运作方面的经济性以外，在能获利的情况下开发出灵活的、完善的流程以满足多元化的需求，对公司是很重要的。价值流图在这方面能给予帮助。

20.4 价值流图

很多公司开始精益之旅是从价值流图分析开始的。价值流图（VSM）利用流程技术的可视化来描述采购、制造和配送特定项目或产品过程中的各种活动。价值流图和流程图类似，尽管其着重点有细微的差别。流程图专注于可以用于产品或其他项目的流程，价值流图则是以产品为核心的，因此更倾向于横跨多个流程。流程图通常是价值流图的第一步。尽管两者涵盖的范围不一样，其共同目的是一样的：识别浪费并寻找消灭它的机会。价值流图的特定目标是为了识别：（1）创造客户眼中有价值的活动；（2）不创造价值但却是必需步骤的活动；（3）不创造价值但有助于消除浪费的活动。⊖

在物流浪费那一篇中描述的乘渡船的价值流图在这里得到了描述，如

⊖ Womack, James P. and Jones, Daniel T., *Lean Thinking*, Simon Schuster, New York, 1996.

图 20-3 所示。在这个例子里，我们看到渡船服务乘客花了 52 分钟，而其中只有 8 分钟（整个时间的 15％）给客户创造了价值。买票这个动作只有在服务问询或者信息收集时才提供了价值，买票本身并不是增值活动。而且要注意到乘船（人们实际上付钱的原因）只占到 52 分钟中的 5 分钟。图中标明了两个可以立即进行改进的方法。一个是在客人等候的时候卖票，而不是在登船的时候才卖票，这样可以减少不增值的 43 分钟中的 9 分钟。另一个机会是在上船的时候就进行连续的查票，而不是在所有的汽车都上去后才查票。这可以节省另外的 5 分钟。

在绘制价值流图中发现的很多好处与这些事实相关：与采购、制造和递送产品相关的活动跨越了职能的边界，而且绘图的努力以及绘图的结果能够使每个人都看到正常经营范围中所产生的浪费，以及改善流动的机会。通过可视化"目前状态"中的增值活动与非增值活，让更多的人支持改进活动不再是一件很有挑战性的事情了，而且追求"期望状态"或"未来状态"的动力得到加强。尽管采购、制造和递送产品通常是价值流分析的重点，诸如客户服务、产品开发以及促销支持也应该成为价值流图的一部分。这是由于通过这些非运作的业务职能和诸如采购、生产、物流这些运作领域的职能协作能够明显地消除浪费。而公司在这两个方面未能融合到一块的时候，浪费就产生了。价值流图经常没有涉及到这些非运作部分的影响，使本来可以通过内部协作消除的浪费"永世长存"。

价值流图有两个额外、必需在运用的时候考虑的不足之处。第一，如果不知道客户真正的需求和客户愿意为什么样的特定服务品质付费，那就不能算完全理解客户眼中的价值。公司往往在没有对完全的客户之声进行分析的情况下就开始冒险。第二，正如渡船那个例子所说，减少浪费的药方可能并不在于对目前流程简单的修修补补，最好的方案可能是一个完全改变后的流程（即渡船例子中的桥）。因此，我们没有必要成为在"目前状态"中所描述的，现存活动和流程的"奴隶"。尽管有这些问题，价值流图目前仍然是支持公司持续改进文化的关键工具。

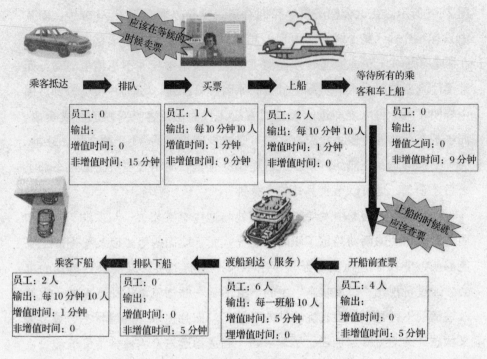

图 20-3　渡船服务经历的价值流图

20.5　帕累托分析与 ABC 分类

　　持续改进的文化面临的一个现实是，完美永远不可能达到。在任何特定的时间里，都有很多流程需要改进，既然目标是完美的。当然，时间对多数公司是唯一最重要的资源，永远不可以再生。因此，选择那些值得我们花时间和精力的最高优先级的改进机会是很关键的。帕累托分析（Pareto Analysis）和 ABC 库存分类法（ABC Inventory Classification）有助于划定优先级。这两种技术都源于意大利经济学家维尔弗雷多·帕累托博士（Dr. Vilfredo Pareto）一个世纪以前的著作，他发现意大利 80％的财产集中在 20％的人手中，80/20 原则就这样诞生了。尽管它原始的解释如此，但人们发现 80/20 原则可以运用到极其广泛的环境中。实际上，帕累托图即可以运用于战略领域也可以运用于运作计划领域。它们有时候被运用于业务的整体，以描述公司 80％的营业收入是怎样由 20％的客户产生的，

或者公司 80％的销售额是怎样由 20％的产品和服务产生的。以这种方式
来使用帕累托图能够详细描述各个单独的客户或者各个类别中的客户产生
的业务量，这可以为战略计划提供有价值的真知灼见。

一般来看，帕累托分析描述了相对少数的投入怎样决定了大多数的产
出——不管那些产出是为人们所爱的收入这类，还是被人们所恨的诸如缺
陷或者成本一类。质量大师约瑟夫·朱兰（Joseph Juran）后来把这些至
关重要的输入称为"微不足道的多数"中的"关键少数"。关键在于要识
别这些关键的少数——不论它们带来正面的还是负面的产出，并且根据它
们来优化未来。

在六西格玛改进计划的例子中，帕累托分析可以用来揭示对解决问题
至关重要的根本原因。那些导致最大的波动性进而导致最大的浪费的根本
原因，是初始改进的最可能取得成效的改进对象。通过表现错误的不同源
头的不同重要程度，帕累托图可以作为根本原因分析方法的一个补充。如
图 20-4 所示，这是一个对乘渡船的体验过程进行帕累托分析得出的结果，
它描述了乘客抱怨的频率。刻度的最左边代表了改善客户对渡船服务整体
感受的最大机会。

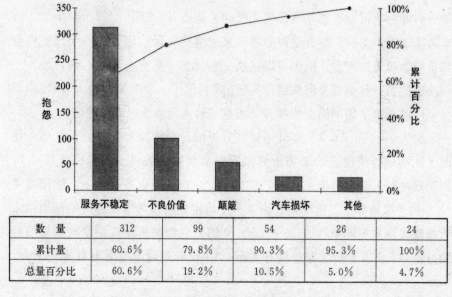

数　量	312	99	54	26	24
累计量	60.6％	79.8％	90.3％	95.3％	100％
总量百分比	60.6％	19.2％	10.5％	5.0％	4.7％

图 20-4　对渡船的抱怨的帕累托分析

改进小组很有必要思考一下改正这些问题或错误的价值。从根本上说，长期来看节省的成本或者增加的收入减去为解决这些问题导致的短期成本的差额是多少呢？⊖价值衡量有时候能够校正改进活动的先后次序，并把改进活动从基于发生错误的频率更正为基于不良质量带来的成本（COPQ，cost of poor quality）。通过把频率和每次的成本结合起来，我们可以建立一个以总成本形式表示的帕累托图。这种混合衡量方式比单纯地根据发生频率来进行衡量，更能够揭示发生的错误在经济学上的影响。

把美元与改进机会管理挂钩的一个相关的概念是 ABC 库存分类法。ABC 分类用于区别低价值库存和高价值库存。如果要降低库存，减少高价值库存将会给降低库存的努力带来最大的回报。ABC 分类也经常用于区别快速移动（A）和慢速移动（B、C 等）库存。基于吞吐量的库存分类也有价值。比如，在所有的条件相对的情况下，慢速移动的品项将是可以马上采取行动的降低库存的主要对象。然而，通过综合使用库存价值和库存吞吐量的复合指标可以提供最佳的真知灼见。在这些情况下，慢速移动和高价值品项将为降低库存提供了最大机会。

20.6　XY 矩阵

另外一个可用于建立项目优先级的工具是 XY 矩阵（XY matrix）。XY 矩阵基于客户之声和业务之声的考量来建立优先级。尽管每一个改进机会都显得值得为之努力，但仍可以证明一些比另一些更有价值。同样地，一些改进比另一些更容易出成绩。XY 矩阵利用了一个简单的输入/输出模型框架，既考虑了预期输出的权重又考虑了输入对该输出的贡献度。

如表 20-2 所示，XY 矩阵通过在分析的计划阶段如何建立优先级，指出了在初期持续改进的努力中可以得到最大收获的机会。输出变量（Y）列于横坐标上并且赋予了权重，并将 100 分分配到这些标准上。输出变量（X）列于纵坐标上。组织通过衡量一个给定的输入对每个希望的输出结果的贡献来确定矩阵中的值。一个 0～10 的分数将被用于评估这些相对贡献的分值，0 代表对输出变量没有贡献，10 代表对输出变量有巨大的贡献。

⊖　也即收益（减少的成本或增加的收入）减去对应的成本，等于增加的利润。——译者注

看看样本矩阵中的数字，第一个输入变量（空间利用率）相对于其他输入变量对客户保持率贡献很小，但是对生产效率和成本有相当大的贡献。

表 20-2　XY 矩阵：建立优先级

输出变量 (Y)	增长	留住客户	质量	生产率	成本	
输出权重	30	25	20	15	10	分数
输入变量 (X)	关联表					
空间利用率	5	3	7	8	8	**565**
库存管理	7	6	9	9	9	**765**
收货时间周期	7	7	6	10	7	**725**
场地管理	1	5	5	7	5	**410**
安全管理	3	5	8	9	9	**600**
包装设计	1	3	7	4	7	**375**

将矩阵填满后，组织就通过将每个输入变量的贡献度与对应标准的权重的乘积加起来的方法，可以计算出每个输入变量的等级。在空间利用率这个例子中，我们用如下算式来算出其等级分数是 565：

$$(5 \times 30) + (3 \times 25) + (7 \times 20) + (8 \times 15) + (8 \times 10) = 565$$

将每个输入变量的等级分数计算完毕后，我们就可以比较值的大小了。值最大的输入变量就成为组织改进努力的焦点。

最终，组织在研究完矩阵图后应该达成一致，即应该解决什么问题，以什么顺序，要产生效果需要哪些资源。进行 XY 矩阵分析，这里有一项要注意的是，这里假设每个行动是独立进行的，也就是说，输入变量里面所显示出来的机会都假定为在目前情况下是可行的。然而，初步行动后，情况可能发生变化，针对其他输入要采取的行动可能不再可行或不必要再进行。基于此种情况，应认识到一个行动可能妨碍另一个行动或者一个行动可以导致多个机会，应该在采取实际行动之前考虑到输入变量之间的相互作用以及输入输出之间的相互作用。比如，在我们这个例子中，两个得分最高的输入变量（库存管理和收货周期）可以结合起来采取行动，以给客户带来更大的价值。

第 21 章

解决问题的工具

利用前面讲解的战略和计划工具可以对组织应该先做什么后做什么的事情，做出了规划，然后组织就可以开始致力于改进计划了。六西格玛特别提供了大量的工具来帮助解决问题。实际上，六西格玛的首要目标在于，将问题结构化并为解决问题提供分析方法。首要的解决问题的工具是本章要介绍的 DMAIC。其他工具还包括：因果图，"5 个为什么"分析以及头脑风暴法。

21.1　DMAIC（定义—衡量—分析—改进—控制）

很多人把 DMAIC 当成六西格玛的路线图。毫无疑问，它是六西格玛改进中使用的主要方法。既然它涉及的范围那么广，有人可能会问，为什么它是一项解决问题的工具而不是战略和计划工具。简单地说，DMAIC 是一个贯穿始终的方法，它不一定要决定结果是怎么样的，而是像前面说的一样提供路线图。DMAIC 方法的目标是由客户之声和业务之声所决定的。通过这些战略分析应该能找到改进的机会，然后运用 DMAIC 来实现这些机会。另外，通过减少波动性来提高质量应该成为公司哲学和战略的核心元素。

如图 21-1 所示，这里强调了 DMAIC 过程的每个阶段。下面会一个步

骤一个步骤地讲解。[⊖]

图 21-1　DMAIC 方法

21.1.1　定义

第 20 章中描述的战略和计划工具给物流人提供了多种改进的机会。客户之声强调了客户的需求，业务之声以公司的需求和约束为特点，价值流图使浪费无所遁形，XY 矩阵帮助对项目进行优先级分类。DMAIC 的阶段"定义"恰好弥补了 XY 矩阵在定义问题、选择项目、划定项目范围等方面的不足之处。首先，必需简洁清楚地陈述问题。然后，必需描述项目的目的、范围、团队成员、资源需求和潜在的约束。应该让涉及的每一个人都清楚最重要的是什么，项目的使命将在什么时候以及怎样达成，谁负责什么行动。再强调一次，客户之声、业务之声和价值流图在 DMAIC 过程的定义阶段提供了关键的输入。

21.1.2　衡量

精确定义问题将有助于第二个阶段——衡量。衡量是指对目前状态进行评估。如果一个 DMAIC 项目的焦点问题是指"改善交货的稳定性"，那么在途时间就是一个主要的衡量指标。的确，六西格玛所关心的是减少波动，人们不会只看在途时间的平均数，而会看围绕这个平均数波动的那些数字。我们也关心衡量的精确性。如何定义"在途时间"呢？时钟是从哪里开始又在哪里停止呢？目前是谁在衡量在途时间？我们可以相信计时员吗？在 DMAIC 流程的这个阶段就会遇到这种问题。如果为了衡量绩效的一个特定领域则有必要采用多种衡量手段，那么每一种都需要同等地仔细

⊖　关于 DMAIC 方法极佳的资料，可以参见：Gardner，Daniel L.，*Supply Chain Vector*，J. Ross Publishing，Boca Raton，FL，2004.

审查。另外，这些衡量手段需要有优先级，每个人都要知道哪些衡量手段是最重要的。衡量的一般领域包括成本、时间和质量。

最佳衡量手段将会有以下特征：

- 可以计量的（Quantifiable）；
- 容易测量的（Easily measured）；
- 稳健的（Robust）；
- 可靠的（Reliable）；
- 有效的（Valid）。

虽然我们不太可能意识到不良信息正在影响我们的决策制定，但如果没有有效的衡量手段，我们就一定会经历"GIGO"（垃圾进/垃圾出，garbage in/garbage out）。就像前面讨论的，我们对衡量手段太自信了，只依赖于那些使公司"能够"追踪所谓"进展"的、有很长历史的衡量办法。然而，仔细研究之后我们经常会发现一直在衡量错误的对象或者在用错误的方法衡量正确的对象。DMAIC过程提供了更正衡量中错误的完美机会。尽管有时候它也会导致分离焦虑（separation anxiety），但我们必需跟那些误导我们在错误的方向上越走越远的、充当不良指南针的衡量办法说再见。

21.1.3 分析

如果已经明确地定义了问题，也找到了主要的衡量手段，DMAIC流程就要开始执行"分析"这一步了。这一步的方法明显是DMAIC从追求真理的科学方法那里借用——发现导致不满意的客户、不必要的成本、降低的利润和挫折感问题的根本原因。科学方法给研究人员提供了3个指导步骤：

（1）观察现象或者现象集合；

（2）发展假设，进行解释或者预测现象；

（3）进行因果关系假设检验。

在DMAIC的分析阶段也同样使用这些基本步骤。

六西格玛从科学界那里借用分析方法的目标并不是在于使用这些方法

本身，而是要用这些方法来分析问题，这使得六西格玛的实践者看上去、行动起来很像是物理学家、化学家和统计学家。六西格玛通常使用诸如"试验设计"（Design of Experiments，DOE）这些工具来分析两个或者多个因素之间的因果关系，这很像生物学家在实验室测试光对植物种类的影响一样。物流人可能通过控制与其感兴趣的与运输相关的不同因素来考察交货可靠性中的波动问题，这些因素包括但不限于：货物运输中招标、发运和做计划的方式；订单的实物准备、订单集结和装车；履行交货的承运商和司机；在一天中提货和送货的时间段；天气状况；货物运输的单据处理。很多因素对交货的可靠性有影响，而其中一些因素和其他因素共同作用使问题变得更复杂或者更糟糕。

通常使用推断统计学来对观察值进行关键分析。参数技术比如方差分析（ANOVA）和回归分析辅以非参数技术诸如卡方检验（chi-square tests）可以用来从一系列观测样本中得出结论。所有这些方法的目的都是为了更好地理解工作中的现象，这样才能够重新排列因果关系，然后产生改进的成果，包括客户满意、成本最小化、合理的利润以及和谐的运作。

21.1.4 改进

不幸的是，认识到问题的根本原因并不等于把问题解决了，还必需采取行动，这也是 DMAIC 的改进阶段所关注的焦点。另一种看待这个阶段的方式是说，行业里面的很多公司都会面临类似的问题，谁能解决问题谁就能够获得竞争优势，正是那个快速有效处理问题的公司才获得了有价值的差异。[⊖]成为第一个采取行动解决问题的人并不会加多少分，除非这个方案是有效的。

对于组织来说，有效地实施变革并不是一件容易的事情。大多数好的想法由于在实施阶段所面临的挑战而未得以实现。还有什么比好的想法未被发现或不能实施更悲惨的吗？好的想法和好的实施脱节的问题不大会在精益六西格玛组织里发生，这是因为精益六西格玛思想的内涵正是基于在

⊖ 在著名的管理战略家哈佛教授迈克尔·波特的《竞争优势》一书里面，差异化是取得竞争优势的三种方法之一，即与众不同的、人无我有的、对客户的价值。——译者注

组织中提出有效的想法然后义无反顾地去想方设法实现它。改进并不是从好的想法本身开始，而是从纪律开始——创建一种对改进机会产生兴趣的文化。建立一种灵活的并且时刻准备迎接改进机会的文化，关键是要团队合作的方向明确。拥有那种不但对整体的成功感兴趣而且事实上还把自己当成成功的一部分的组织，比起那些迫使反抗的员工进行变革的组织更能够以欢喜的心态来迎接变革。这主要是说，在缺乏领导能力的情况下，团队合作会被误导到错误的方向。因此，必需用愿景来把团队的力量引导到任何值得完成的事情上。

一旦拥抱变革的文化（这并不是容易的事儿），必需用安排得当的方法来抓住机会本身。这些方法就什么是最重要的，怎样管理改善行为，对所有团队成员的期望是什么等，进行开放的沟通。不是所有的团队成员都有必要参与到每一个改进机会中来，但是可以给每一个成员提供开放的沟通机会以建立"共同的理解"，并建立一个得到支持的环境，同时最小化那些因以不公开的或者秘密的方式管理变革而不可避免地浮出水面的猜疑。

在就变革流程和对团队成员的期望进行沟通的同时，应该也就用于判断努力的效果和评判个人贡献的关键衡量方法进行沟通。虽然衡量标准必需与变革的更大目标直接相关，但个体的衡量标准要涵盖团队成员对贡献所负的责任。衡量标准经常把人忙得团团转，但这些繁忙并没有转化为有意义的生产力——实现组织愿景的行动。精益六西格玛物流和 DMAIC 过程坚信这样的信念，即每个团队成员所采取的行动都对客户眼里的价值做出了贡献，企业的成功是对其行动产生的回报。追求改进的努力是为了消除在有意义的生产力道路上的浪费和"心不在焉"。

改进阶段的一个关键点是，六西格玛本身或者在把它孤立起来的情况下并不能提供解决问题的实际方案。也就是说，六西格玛的 DMAIC 模型提供的是一个解决问题的模型，但我们需要运用我们的精益工具来产生问题的可能解决方案。

21.1.5　控制

不管在 DMAIC 的改进阶段找到一个好的想法会面临多大的挑战，最后都会证明更大的挑战在于如何保持这种努力。"控制"是 DMAIC 的最后一个阶段而且它是专注于改进项目的如下方面：在项目进展顺利、目标达成的时候避免自满；在项目迷失方向或者环境改变的时候采取纠正行动。很明显，维持性行动或者更正行动的元素从一开始就应该是改进方法的一部分，虽然这会被一些人看成是悲观主义。就算有最大的投入和建立良好的计划，团队也必需准备好随着情况变化而改变。稳健的、灵活的流程是指那些最能够适应变化的流程。应该把流程设计得不但能够适应每天波动中的中等程度的调整，而且要能够适应可能发生的、也许是未曾想到的或戏剧性的挑战。精益六西格玛组织必需准备好应对那些和服务的最关键方面相关的任何事情。

在 DMAIC 流程这个阶段，首先要考虑的应是以激励和衡量为核心的事情。精益六西格玛组织必需确保"正确的"绩效得到认识和衡量。与希望产生的效果无关的绩效就是浪费。不幸的是，预期的产出和想得到的产出之间的矛盾在开始实施改进项目之前并不明显。正由于此，很多公司在全面推进一个 DMAIC 项目前，总是将它局限于一个地方进行试验。这个试验促使更好地理解涉及的相关问题，然后在误判导致更多的投入之前，就可以纠正这种误判。

总而言之，DMAIC 方法是六西格玛方法论的核心，它可以为项目改进提供从概念到完成的路线图。众所周知，纪律和团队合作的文化属性对任何有意义的革新的努力都很关键。没有这些组织的前提条件，在 DMAIC 过程上的努力只会导致受挫感。鉴于 DMAIC 方法的全面性，这一篇后面的工具为支持"分析"这个阶段提供了洞察力。

21.2　因果分析工具

在精益和六西格玛领域有很多工具有助于根本原因的分析。一些工具很简单，只需稍稍培训就可以运作，也不需要正式地收集数据。这些工具包括头脑风暴、因果图和 5 个为什么分析法。这些工具提供的是初级的分析，但可能更重要的是，它们是讨论和进一步分析的起点。其他工具就更具技术性一些、量化一些，而且需要深入地收集数据以满足分析之需。当然，这些工具提供了更深入的洞察力，可以避免定性分析中经常产生的偏见。属于这些更具技术性的工具集合包括试验设计法和回归分析法。下面将会简短地讲解这两个既定性又定量的方法。

21.2.1　头脑风暴

头脑风暴是一种开启讨论、收集想法的、具有多种用途的方法。头脑风暴的会议会贯穿整个 DMAIC 过程的始终，其作用不仅是为了收集想法，而且是为了使团队成员都参与到识别问题、解决问题的过程中来。尽管头脑风暴的会议应该鼓励自由地和开放地交流想法，但不应该缺乏组织。但事实上，缺乏组织的头脑风暴会议可能被证明是令人困惑的、没有效率的，在改善的努力发生以前就把它"挫伤"了。第一印象往往是最后的印象。如果改进计划的会议开始就以乱糟糟为特征，那么有条理的、与努力相关的所有信心可能在机会建立之前就丧失殆尽。

组织头脑风暴会议的一个办法是，就一个问题或难题询问每个人，然后按照在桌边就坐的顺序收集每个参与者的想法。这避免了在头脑风暴会议里面经常经历混战的情景。应该把想法收集到一张白板上，解释要尽可能少。与焦点问题无关的想法或者超过目前情景范围的想法应该单独记录在"停车场"清单里面。"停车场"清单里的项目如有必要可以晚点再看一遍。意见应该收集到没有人能有新的想法为止。一旦想法记录下来，会议领导应该带领所有参与者进行一个绘制"心灵地图"$^{\ominus}$（mind mapping）的练习。这是一种技术，用于将想法有组织地、可视地表现出来，并且画出各自之间存在的相关性网络。心灵地图给头脑风暴练习提供了综合起来的机会。

21.2.2　因果图

因果图（Cause-and-effect diagrams）（有时候也指鱼骨图（Fishbone

$\ominus$　关于心灵地图的有趣阅读材料，可以在这里找到：Buzan, Tony and Buzan, Barry, *The Mind Map Book*: *How to Use Radiant Thinking to Maxmize Your Brain's Untapped Potential*, Plume, New York, 1996.

Diagrams）或者石川⊖图（Ishikawa Diagrams））为解决问题提供了一种虽然是定性的但结构化的方法。这些图的主要目的是为了产生包含根本原因在内的讨论或者关于焦点问题诱因的讨论。因果图通常给原因分析的头脑风暴提供结构，并且给更深入的分析提供一个好的开端。只使用这个图本身或孤立地使用它，对于评判是否应该开展一种行动往往是不够的，它只不过是缩小后面分析范围的一种初级分析工具。可以被看成潜在问题的根本原因的一般类型包括：人、流程、技术、设备、材料和环境。虽然这些类型经常被用于制造环境中，但也能在物流中发现其运用。如图 21-2 所示，这里将第 2 篇中渡船服务中客户不满意的可能原因集中到一起了。讨论应该基于一个具体的问题，比如："为什么渡船服务不稳定？"开展一次围绕这个问题的头脑风暴可能会产生图中所示的可能的原因。

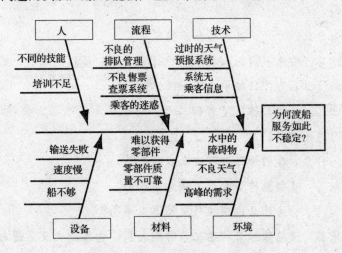

图 21-2　渡船服务的因果分析图

　　和所有形式的头脑风暴一样，因果图本质上是定性的，依赖于参与画这个图的人的想象力。针对因果图的两点告诫是：讨论的问题可能不是真正的问题，也可能没有识别出问题的真正原因。然而另外一个与绘图的努力相关的考虑是，图中识别出的可能原因不一定是问题的真正原因。这再次证明了有必要进行额外的分析。

⊖　石川，日本的质量管理大师。——译者注

21.2.3 "5个为什么"的分析

5个为什么的分析是用于寻求问题根本原因的另一种技术，其理念是通过把精力放在关键问题上，然后持续地问5个"为什么"，这样就能发现问题的核心。通过问不多于5个的"为什么"，人们一般会觉得似乎逐步理解了问题的本质，根本原因也逐步变得明朗了。"5个为什么"的方法保证了它的深度超过了那些与鱼骨图相关的典型方法。

"5个为什么"分析法作为实践者最喜爱的工具，是一个很简便的探索因果关系的方法。让我们回到渡船服务的例子和其不稳定的服务上去，这样我们可以更好地认识到它是怎么工作的。使用图21-2中的因果图，让我们一致假设服务水平产生波动主要是因为人的原因！询问的思路可能如下面这样进行：

(1) 为什么：为什么渡船服务不稳定？

　　回答：因为不同的人在不同的时间工作，而且技术水平也不一样。

(2) 为什么：为什么技术会不一样呢？

　　回答：一些操作员是老的工人，而很多是新手，需要花时间来学习这个工作。

(3) 为什么：我们为什么有这么多新手？

　　回答：渡船操作员的员工流失率很高。

(4) 为什么：为什么这些操作员的流失率高？

　　回答：渡船操作员抱怨工作时间太长，并且班次改变得太频繁。

(5) 为什么：为什么操作工要工作很长的时间并且频繁倒班？

　　回答：由于计划做不好导致经常性地长时间工作，以及频繁的班次变动。

从这条询问线条得到的有趣部分是，对第5个"为什么"的回答指出了一个潜在的问题的根源，但并没有在因果图中得以识别。虽然不良计划不大可能是服务不稳定和客户不满意的全部原因，但近期似乎需要解决的问题之一就是计划不良。渡船操作工有希望通过这个简单的改变而达到完美的服务吗？多半不行，但是可以预期服务会有明显的改进，因为因果链是以5个为什么的相反方向运作的：改进的计划可以使工作时间更合理、更稳定，而更合理、更稳定的工作时间会降低员工的流失率，员工流失率的降低会减少对新人的需求，而减少对新人的需求会在"老兵"中达到更一致的经验水平，一致的经验水平能够改善服务的稳定性。现在你明白了吧！

渡船服务提供者不应该忽略，任何追求精益六西格玛物流的人也不应该忽略，在存在出众的可选方案的情况下，次优的方案不管其服务水平得到多大改进都不可能吸引太多的新业务。也就是说，就算改善了及时服务的稳定性，理论上，渡船不可能期望从桥梁那边"偷来"客户——至少在正常情况下是如此。这就是公司在识别出服务客户最佳方法方面会面临的挑战，而不能简单地对目前存在的、传统的方法进行改进的原因。这里要求不自我设限的思维（out-of-the-box thinking），如果公司鼓励团队成员避免"俘虏思维"（captive thinking），因果分析法就能刺激产生这种不自我设限的思维方式。

21.2.4 试验设计

如前所述，像头脑风暴、因果图和"5个为什么"这样的定性因果分析法是帮助定义问题的焦点或者进行初始分析的很好方法，但是它们所提供的深度很有局限性。它们的价值局限于把大家召集到一起来，就可能的问题根源进行一个深入的调查。后来的深度分析法可能就包括前面描述的试验分析法。DOE能够为调查问题根源提供无偏见的、试验式的方法。

用专业术语来说，DOE基于对因果关系进行隔离，并且控制这个隔离。试验涉及到对随机的样本群进行人工处理。研究员这样做能够观察到不同的输入因子会导致怎样不同的结果。然后，运用回归分析法（后面会讲），研究员就可以尝试把观察到的结果推广到更大的环境中。这种试验的基本方法被广泛运用于物理和社会科学中。

近年来，六西格玛实践者把DOE当成DMAIC过程的一个关键组成部分。它作为分析工具已经得到了以运作为核心的人员的广泛认可，他们中很多人曾经是依赖于启发式分析（非定量）方法的。既然人们能够通过对受控的条件进行直接观察进而获得相当精确的因果关系，他们开始迅速地打开那些早已被忘记但确实可以信赖的描述研究设计和统计学的教科书来学习（有时候是重新学），学习那些被实践证明行之有效的技术，比如怎样用试验来帮助解决日常问题。对 DOE 的彻底讨论不在本书的范围之内，但存在值得看的参考书。⊖

21.2.5　回归分析

试验设计是被广泛运用的研究技术，对回归分析的一般运用可和它结合在一起使用。六西格玛以及对降低波动的追求，使统计方法成为对日常运作进行分析的重要方法。为理解波动，我们必需意识到，简单地说波动就是远离中心点。如果任何事情在任何时候都以同样的方式发生，那么我们就不会观察到有任何远离中心点的现象，也就没有波动。实际上，不可避免会发生波动这个事实促使我们去研究它为什么会发生。

统计学的基本原理是使用样本数据来推测在现实中会发生什么事情。我们建立可以观察和衡量的、代表我们的一些预测结果的输入变量模型。一个好的模型是有效的——可以利用几个预测变量来揭示很多事情的模型。一些模型可能只用一个预测变量（单变量分析），另一些依赖于几个预测变量（多变量分析）来解释输出变量（或称"因变量"）发生的事情。回归分析法是用于评价预测变量给因变量影响的首要方法。

预测变量可能是基于数字的（连续的）或者基于标签的（分类的或离散的）。连续变量是那些可以用数字来衡量，反映变量在所关注的条件下表现出来的值，不论这个条件是时间（小时）、温度（华氏度数）、重量（磅）、开心程度（1＝非常不开心，7＝非常开心）或者任何可以以某种形式量化的其他情况。分类变量指那些不能用数字而用标签来表示的变量。例子包括性别（F＝女性，M＝男性），专业认证（有，没有），以及工作

⊖　关于 DOE 的好的快速参考书，可以看：*The Black Belt Memory Jogger*，Goal/QPC and Six Sigma Academy，Salem，NH，2002. 其他参考书包括：Anderson，Mark J. and Whitcomb，Patrick J.，*DOE Simplified：Practical Tools for Effective Experimentation*，Productivity Press，New York，2000；Barrentine，Larry B.，*An Introduction to Design of Experiments：A simplified Approach*，ASQ Quality Press，Milwaukee，1999；and，Breyfogle，Forrest W.，*Implementing Six Sigma：Smarter Solutions Using Statistical Methods*，2nd ed.，Wiley，New York，2003.

班次（第 1 班，第 2 班，第 3 班）。六西格玛工具箱中的一个很受欢迎的工具是方差分析（ANOVA）。方差分析是有一个或者几个分类变量（而不是连续变量）被用于预测输出变量预测值的回归分析的特殊例子。连续变量和分类变量可能结合在一起形成多元回归分析模型，以预测一个单一输出变量的值。

为了描述回归分析的不同类型，让我们回顾一下渡船的例子，重要的输出变量是渡船服务的稳定性。如果我们决定用唯一的一个单一预测变量来解释服务稳定性中的波动，我们就可以通过选择一个连续变量（比如，渡船操作员的工作时间）来做单元回归分析，或者通过选择一个分类变量（天气"好"或者"坏"）来进行 t 检验分析。这些关系用一个数学术语来表达就是，输出变量（Y）是输入变量（X）的函数，或者在这个例子里面：

对关系的基本表达是：Y（输出）＝关于 X（输入）的一个函数。

简单的回归分析：

$$服务稳定性＝f（渡船操作员的工作时间）$$

t 检验分析：

$$服务稳定性 ＝f（天气：好或者坏）$$

当将多个预测变量加入这个组合的时候，我们会看到这个模型更有说服力。如果这个模型完全是由分类变量组成的，我们就使用方差分析。如果这个模型使用连续变量或者连续变量和分类变量的结合，我们就要使用多元回归。一个多元回归分析就是像下面这个例子：

多元回归分析：

$$服务稳定性＝f（渡船操作员的工作时间〔年〕,$$
$$天气（好/坏）,$$
$$船龄（年）,$$
$$在一天中的时间段（高峰/低谷）,$$
$$季节（旅游季节/非旅游季节））$$

把不同的预测变量包含在这个模型中，是说希望每一个变量都有助于理解输出变量（服务稳定性）——也就是说每个预测变量和产出之间存在关系。在我们期望 2 个因素之间存在关系的时候，我们就是在做一个假设。我们建立回归模型的成败取决于我们是否找到了影响输出变量的预测变量来衡量的，换句话说，找到支持我们假设的预测变量。这同样通过被预测变量所解释的输出变量的波动程度来衡量。这里解释的对波动衡量的办法就是著名的 R 平方统计，或者决定系数分析。比如，如果 R^2 等于 0.82，那么这意味着输出的 82％可以用输入来解释。

如图 21-3 所示，这里描述了用维恩图来表示得到解释的波动的概念。第 1 个图显示，输出变量（渡船服务）大约一半的波动可以用这个预测变量来解释（操作员经验）。第 2 个图显示，在将船龄、天气、时间段和季节加入到这个组合中的时候，更多的波动（67％）得到了解释。把预测变量加入模型能够改善模型的说服力，但是同时牺牲了效率，或者如同科学家说的"模型吝啬"。

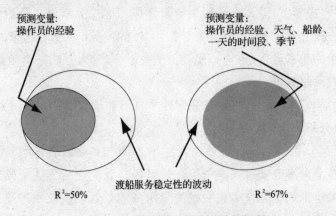

预测变量：
操作员的经验

预测变量：
操作员的经验、天气、船龄、
一天的时间段、季节

渡船服务稳定性的波动

$R^2=50\%$ $R^2=67\%$

图 21-3　对输出变量的波动性的解释

再重申一下凯尔文勋爵⊖（Lord Kelvin）的观察结果："在你能够衡量所讲的并能够用数字来表示的时候，你对它懂得一些了。但如果你不能以数字来表达，你的知识就是贫乏的、不令人满意的。"推论统计学给我们提供了工具来衡量并且量化我们的理解。一旦我们理解了输出变量波动的源头，我们就能够采取行动来控制它。六西格玛的先行者们将实践证明对解决供应链领域每天遇到的问题行之有效的工具展示出来，通过这种办法来将运作实践者转化为"物理和社会科学家"。

使用回归分析和方差分析要注意的一点是，这些方法依赖于相关性——"互相影响"的数据。无法使用相关性来测试因果关系，即使它可

⊖ Lord Kelvin：英国权威物理学家，他是热力学第二定律的建立者之一。——译者注

以通过对特定现象的观察结果来进行推断。相关性分析倾向于一般的潜在原因的问题，有时候指"寄生效应"。这种问题在医药界进行的研究中有规律地出现。比如，使用牙线可能是很多健康良好并且预期长寿的一系列因素的一部分，那么可以说有规律地使用牙线剔牙会导致更长的生命预期。但如果说没有有规律地使用牙线是寿命缩短的根本原因就是夸大其词了。因此，在选择用于分析的预测变量的时候必需格外小心，确保预测变量组中的某一些能够代表问题的根源。头脑风暴、因果图和"5 个为什么"分析帮助确保在分析中发现问题的根源。

另外一个要注意的是，很多统计方法依赖于正态分布数据的假设。正态分布总体是指那些平均数、模数和中位数相等，分布的一半位于平均数之上，一半位于平均数之下。一个有针对性的例子是，在正态分布情况下，六西格玛质量代表每 100 万个机会中的缺陷不超过 3.4 个缺陷。但真相是，大多数数据以及从中取数的数据总体不是完美的正态分布。另外的样本可能表现出戏剧性的偏离常态（也即，双峰式分布）。

要点在于，在收集好数据后，我们必需致力于初步的数据分析，评估数据组的特点，检查数据的完整性，评估数据的稳定性和合法性以及数据的分布。违反正态的假定数据通常可以被标准化或者纠正。在其他情况下，数据包[⊖]通常提供经过校正的统计测试或者适合于非正常数据的测试。因此，我们不能简单地假设数据是完整的、可靠的、合法的和正常的。这取决于进行研究的个人，确保其发现是有根据的、科学的。如果数据是垃圾或者未能在统计测试的时候被完全识别，则会垃圾进垃圾出，导致重复。浪费了精力而且结果可能是被误导后得到的。

最后一个值得在这里提一下的注意点是，面对复杂的统计分析要放松，现在可以用基于个人电脑的分析软件包来进行分析了。收集好数据后，分析不过是点几下鼠标而已。危险在于，在不理解模型而调入数据进行测试时，就不能理解其工作的内在逻辑。在冒险沿着把推断统计学作为解决问题的可行工具之前，强烈建议你好好读一下统计学。然而，精益、六西格玛以及消除浪费不仅仅是统计学，因此，不要让我们对数学和统计学的恐惧而阻碍了我们做那些正确的事情。

⊖ 数据包，指的从外面购买来用于统计分析的软件包。——译者注

第22章

运 作 工 具

支持战略和计划的工具以及那些帮助解决问题的工具都很棒。然而，经理人员需要有一套相对强大的工具来帮助他执行每日的运作。为了帮助经理更有效地执行物流和供应链管理工作，本章不仅描述了工具，而且描述了一系列概念和方法，甚至是理念。它们被分成 2 个大类：流动的概念和组织的概念。

22.1 流动的概念

几个塑造了精益六西格玛物流运作特点的关键概念，来源于对供应链中物理流动的管理。这些概念中的大多数来源于精益理论，它们包括：JIT 拉动补货系统；前置期管理、速度和灵活性；均衡的流动，还有送货频率和批量大小。每一个都会依次讨论。

22.1.1 JIT 拉动补货系统

JIT 补货是精益的基础特点。它的思想是只在客户需要的时候对所需之物进行补货。这个"客户"可能是内部客户（车间的一个生产单元，或者公司物流网络内部的一个配送中心）也可能是外部客户。JIT 明显的好处是降低库存，同时在产生新的需求之前维持库存数量不变。因此，客户是拉动库存而不是推动它们。我们已经讨论过在公司不得不推测客户需要什么，需要多少数量以及在什么确切地点需要，这其中就会产生很多形式的物流浪费。推测会产生错误的机会——并且实际上，我们知道一定会发生错误。相关的问题就变为我们的判断会错多少，向哪个方向会发生错误。利用拉动系统来消除我们在日常运作中预测需求的需要。作为结果，我们不但降低了库存而且同样受益于其他 6 种形式浪费的减少。比如，在可能卖也可能不卖的时候，不把产品送到现场，运输浪费可以得到减少，否则，那些产品可能要被回收或者运到另外的地方以满足异地的另一个销售机会。对于储存和设施，需要的也更少了——因为公司只处理正在销售或者在不远的将来将要销售的产品。在我们基于确定性而非基于猜测行动时，其他浪费也类似地被减少了。拉动系统在供应链中是怎么实施的呢？一个办法是使用基于纸片和电子格式的看板，看板起到提供视觉线索的作用。当少量供给被下游消耗的时候，补货需求就产生了，而看板就给出补货信号。丰田在美国和加拿大开展业务后，在把北美的供应商引入 JIT 的拉动系统中来时是使用纸做的看板的。在使供应商的速度加快后，系统就转变为电子看板了，但是丰田系统中目前在用的可回退的箱子[⊖]仍然起到提供视觉线索的作用。

通常认为，看板只被运用于制造的进料物流里面，但同样的基本概念也使用在供应商管理库存（VMI）系统中。在 VMI 中，供方公司（通常是制造商）决定在下游客户那里需要维持的库存水平，不管是在配送中心还是在零售点。在可以实时地得到库存的可视化数据的情况下，卖方能够决定什么时候补货以及补多少货。供应链和客户在不需要或很少需要投机性库存的情况下，都从将需求和备好的（并且是新鲜的）供应物更好地联系起来中获益。而且，由于在发生需求之前不会把库存转移到客户那里，

⊖　可回退的箱子（returnable container），一般指的是利用塑料或者其他材料做的周转箱，该周转箱在消耗掉里面的零部件后，会退回供方，然后下次再继续使用。同时装不同零部件的箱子的形状、颜色、标识都不尽相同，这样起到一个可视化管理的作用。同时，由于每个箱子内的零部件数量是固定的，因此通过清点空箱的个数，就能够计算出来应该补多少货。——译者注

因此卖方会自由地基于目前需求的实时数据决定把库存放到哪里去。

极少供应链是从头到尾都基于拉动的。即使是丰田，精益的样板，也只是在制造厂里面完全基于真正的"拉动"来运作。相对于工厂来讲，处于发货物流一侧的丰田汽车销售公司（TMS）仍然在预测销售商所需要的、用于满足消费者需求的汽车成品的供应量。本质上这是反映了销售商和丰田汽车销售公司在推测客户可能在销售点购买什么车的情况下，将产品"推"向市场。由于极少消费者愿意等待几周（对有些汽车制造商来讲是几个月）的时间才拿到自己定制的需要时间制造和交货的汽车，对于汽车制造商来讲这就是生活的真相。大多数消费者宁愿到销售点去然后在同一天或者稍微晚点的时候把一辆基本满足期望（即使不完美）的车开回家。作为这种客户购买方式的对策，轿车、分隔房车、卡车、小型货车、SUV 车以及混合型车充斥市场，汽车制造商期望能用这些来满足市场的需求。

毫无疑问，完全基于拉动系统运作是很难的。运作必需和需求同步，要足够灵活以适应市场可能发生的任何事情，并且快速反应。大多数公司可能会不假思索地说"那是不可能的"，那么它们也是在竞争对手表现出拉动系统是可能的时候，仍然站在边上像个局外人一样观望的那些公司。这些竞争对手当然理解传统的运作方法涉及的经济学，但它们要建立能改变这个经济学的能力（依据物流桥模型里面描述过的路线），达到灵活地满足市场需求的同时成本比那些固守预测——推动运作模型的冷静竞争者的价格更低。除此以外，任何曾经关注过个人电脑市场的人都看到了近年来运作上的急剧变化。下面要讲的三个领域是从推动转为拉动的关键组成部分。

22.1.2 前置期管理、速度和灵活性

如果公司曾经有以趋近于实时地按照承诺交货给客户的热情，那么前置期管理、速度和灵活性就至关重要了。为了减少前置期，必需仔细审核执行订单获取、订单准备和订单交付的流程，本质上说，要质疑。要明显地减少前置期通常需要大幅度地对流程进行重新设计。重新设计与物流相

关的流程必需考虑这个流程是如何与其他内部职能、供方、客户和服务提供商相互作用，这是由于物流的边界涵盖了公司和供应链。

还记得物流是把供应链系统串起来的"线"吧。缩短前置期的挑战在于，要使那些组成供应链的全体公司识别出在既定的花掉的时间里增值的部分流程，并且压缩流程中不增值的部分。最后，我们就能得到一个精益的、同步的系统，把前置期减少到最低限度，并使涉及的所有相关方都变得更有效率和更有竞争力。

一旦消除流程中不必要的非增值部分后，我们就能够快速地、精确地专注于剩下的步骤。和消除流程中的不必要步骤一样，组织必需设法消除整个流动过程中的瓶颈，而不论瓶颈存在于什么地方。按照约束思想的理论，任何流动的速度都取决于约束点的速度。[○]流程的流动与河流的流动在这一点上是一样的。如果瓶颈存在于被精益化运作的"四面墙"之外的话，在内部运作达到精益化并不一定会改善整体的流动。我们再一次看到在解决约束问题以优化流动的时候，必需有使命感并在公司外部进行改善。

显然，我们不能忽略流程的精确性或者稳定性，因为一个只能达到期望效果一半的流程再快也并不值多少钱。建立快速且稳定的流程并不够——因为他们必需同时具有灵活性。流程必需能够处理以任何形式发生的任何事情。精益流程的这方面往往被忽略。不幸的是，精益实践者经常感到为了建立一个快速、稳定的流程，他们必需把流程固定下来，这样一来固定流程导致流程变得僵化了。但我们不能承受一个固定、僵化的流程，因为它必需要能够对付任何事情，甚至把经过精心调试的跑车当成一辆瘸脚的越野车。精益流程必需与颠簸和崎岖地带相适应，这就是工商界的现状。

反映了期望的速度、可靠性和灵活性特征的流程必需得到实时的信息反馈，这样才能实现系统的好处。正是信息才将市场需求以及公司必需获

○ 若要阅读更多关于约束理论的书，可参阅：Goldratt, Eliyahu M., *Theory of Constraints*, North River Press, Great Barrington, MA, 1990.

取并加以利用的系统运行状态进行转化，然后得以将六西格玛物流的远景变成现实。这些努力的目标是要建立一套有备无患的系统——一套可以随时对出现的挑战也好还是机会也好进行及时反应的系统。前置期管理以及由于提供快速反应发生的成本，是供应链中达到满意水平的一个确凿而又整体性的衡量办法。总成本以及对收入的隐含意义应该会驱动公司去追求快速的、可靠的和灵活的流程。

22.1.3 均衡流动

尽管我们专注于灵活性和有备无患以对付任何事情，但我们也不能忽略计划的重要性。我们必需有能力去计划未来并认识到需要为公司甚至整个供应链储存些什么东西。战略性地、有前瞻性地朝前看有助于确保公司的领导地位、上市正确的产品、与正确的客户和供方合作，当然不仅是这些。在运作上有前瞻性地朝前看也很重要。虽然我们要建立能够适应需求中"失控"波动的流程和能力，但并不意味着我们不应该把波动限制在一定范围。

常常是公司自己导致了波动。很多公司参与促销和暂时的降价，导致需求在短期内迅速膨胀，人为地创造了需求高峰。一般来说，紧接这些高峰的是长而深的低谷，因为客户在再次购买之前必需消耗掉买回去的那么多库存。然而，公司（实际上是整个供应链）必需为高峰做好准备，拥有能力和人员来履行这些人为因素导致的突然增加的业务量。为了避免这些人为的潮起潮落，物流组织必需和内外伙伴一起工作，致力于均衡的流动，最小化所谓的牛鞭效应，牛鞭效应导致在应对需求变化的时候反应过度，而反应过度不可避免地导致浪费。

均衡流动的好处相当明显。你不需要准备就能满足高峰的需求，而只需要在整个过程中以平均需求来做计划。你不需要有人来适应高峰，而只需要适应平滑的需求。这样你为了材料在高峰的时候支付快运费用的可能性更小，同时由于仓库和运输资源不够用而发生费用的可能性也更小。总之，通过减少运作活动水平的波动性，公司只需要支付应付平均需求而非高峰需求的资源和加工的成本。

均衡流动的挑战不仅仅是要拥有对需求做出反应的资源，还需要有对近期进行预测的能力。唯一能够精确地预测不远将来的方法是协作——和产生需求的人，也就是营销、销售、新产品开发和使新开发产品商品化的人以及客户进行协作。如果我们发现自己被供应链中的多个层次阻断了和最终客户的联系，我们就不应该只是专注于下一个层级的客户，而是要包括第二级客户以及更多层次的客户。这种协作不仅仅提供了预料中的好处，而且由于分享能力并且和外部的伙伴一起解决瓶颈问题，从而使我们有机会实现充分利用精益六西格玛提供给公司和供应链的好处。因此，均衡的流动不仅是达到最低总成本的一种方法，而且也是起到与公司内部的其他职能部门以及供应链中的贸易伙伴达到协作的一种方法。

22.1.4 频率与批量大小

递送频率以及批量大小的决策和拉动补货、前置期管理以及均衡流动密切相关。正如物流桥模型中所示，递送频率是非常强大的降低库存水平的精益工具之一。我们在一个例子里面研究了如何使用循环取货、越库作业所支持的小批量、高频率送货方法来达到材料均衡地进入制造工厂的目的，这使得生产线能够做到使需求与实时的供应同步。

尽管存在吸引力和可以量化的好处，但还是存在对增加频率和降低批量的内在抗拒因素。在很多公司的采购、生产和物流里面都鼓励并奖励大批量运作，这是因为这些职能基于一个典型的衡量标准——单件成本。不幸的是，大多数单件成本的衡量方式都不包含间接成本，这些间接成本指那些与采购、制造和运输超过公司在此地此时需要的量相关的成本。像库存持有成本、增加的仓储成本和重新摆放未卖出产品的位置的成本可能没有被计算进去——更不用说难以计算的、由于为了降低多余库存而经常用的降低价格的方法而对品牌价值造成损害的成本。

虽然以更小的批量、更高的频率进行运送可能会增加单件的采购、生产和运输成本（至少在短期以内），但公司应该使用总成本分析来判断小批量高频次送货是否是一个好主意，并且决定最佳批量的大小。这种计算仅仅包含简单的经济订货量模型（EOQ）中的每年库存持有成本和每年订货成本是不够的。它应该真实反应和批量大小相关的所有成本——比如运输和贮存成本。相应地，将来系统应该得到修正，采购、制造和物流管理不应该对部门的或者单件的成本负责，而应该以其对降低总成本的贡献多少来进行衡量。在计算总成本的时候，将供给和需求完会吻合起来的价值是显而易见的。

22.2　组织概念

一些运作的概念跟流动的管理相关，其他一些概念在帮助把工作环境组织起来，支持优化的工作流、避免错误和危险有关系。像流动管理的概念、组织概念都包含在精益理论中。这些概念包括标准化工作计划、5S 组织和可视化控制。这里会逐个讨论。

22.2.1　标准化工作计划

标准化在我们讨论精益六西格玛物流的过程中是一个经常性的话题。它是 27 个原则之一，和能力这个原则相关。标准化的运作要求我们知道输入条件、流程的程序、程序中每一步所需要的时间以及期望的运作产出。对于理解目前流程的状况，支持持续改进以及衡量改进效果，有标准是很重要的。不仅是工作需要标准化，而且期望中的输入、程序和输出都需要明确地以文档的形式记录下来。这些文档应该足够清晰，达到外人能够进入这个流程、理解这个流程然后很快地以完全的职能性团队成员的身份进行运作，并能给流程做出恰当的贡献。

标准化工作如此重要的原因在于，它使我们能够理解流程中的波动性，并且可以采取恰当的改进行动。你可能还记得高尔夫初学者想通过每次照着已经建立的方法，进行细微修正的方法，来改进其挥杆的例子吧。没有标准化，波动的源头不明确，因此不能被更正。由于那个原因，标准化起到了持续改进的基础平台的作用。

22.2.2　SIMPOC 模型

为了回答"标准化工作是什么样子"这个问题，我们需要分解流程本身。好消息是所有的流程都是由相同的基本变量构成。SIMPOC（供方—

输入—衡量—程序—输出—客户）模型⊖定义了关键的变量并且通过回答以下问题为以文档的形式记录标准流程提供了一个框架：

（1）供方：谁为流程提供输入？

（2）输入：流程需要什么样的输入？这可能包括材料、人和信息。

（3）衡量：我们应该怎么衡量流程以保证成功？

（4）流程：流程的程序是怎样的？这包括以文档的形式记录流程的步骤以及每一步所需要的时间。

（5）输出：流程的预期输出是什么？这些包括实际的产品、信息或者文档。

（6）客户：流程的客户是谁以及他们的期望是什么？

如图 22-1 所示，这些问题用一个例子进行了回答。如果我们能够为我们运作的每一步记录下 SIMPOC 过程，结果就是一套文档化的标准操作。一旦完成了这一步，标准化就确定了。正如已经讲过的，一个标准化的、文档化的流程是那种新的团队成员能够很快理解并且立即上手的流程。尽管流程变得标准化了，然而我们不应满足于此。我们的目的是要持续地搜寻完成工作更好的新办法。

SIMPOC 是一个很有价值的工具，可以用来比较多地点流程的状况，然后建立标准化运作。
样本流程：同一个单位两个工厂之间的收货流程。

SIMPOC——收货的职能	工厂 1	工厂 2
流程的供方	订货部门	采购
流程输入	收货日程	装运提前通知单
衡量	收货时间	没有
程序	已经有相关文档	没有
输出	零件送到生产线	零件送到储存地点
客户	生产线	储存地点

SIMPOC 高层次的样本表现了如何利用这个方法来比较不同设施之间的流程。很明显，这两个工厂的现有收货的流程很不一样。

图 22-1　标准化运作与 SIMPOC 分析

⊖ 在没有 measurement（衡量）这一个环节的时候，SIMPOC 通常被称为 SIPOC。

22.2.3 5S 组织和可视化管理

使任何流程变得精益的基础是消除混乱和复杂性。工作场所的混乱和复杂导致没有秩序，没有秩序就会引发浪费。组织得当的工作场所是那种团队成员感觉能运作、有效率、舒服并且安全的地方。5S 是一种用于组织工作场所的方法。表 22-1 将 5S 的概念分别用日文和英文表现出来了。简单地说，5S 就是"定位定置"。这个概念可以用于运作环境比如车间、装货平台、储存区域以及办公环境中，其思想是团队成员在需要完成工作的时候知道到哪里去拿哪些实物工具，从而将混乱最小化，安全而有效率执行工作。

保持秩序是精益六西格玛组织的一项关键文化因素。一个组织得当的工作环境传达给团队成员的是有纪律的信息，描绘给所有外部人员的图像是高质量，不论外部人员是客户，还是波多里奇奖（Malcolm Baldrige Award）的评审人员，或者是健康与安全巡视员。接受 5S 原则的工作环境从来不会羞于让新的或者潜在的客户来参观其运作，也不会因为客户没有通知就来检查而感到紧张，因为环境总是在团队成员检查之下的。维持一个干净、安全的工作环境是所有团队成员的责任，而并不是全面生产管理（TPM）这个更大概念的开始阶段。全面生产管理中，团队成员不但要维持工作的秩序，而且要执行一些对所使用的设备和资产进行的基本维护（即检查、清理、加固和润滑）。

表 22-1 工作场所管理的 5S 方法

日本名称	中英文名称	含 义
Seiri	整理（Sorting）	识别工作场所不必要的物件，然后消除它们（比如对不需要的物件贴红标签）
Seiton	整顿（Straightening）	整理工作场所，达到安全和高效的目的（比如贴警示带或者标签）
Seiso	清扫（Scrubbing）	分配责任维持清洁整洁，按时清扫（比如全面生产管理）
Seiketsu	标准化（Standardizing）	为了保证持续的效果，用文档记录下期望和工作流程
Shitsuke	保持（Sustaining）	养成良好的工作习惯以及解决问题的思维方式，保持改进成果（比如防呆措施和工作场所 Kaizens 计划）

22.2.4 红标签计划

本书在前面着重讲过的一个工具是红标签计划，在这里团队成员有机会在工作场所中找到潜在的、需要清除的东西，然后贴上红标签。如果一件东西被贴上了标签，就有人必需在48小时内决定该东西是否需要保留。红标签已经被证明是消除混乱、改善工作环境并且让团队成员参与其中的、一种简单有趣而有效的方法。

红标签是可视化控制的一种形式。可视化控制提供了创造性的方法不但使工作可视，而且能够理解。当标准化工作和5S组织配合使用的时候，可视化控制能够将偏离期望状况的波动凸显出来，并把期望状况和现实状况的差异凸显出来。本质上，可视化控制在工作场所中提供了很多眼睛和耳朵，所有人都得到训练以能够识别波动、报告波动然后对之做出反应。

22.2.5 防损防呆

除了缺陷发生后能在流程中识别出缺陷以外，还有一种方法是努力在第一现场杜绝错误的发生。防损防呆（Poka-yoke）法原来是由新乡重夫（Shigeo Shingo）创建，它被设计成很难在工作场所发生错误以及很难把发生的错误传到下游。和所有工作流动改进的方法一样，防错不仅是工业工程师的工作方法，也是那些为生活设计优化的工作流程的方法。应该鼓励任何可以产生更少浪费、更高效率和加强安全性的好想法的人，为这些想法大步向前。被授予改善流程权利的团队成员对项目享有所有权。在质量的执行中，这种所有权是"荣耀"的事情。防损防呆以前在我们讨论数据流动（第12章）以及物流桥模型中的源头质量（第19章）也讲过。

第 23 章

衡 量 工 具

　　六西格玛的基石是我们要理解将价值交付给客户以及给公司产生回报的流程。理解流程的核心是对其进行衡量。在对产出的流程和期望进行精心设计的同时，我们必需要能够衡量它的绩效。这一章将回顾一些颇有价值的、关于精益六西格玛物流绩效的衡量方法，并强调有效的输入对衡量的重要性。实际上，我们首先开始讨论数据收集计划，然后才讨论衡量方法工具，包括那些与流程能力、优先级和输出相关的东西。

23.1　数据收集计划

　　数据收集虽然比较单调，但却是解决任何问题的关键。如同在解决问题那一章所说的，分析输入数据的有效性对于指导我们进行明智的决策、得到有效的产出是很关键的。经理们经常太专注于解决问题以至于忘记了将精力放在这个关系到问题解决的中间步骤。采用错误的数据或者有缺陷的数据来进行衡量是无助于产生有意义的洞察力。

　　虽然 XY 矩阵、因果图和"5 个为什么"这些分析工具可以帮助识别应该解决的正确问题，但对识别问题所必需的数据的指导却少有帮助。在开始收集数据之前，必需回答一些关键的问题：

　　·收集数据的目的是什么？

- 需要什么样的数据？

- 数据在哪里？

- 我们需要什么形式的数据？

- 这个数据分析的成本效益如何？

由于"理想的"数据并不是那些容易拿到，或者说拿到理想数据的代价比提供解决方案的代价更大，因此最后一个问题是很重要的。在开始实施数据收集之前，我们必需考虑成本以及数据的价值。一旦考虑的结果是令人满意的，就可以建立数据收集计划了。

数据收集计划一个非常重要的方面是，应该将收集数据的任务分配给那些负责任的、没有偏见的个人。再强调一下，分析的质量取决于输入的质量，任何人不能把数据收集当成一件不关痛痒的事情。数据收集者必需得到培训以确保收集正确的数据。如果提供了足够的指导，让夏季招进来的实习生来承担这些责任也是不错的。

已经说过了，以没有偏见的形式收集数据也很重要。如果数据有任何真实的或者可能的偏见，分析结论就会（有理由地）遭到拒绝。因此，所有的利益相关方都应该有机会参与到数据收集计划里面来，在数据分析的初始阶段提出"否决"票——考虑到大量的时间和精力被用于研究分析，这样比分析结果出来后再否决更好。这一章继续考察那些在输入有效数据的情况下能够提供有价值的知识工具。

23.2 流程能力

在精益为设计有效果的和有效率的流程提供了大量真知灼见的时候，六西格玛在衡量流程的能力以及指导改进方面起到了巨大的作用。"六西格玛"实际上的含义是，六个西格玛的质量意味着一百万个机会里只发生少于 3.4 个缺陷（DPMO）。"西格玛"是希腊词汇，指"标准差"——一个关于背离或偏离平均数程度的统计值。如图 23-1 所示，这里描述了以正态分布、钟形分布的平均数为中心的标准差（西格玛）。曲线下方区域的大小被称为 Z 得分（Z-score）。Z 得分代表了落在两个边界以内的样本部分（区域）。假设平均数是位于钟形曲线的中央，那么曲线区域的一半位于平均数的左边，另一半位于右边。在平均数左边和右边分别加上一个标准差的范围内（±1σ），我们只有超过 68％ 的机会落在曲线区域里面。如果我们把范围扩大到 ±2σ，那么我们有超过 95％ 的机会，如果是 ±3σ，我们就有超过 99.7％ 的机会使正态分布曲线的观测值落到相应区域内。

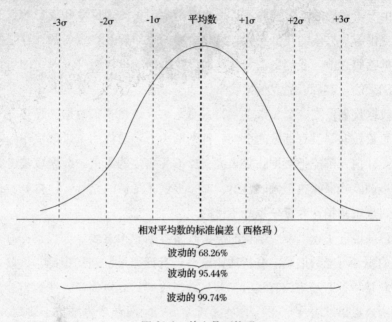

图 23-1　什么是西格玛

　　目标是要在执行中追求完美。"完美"是指在衡量一个流程的期望产出时没有发现波动性。把标准差（西格玛）当成绩效的衡量办法也就是在问，"在降低偏差、将缺陷赶出流程的过程中，我们做到了什么程度？"这是一个避免让缺陷缠上你的方法。

　　图 23-2 描述了一个同样的平均数怎样存在两个完全不同水平的波动性情况。虽然图中上面曲线和下面曲线的平均值是一样的，但上面观测值的离散度要大得多，因此，这个曲线反映了绩效上更大的波动性，其标准差的值也要更大。因此，尽管两个曲线中反映同样的绩效，但在高波动性中会被认为是可以接受的，而在低波动性中是不可被接受的，这是由于波动性低的一个图的公差（tolerance）更小。在上面一个曲线图描述的情况中，凸显出来的位于第 2 个西格玛和第 3 个西格玛之间的观测点可能被认为是

"可以接受的"，然而在下面图中描述的情况中，同样的观测点恰好位于第4个西格玛之上。想象一下，如果进一步往中间挤压分布的形状，同样的观察点会落到第6个西格玛之上。这描述了六西格玛对完美的追求，将波动性赶出流程之中。精益理论对六西格玛是一个补充，它建议不仅应将公差缩小，而且也应该将平均数朝恰当的方向移动。比如，每天及时性的绩效可能是96％，但在一个月的过程中如果以天来算绩效值却涵盖了68％～100％的范围。我们不仅应该对付这些波动，而且也不应该为这个96％的平均值感到满足。改进计划会专注于降低波动并且把平均值移到一个更加合理的水平。不仅仅应该把68％、78％、88％的波动消灭掉，这有助于将平均值移到接近100％的水平。

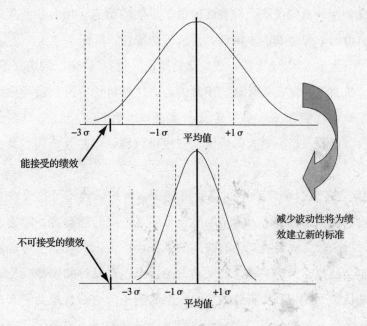

图23-2　什么是六西格玛质量

　　虽然完美和六西格玛质量应该是流程执行的目标，但是极少在追求"完美订单"的物流执行中达到这个水平的质量目标。六西格玛概念和方法根植于制造，在那种制造环境中的自动化程度以及制造量既定的情况下，实现六西格玛质量是可能的。在物流仍然容易导致大量人为错误的人工作业情况下，要求在所有有贡献的活动和流程中都需要达到 100% 的完美，六西格玛质量在这种订单的累计输出中显得不太可能。然而，在单个活动的层面达到六西格玛更可能一些。也就是说，不论目标是 4 个西格玛还是 6 个西格玛，六西格玛的方法都是恰当的。我们会继续阐述一下为达到西格玛成就而对流程衡量有用的概念和工具。

23.2.1　每百万个机会的缺陷

六西格玛这个目标的效果是通过每一百万个机会中的缺陷数（DPMO）来衡量的。DPMO 可被用于多个不同分析水平的任意一个。我们在满足客户的同时又想使总成本最低可能会感到特别担心，因为这个高层次的分析不一定会为指导我们流程改善方面提供了足够的信息。所有的流程改善都应该以有价值的服务和成本降低，作为驱动绩效的目标。

在可以衡量 DPMO 之前，我们必需达成一致："缺陷"的定义是什么，缺陷的"机会"的定义是什么。不幸的是，这种讨论有时候会导致改善项目在其正轨中停顿下来。虽然定义很重要，但组织不应该忘记更大的愿景——改善流程、产生更大的价值、回报得到增强，并且公司竞争力得到改善。

"缺陷"应该以客户眼中的感受来定义。客户认为不可接受或者与期望不一致的任何东西都可以算是缺陷。很明显，除非理解客户的需求并认识到客户讨厌什么或者找到"有缺陷的"东西，否则，我们不可能知道客户如何定义缺陷。对客户抱怨的文档记录、回退产品时的解释以及破损声明，都是认识到期望和实际绩效之间差距的例子。它们也是关于客户反馈的资源。另外的信息是去问客户，他们怎么定义缺陷。需要尽可能广泛地思考这个缺陷的可能性清单，不仅包括客户目前觉得缺少或者不满意的领域，还包括公司目前擅长（在这些领域未来可能发现存在毛病）的领域。

于是"缺陷机会"可以被定义为流程出错的可能地方。在这里再次说一下，在决定"机会"含义的时候，分析单位和细节水平变成了很重要的考虑因素。比如，在对单个箱子拣货或者把几个箱子组成托盘的时候是否可能有缺陷机会？再一次证明从客户的眼睛来看待缺陷是有帮助的。客户会在单个箱子这个层次发出抱怨吗？客户非常可能会。如果箱子包装显示出有磨破的痕迹，比如箱子上有一个穿孔（尽管内在物可能是好的），客户会抱怨吗？一些客户会抱怨，另一些也许不会。这些都是在定义"缺陷"和"缺陷机会"的时候必需进行的对话。目标是达成一致然后在分析的时候采用。

就定义达成一致后，组织可以开始在恰当的区域和恰当的层级收集数据。再一次强调，数据的完整性必需在执行分析前得到确定。对数据的完整性满意后，就可以进行 DPMO 计算了。简单说 DPMO 可以表达为：

$$DPMO =（缺陷数/缺陷机会）\times 1\ 000\ 000$$

或者，表达为另一种方式：

$$DPMO =[缺陷数/（每件的缺陷机会 \times 衡量的件数）] \times 1\ 000\ 000$$

其中衡量的件数指我们拥有数据的期间观察到的活动数量。

23.2.2　计算西格玛

可以把百万机会中的缺陷数（DPMO）用来计算"西格玛"的绩效。西格玛绩效可以用做预先设定的标准或者对几个不同的流程进行标杆比较。西格玛可以作为对复杂程度可能有多个流程进行比较的通用计算方法，尤其是在流经各个流程活动的水平是一致的时候。然而，比如认识到各个流程在发生缺陷的机会的比例的差异一定的情况下，发生在简单的流程（由几个步骤组成的）里面的缺陷自然比复杂流程里面的缺陷影响更大。一个有 3 个步骤的简单流程在一个流程循环期间可能只有三次产生缺陷的机会，但一个 30 个步骤的流程在一个循环中至少有 30 个产生缺陷的机会。第一个流程要循环 10 次才会有第二个流程循环一次所有的缺陷机会。如果两个流程运行同样数量的循环，简单的流程倾向于在发生任何单个缺陷的时候得到的惩罚相对较大。也是说，流程越简单，就越容易管理，就越不容易产生缺陷。

表 23-1 将 DPMO 换算成西格玛

DPMO	西格玛水平	DPMO	西格玛水平
841 300	0.5	22 700	3.5
691 500	1.0	6 200	4.0
500 000	1.5	1 300	4.5
308 500	2.0	230	5.0
158 700	2.5	30	5.5
66 800	3.0	3.4	6.0

资料来源：Gardner，Daniel L.，*Supply Chain Vector：Methods for Linking the Execution of Global Business Models with Financial Performance*，J. Ross Publishing，Boca Raton，FL，2004，p113.

六西格玛计算最普通的用处在于根据已经订立的标准（即六西格玛质量）来衡量成就。在 DPMO 值一定的情况下，通过使用一个值得信赖的西格玛计算器⊖或者把 DPMO 转换成 Z 得分（Z-score）——在任何一本统计学书里面都能找到 Z 表格（Z-table），我们可以把这个值换算成西格玛分数。转换样本可以在如表 23-1 所示的表中找到。检查这个转换表格里面的数字，值得注意的是随着西格玛水平的逐步提高，DPMO 数据的比例也在变化。比如，缺陷必需下降 18％才能从 0.5 个西格玛上升到 1.0 个西格玛。然而，要从 3.5 个西格玛改善到 4.0 个西格玛（同样是 0.5 个西格玛的改进），缺陷必需在 3.5 个西格玛的基础上下降 73％。从 5.5 个西格玛改进到 6 个西格玛，缺陷必需从 5.5 个西格玛的基础上下降 89％。一个人在实践中所追求的精确性和质量越深入，就变得越难达到目标。

让我们回到渡船那个例子，前面进行的帕累托分析回顾了顾客产生抱怨的原因。这个分析的目的是为了识别改善机会并为之排定优先级。然而，如果我们现在想针对一个标准来衡量绩效，那么 DPMO 和西格玛的计

⊖ 可以在以下网址找到一个在线西格玛计算器：http://www. isixsigma.com/tt/calculators/.

算就能帮得上忙了。第一个认为是要定义分析的单位,即缺陷和缺陷机会。对渡船服务的管理决定了乘客的体验是恰当的分析单位,因此过去三个月服务乘客的数量代表了需要分析的活动数量。管理层也意识到导致顾客认为缺陷的错误在七个不同方面都有可能发生。这些缺陷机会被列出来了,如表23-2所示。这些观测到的缺陷是基于航行日志、乘客数量、客户服务记录和顾客抱怨,3个月期间总共12 673个缺陷。这应该考虑到渡船运送了24 000名乘客,并且每个乘客有7次缺陷机会,或者总共168 000个缺陷机会。下面的计算给我们提供了一个DPMO:

DPMO = 12 673个缺陷/(7个机会×24 000个乘客)×1 000 000 = 75 435

这个等于75 435的DPMO值转化为2.94个西格玛水平。如果渡船公司想追求3个西格玛的质量,那么它没有成功,如果要追求4个西格玛的质量,那么差得更远。在追求一个目标水平的西格玛的时候,明显地需要注意的是不应该忽略那些看起来数量小但却是高影响力的缺陷,比如汽车损坏和人身伤害。这些缺陷可能表现得数量少,但是对乘客的影响远远超过拖拖拉拉的服务。

表23-2 渡船服务的DPMO和西格玛绩效

缺陷机会	数据来源	缺陷数量
过早开船	航行日志	1 915
晚抵达	航行日志	10 550
损坏车辆	客户服务	26
人身伤害/疾病	客户服务	54
费用收错	抱怨记录	32
服务承诺错误	抱怨记录	67
工作人员粗鲁	抱怨记录	29
缺陷总数		**12 673**
DPMO		**75 434**
达到的西格玛水平		**2.94**

计算DPMO和西格玛的数据应该在一个较长的时间段进行收集,目的是保证所考察的整个过程中找到的经验总体应该是有代表性的。单一的一天虽很普通但是不能反应经验的总体。活动发生的频率能够给需要对流程

进行考察的时间长度提供一个大致方向，以产生可归纳的发现（findings）。若活动发生不频繁则需要观察更长的时间以产生足够的可以得出决定性结论的经验。必需进行所需样本大小的计算以决定需要多少观测资料才足够产生结论⊖。大多数基础的统计学教科书针对收集样本要考虑的事项和技术提供了完整的解释。在缺乏长期数据的情况下，经常通过减去 1.5 对西格玛数量做出调整。这种调整是一种常见的凭经验的操作，尽管长期数据对于评估长期的绩效和流程能力是最佳的。

23.3　对物流绩效的传统衡量

对物流绩效的传统衡量办法，比如及时性表现、履行率和开发票准确性以及其他情况，不应该在六西格玛物流衡量办法中失去。实际上，这些关于成本、时间和质量的交易性的衡量办法会成为改善的焦点，尤其是当这些领域的绩效未能达到客户期望的时候。越来越多的公司在使用记分卡方法衡量供方的绩效。实际上这对于供方来说非常有帮助，由于客户关心事项的优先级被明确地提出来了，尤其是当服务品质被标上了权重的时候。关键是开发出和客户的优先级事项一致的能力，并在此基础上建立服务优先级，相应地，绩效衡量必需排定优先级，并且反映出客户在乎的事情。

一旦建立了衡量的优先级，我们必需专注于如何始终如一地跟踪这些衡量，必需建立每一种衡量办法的一致性定义以及收集必要数据的方法。数据收集可能需要其他职能、其他地方和其他公司的个人投入力量，这取决于衡量办法。因此，必需将涉及的所有伙伴的职责定义明确。

一旦跟踪衡量的能力建立起来了，衡量办法必需得到记录并且被经常性地被运用。控制图在这方面可以起到辅助的作用，随着时间的流逝，它为一种活动或者流程提供了绩效表现的可视化描述。这里描述了一个这样的控制图，如图 23-3 所示，控制上限（upper control limit，UCL）和控

⊖　所需样本大小（power of analysis）的逻辑隐藏在样本大小计算器（sample-size calculators）里面。这样的计算器可以在这里找到：http://www.isixsigma.com/tt/calculators/。

制下限（lower control limit，LCL）代表了可以接受的绩效范围，这取决于客户的特定要求。控制上限和控制下限最好能够以统计学的方法进行描述，这样可以描述出这个流程是否不太能满足客户的期望。这是一个关键点，实际上一个受控的流程不一定能够满足客户的期望。

控制图已经被当成统计流程控制方法使用了好几十年了，它们仍然是重要的诊断工具，尤其是它们有追踪一般原因和特殊原因导致的波动的能力。关键是要在绩效停留在"可接受的"公差范围内避免满足感，而应该持续改进流程，通过将平均数朝期望的方向移动（对于服务来说向"上"，而对成本来说向"下"），并且将公差缩小（即降低波动）。

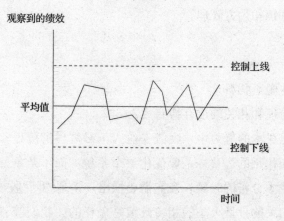

图 23-3 利用控制图来跟踪绩效

交易的衡量办法必需不仅仅跟客户的偏好联系起来，而且需要和公司的整体绩效联系起来。公司衡量办法包括一个更具全球性的方法，包括总成本、质量、时间和收入。公司衡量方法不是来自于单个时间，而是来自于累积的（或者结果性的）多个交易事件。因此，所有的经理必需对交易衡量负责任，必需对公司的衡量做出贡献负有义务。换句话说，一个运输经理的绩效应该通过评估及时性绩效以及运输对公司整体成功的贡献度来进行衡量。这个公司的成功反映了整个系统的最终绩效。很多组织面临的挑战是理解每个部门是怎样对公司整体的成功做出贡献的。只有完全理解整个系统，才能完成目标，在那个时候总成本也才能进入远景。

23.4 总成本分析

如果我们不把精益六西格玛物流的终极衡量方法即总成本包括进来，那我们在列举衡量工具的时候简直是玩忽职守了。本书在大部分内容里是致力于强调对总物流成本的关注。总成本的概念已经传播了几十年，但大多数物流公司都没有太当回事。很多公司都把注意力转向供应链管理，它们经常由于没有组织好物流工作而使自己的地盘混乱不堪。毕竟，你在能跑之前必需先学会走。精益理论完整地接纳了系统性思考以及总成本的概念。一个典型的进货物流流程会有如下的活动和成本驱动因素：

- 部件订货和供方管理；
- 运输；
- 贮存；
- 接受并搬运物料；
- 库存管理和相关的库存持有成本。

在管理总成本的努力中，物流专业人士必需理解流程和它们的相关成本是怎么互相作用的。目标是要优化整个系统，而不是单一的活动。在我们致力于总成本分析的时候，我们需要拟出一系列的问题，包括：

（1）我们采购批量大小的相关政策是怎样的？我们等着从供方以整车送来货物还是我们每天多次送货？我们设计了那种导致高库存水平的、鼓励大批量运输的采购折扣以及激励措施了吗？

（2）运输战略是怎样的？我们最小化运输成本的时候只想到运输成本吗？或者我们在做运输决策的时候有没有想到贮存和库存持有成本呢？

（3）我们计算库存持有成本吗？这些成本可见吗？它们体现在我们的财务报表上了吗？库存持有成本、订货政策和贮存之间的关系是什么？

回答这些问题是管理总成本之旅的开始。挑战在于理解这些活动和相关成本的关系。为了迎接这个挑战，并且把总成本当成一个战略来对待，我们必需理解系统思考和物流活动内在的平衡关系。然而，一句话：它既不简单也不是没有一点儿麻烦，其中的障碍是看不见的成本，这是因为一些成本是显性的，而其他是隐性的。显性成本比如那些和运输、贮存相关的成本很容易列出来——尤其是当公司外包这些服务的时候（很简单，只要把账单金额加起来就是了）。然而，库存持有成本和不良服务的成本是典型的机会成本，可是这些隐性的、无形的成本是真实的，必需阐明并且得到衡量。

为了做部门的盈利性分析而一个客户一个客户地计算成本也是很有挑战性的。在第 20 章描述过的基于活动的作业成本分析法被证明迄今为止是有帮助的。虽然在分配成本方面仍然基于主观感受，基于活动的作业成本分析法比那些基于平均值或者以武断的成本分配为基础的分析法好多了。

这一篇有意地居高临下地描述了精益和六西格玛实施所需的一系列方法和工具，但并不是打算列一个全面的清单或者提供足够的执行知识。本书也突出讲解了一些额外的方法和工具，包括第 16 章中的和衡量及行动相关的工具，以及第 17 章中的项目管理相关的工具。

第 24 章

案例学习：金聪产品公司

24.1 精益六西格玛物流：一个真实世界会发生的故事

案例学习提供了有效的方法来充分理解新的概念。不幸的是，物流和供应链管理的案例学习要么很成功，要么很失败，这是因为物流涵盖了非常广泛的活动。事实上，的确不可能通过一个案例使所有的学生或者客户都满意。

尽管如此，将这本书里面的一些内容运用到案例里面还是很重要的。最后，我们把下面的案例称为含蓄的案例，意思是说这个案例没有绝对的答案，没有恰好的数字供计算，没有绝对的战略供运用。相反，我们提供了这些：

- 对一个典型公司的情况进行了素描；
- 物流专业人士实际上能够拿到随机数据和信息的样本；
- 精益六西格玛物流专业人士的责任清单，或者工作说明；
- 从物流桥模型里面抽出来的、用以产生思考并且指导讨论的问题清单。

在这个案例里的数据，会提供相应的线索以指示物流专业人士应该把时间集中于哪里。一些线索是明显的，另一些是不明显的。如果因为某种原因，你自问"这是什么意思?"我们建议你只需要简单地基于自己的组织和环境来填补这些信息缺憾。这个例子的价值对于读者来说，不是要去孤立地完成这个案例本身或者孤立看这个案例，而是要开始思考你自己的组织所面临的挑战。

我们希望读者能够花足够多的时间来阅读这个案例。然而，我们真正的目的是，希望物流专业人士花更多的时间来运用知识库里面的工具和概念。读者不但应该把这本书里面描述的原则当成指引他们完成这个练习的指南针，而且在日常的战略和运作管理中把它们当成指南针。

注意：所有的案例事件、人物、名字、对话和数据完全是虚构的。

24.2　金聪产品公司：一个精益六西格玛物流的案例

24.2.1　暴风雨前的平静

那是一个寒冷的周一早晨，鲍勃·墨菲从乡下的家沿着熟悉的道路开车到金聪（Gold SMART）公司在市内的办公室上班。走着这条熟悉的老路，他看起来今天和其他天的早晨没有什么不同：收音机里面同样是早晨脱口秀、交通和天气预报、无精打采的交通信号灯甚至同样是那些讨厌的广告牌。除了时间以外，一切都是标准的。早上，鲍勃说服自己，应该比正常情况下提前一小时出发，提前一小时到公司，以把周五下午提前离开公司的时间补上。他不想因为这个世界的任何事情而错过他女儿学校周五下午的活动，周末是欢快的，但又一个周一又是忙碌的。

鲍勃知道就算不用全天，今天的上半天也会用来对付各种紧急的事情，比如回电话、回复电子邮件以及处理办公室里面的任何应急事件——这些都是为了把周五那没有上班的微不足道的一小时补回来。该死！蓝莓手机电池不行了，在去公司的路上他没有办法回复一些电话，真是遗憾啊。鲍勃觉得一个小时以内，他要找的那些人可能并不在办公室里，这样自我安慰后感觉好受一点了。"干嘛不放松一下，享受开车的乐趣呢?"鲍勃陷入沉思，盯着外面贴有车牌的保险杠，然后缓冲进了前面几英尺远的建筑区域。

　　鲍勃进入金聪产品公司停车场的时候，太阳从晨曦中破晓而出。原以为停车场应该是空荡荡的，没想到一些车已经停在靠近入口的地方了。他立刻认出了他们是高级管理层里面的一些同事。鲍勃刚把车开进停车场，关掉收音机，就注意到管理公司对外事务部的丽莎·罗曼罗斯基把车开到了他的车旁。

　　"我猜你也得到消息了！"丽莎客气地微笑着说，然后他们去拿自己的包。

　　"什么消息？发生什么事了？"

　　"很明显啦，蔡麦格纳公司（TriMagna）已经结束对怪人公司（Fantasti Co）的'求爱'了。"丽莎解释道。

　　"你是说行业的老大和老四联合起来啦？"鲍勃问道，对这么大的事情自己却被蒙在鼓里感到很疑惑。

　　"对啊，就是它们两个，看样子它们要'结婚'了。"丽莎一面向前门走去，一面一语双关地说道。

　　"合并，它们的市场份额会大大超过我们的一倍了，对吧？"鲍勃分析道，在他们大步走向电梯的时候，保安礼貌地向他们点了点头。

　　"一点不错，鲍勃。蔡麦格纳公司的占有率会从 36％上升到 48％。你说得对，那是我们 24％份额的两倍。合并以后，我们会从第二名变成跟第一名差距拉得更大的第二名了。我相信，我会很快在会议室里面见到你。"丽莎在 4 楼出电梯的时候猜测道。

　　"说对了。"门合上的时候鲍勃回答了一句，电梯开始再次加速把他带到 6 楼的办公室。"今早上得到这么多新消息。"伴着电梯滑轮的呼呼声，鲍勃自言自语地说。

24.2.2 乌云笼罩

　　鲍勃把外套挂了起来，然后走向办公桌，他发现手机上的橘色灯在不停地闪烁。"很确定了，事情开始了。"他拿起手机查看短信，并在心里默念道："八点钟到会议室"，他一看到 CEO 的秘书发给他的这个短信，就立即记在桌上的日程表上。

他周末还攒了不少短消息没有看，他也不看了，决定评估一下公司目前所处的情况，以及他的物流组织在会议中会遇到什么样的情况。物流以及采购、制造这些供应链职能一直被认为是公司削减成本运动的最主要对象，而且物流每年都稳定地减少了成本。"现在我们从哪里着手才能完成我们需要的成本节省呢？"鲍勃想着，这时他的助理苏珊从门边闪了进来。

"我猜你今天早上就会早点来，"她说，"鲍勃，8 点钟的会议，你需要我帮什么忙吗？"

"嗯，从哪里开始？你能不能把过去 12 个月的绩效报告以及我们 5 个最大的客户的记分卡拿过来？"鲍勃问道，他知道，在他能干的助理的协助下，这事情能够早点完成。"哦，还有把我们上周做出来的预算与实际对比图拿过来。"他补充道。

"没问题，还有什么吗？"苏珊回答道。

"差不多了，我们这些事情如果要到下午才能弄完，你也许可以考虑把午餐订好。"鲍勃半开玩笑地说。

"想想看，我们现在是什么情况？"鲍勃继续他的思绪，"如果这个强大的对手变得更强大，那意味着我们必需采取不同的行动，勇敢的行动，否则我们就要被人欺负了……就像我们没有准备好那样。这个行业现在怎么变得这么复杂了？50 年前这个行业开始的时候还只有一种产品呢。瞧瞧现在的情况吧，我们提供给客户的产品组合这么多，产品目录就像一个大城市的电话簿黄页那么厚。产品线基本是呈指数级地增长，而对于那些我们需要放弃的产品，每一个却还能衍生出 5 种新产品。同时销售和分拨网络发展同样迅速。5 年前谁会想到我们应该在泰国设立一个销售公司或者在上海建立一个分拨中心呢？"

正当鲍勃完全陷入沉思的时候，苏珊自信地大踏步走进了办公室，手上抱着一大堆文件夹和文件盒。"报告拿过来了，鲍勃，20 分钟以内乌云就会变成隆隆雷声了。"

24.2.3　不同视角中的暴风雨

当鲍勃出门走向会议室的时候，金聪公司管理层的几个高管也正往会议室走。他们有来自于财务的琳达·麦肯尼利，来自于北美制造部的莱瑞·戴维斯，以及来自于市场和销售部的艾利斯沃·萨拉热。已经到达会议室的有，公司的CFO阮多·莱特，CIO斯里德哈·阿噶瓦。这两个人好像已经进行了深谈，不时爆发出轻微的笑声。这时候，一些更高层的高级管理人走进来了。然而，当CEO罗格·阿特肯斯出现在会议室门口的时候，气氛骤然变得严肃了，每个人都把椅子往会议桌边紧了紧。罗格还没有放下咖啡，就控制了会议室的气氛，他成功地主导了这个会议。

"有没有什么人不知道我今天早上为什么会把你们召集到会议室里来？"看到会议室里面沉寂一片，罗格意识到每个人不仅明确地知道发生了什么事情，而且知道那是个大事情。"我发现我们正处于这个行业转变的迷惘之中。如果这件事情成真的话，当然实际上所有的证据都表明这正在发生，我想你们中所有人都要能够控制住蔡麦格纳公司对我们的影响，直面我们将面临的挑战。它们谈论这项合并很长时间了，而且分析员也鼓励合并。看起来怪人公司的股东会得到可观的溢价，这场收购会在第2季度末的时候得到批准，而且没有迹象表明司法部会介入这起并购。这越来越像一场板上钉钉的交易了。毫无疑问，我们必需把这笔交易看成是板上钉钉的事。"

"看起来我们应该以毒攻毒，为什么我们不考虑并购格兰生控股公司（Grantham Holding）呢？那能够将我们与那些家伙的差距缩小10个百分点？"艾利斯沃（负责市场和销售）提供对策。

"过去我们考虑过这个对策，"罗格回答道，"表面上看，这是一个有吸引力的方案，但当你剥开表面几层，就会发现它不但看起来没有吸引力，而且因为从几个原因来看也不是理性的选择。第一个原因是关于过去两年格兰生公司积累的实质性债务，包括已经产生的巨额研发投资，哎，悲惨的打水漂的投资，更不用说它在同期的高速扩张，这两点造成了债务负担。其他原因就是我们现在的现金状况不太好，简单地说，我们现在没法承受向任何人或任何事情投入巨资。"

"但董事会不会做出类似的反应吗？"琳达（负责财务）插了一句，"我们不也需要壮大，即使这意味着要接受一些不想要的负债，这样的话我们就不会成为蔡麦格纳公司的下一个收购目标？毕竟，我们还能利用格兰生公司建立国际资产，不是吗？"

阮多（CFO）对罗格（CEO）的话进行了补充："只是，目前我们没有办法做到那件事情。正如罗格指出的，我们 2 个月前就提议收购格兰生公司，但我们期望这收购要有意义，但事实上不是这样的。"

"嗯，如果必需是有机增长⊖，就需要让我们的产品研发部门发明出下一代'有杀伤力的产品'，并在蔡麦格纳公司狙击我们之前推出市场！"艾利斯沃（负责市场和销售）回击道。

听到快速地推出更多产品的想法，鲍勃和莱瑞（负责北美制造）不由得同声叹气。最后莱瑞忍不住发话了："去年我们工厂得到了相当的灵活性，并且产品换模的痛苦程度都小些了，但我们再也承受不了对产品规模经济的进一步稀释了。各个工厂过去生产的产品种类太多，数都数不过来了。鲍勃可以以他仓库里面的情况为此作证。"

"这是真实的，"鲍勃表示同意，"为了赶上产品型号增多的需要，今年我们都要开始使用 6 位数字组合的编码了。很清楚，现在产品型号变得乱糟糟的了。"

"如果我们只是要生产能够产生合理利润的产品，那是好事情啊，但问题是我们不得不同时生产'优质产品'和'劣质产品'"，莱瑞（负责北美制造）补充道。

感觉到会议即将沦为一个大家争来争去的吵闹，罗格（CEO）重新夺回了会议的控制权。对话又进行了 90 分钟，会议室的边边角角都冒出了很多建议。当会议谈到要加大力降低成本的时候，鲍勃在心里告诉自己："又来了啊，这些节省的事情又会认为是供应链职能的事情。"当罗格说我

⊖　这是在通用电气等大公司里面非常强调的一种增长方式，简单地说是通过公司内部管理的增长而增长业绩，增加市场份额或者增加销售收入、增加利润的一种方式，而不是去并购一个公司，那样资本运作的方式戏剧性地将份额增大。——译者注

们需要"勒紧裤腰带"和"彻底地降低成本"的时候，他把目光投向莱瑞（负责北美制造）和鲍勃的方向，这时候鲍勃的"恐惧感"变得愈发强烈了。

说时迟那时快，鲍勃打断了琳达（负责财务）和斯里德哈（CIO）的意见，"蔡麦格纳公司与怪人公司的合并会不会是给我们提供了一个机会，"鲍勃若有所思地高声说。

罗格（CEO）一开始觉得迷惑不解，然后就被激起了兴趣，于是鼓励鲍勃说下去。

"我是说，蔡麦格纳公司明显认为通过合并能够增进效率，并且认为它们公司的部门与怪人公司的部门能够达到同步运作。但是它们要花多长时间才能达到同步，才能得到其中的好处——就算是它们能得到所有的好处？"他抓住了每个人的注意力。"今后几个季度它们会全神贯注于彼此之间的合作，这是一个好机会，我们可以打进它们的市场。"

"你知道的，对于并购有这么一些事实，"阮多（CFO）表示同意，"如果你跟踪一下那些大的并购案，它们通常不太成功，也没有实现预期的利益。长期以来，华尔街很少赞许那些以大并小的公司。"

"实际上，如果我们能够证明蔡麦格纳公司和怪人公司对彼此烦透了并且被并购所绊倒，我们就能够夺取那两个公司部分的客户资源。"艾利斯沃（负责市场和销售）指出。

"最后，似乎市场期望备选项尽量更少，"琳达（负责财务）补充道，"尽管我怀疑它们想通过更好的规模经济达到成本更低。"

思维开始像脱缰的野马，鲍勃建立了信心，补充道："看起来我们需要比我们的客户更聪明，我们需要每一件事情都比他们做得好。我们必需放聪明点儿！这在我们的公司名字里面就明明白白地写着⊖。"

"说得好，鲍勃，"罗格（CEO）赞许地说，"是时候依照公司名字的指点采取行动了。我能依靠你带头做这件事，看看我们怎样才能变成这场游戏里面最聪明的玩家吗？"

鲍勃知道，这个时候要想收回自己的话已不可能了，但见他的喉结在

⊖ 金聪公司名字叫 GoldSMART，后面的 SMART 的含义就是"聪明的"。——译者注

喉咙里面上下动了一下，鲍勃给出了一个谦卑的回答："当然了，罗格，我很愿意来做这件事。"

听到鲍勃说出了自己想要的话，罗格（CEO）指示参会的所有人参与这件事情，给予鲍勃所要的一切数据和输入。大家都同意后，罗格宣告会议结束。

鲍勃还沉浸在自我思考中，同事们拍了拍他的背，说了些安慰的话，鲍勃感到自己接受了新的职责，公司的未来似乎就压在他那方寸间的肩膀上了。"看起来就像昨天我还在仓库里面把箱子踢来踢去，"他想道，"今天就似乎整个公司都靠我了。"

于是鲍勃起身回到了办公室，苏珊（鲍勃的秘书）带着渴望和迷惑的表情早等在了那里。"把下午的所有安排都取消，"鲍勃跟她说，"请告诉所有的成员都取消他们的安排。一点钟我们在会议室集合。"

"没问题，"苏珊回答道，她知道早上 8 点钟会议的内容很快就要浮出水面了。

24.2.4　冲出风暴圈

鲍勃到的时候，发现物流团队里面的大多数成员都已经在会议室里了，他大为高兴。一开始，他解释了一下即将到来的蔡麦格纳公司和怪人公司的合并。大多数与会者都注意到了这个新闻，一点都不吃惊。在一大堆问题向他袭来之前，他重复了一下几个小时前的会议中公司高层的感受，以及对话的性质。他当然也传达了这么个事实，就是公司希望物流团队在这场不但要度过危机而且要更加兴旺发达的事件中，充当领导的角色。

虽然公司要解决的很多问题都超出了物流团队的直接责任和管理范围，但罗格（CEO）感觉到鲍勃跟公司各个部分都有联系，而且他和他的团队与上下游的供方和客户的关系都不错，罗格觉得这为急剧的改革提供了一个独特的机会，不但可以改进业务的物理流动方面，还能改变整个的业务。鲍勃知道是由于这些事实，罗格才让物流团队来充当公司内部的"实质性的智囊"。这也是基于罗格（CEO）对鲍勃的信任，鲍勃在过去几年，虽然面临行业里成本升高的压力，但却成功地持续降低了成本。罗格同样注意到，鲍勃创建了一个由老员工和能干的年轻雇员组成的团队，这些年轻雇员从大学带来了有领导优势的新思想并且将之用于团队的实践。鲍勃现在需要这个团队收集能力，用来设计创新性的战略计划和运作计划。

雷克斯·卡利斯，公司的运输经理，首先开始了对话："今天我们别想让承运商降价。实际上，我本希望承运商的价格能够保持在最初期的价格一段时间，但行业里面的每个人都哭诉成本都在涨，没有办法把它降下来。"

进出口经理玛丽亚·珊切斯同声附和："从船运公司那里拿到降价将是另外一个不可能。由于市场供应能力紧张，亚洲过来的货物的均价在降低，费率不但不会下降似乎还会上升。我害怕服务水平会直线下降。未来完全有可能，我们付的钱更多，但得到的服务质量却在下降。"

哈利·强生，公司的私有车队经理，也未能使气氛缓和："我现在很难留住司机。过去 2 年我们不得不 3 次增加工资才把工人留住。最大的卡车运输公司也在利诱这些司机。你也知道，我们从来不是按照小时付工资给司机，但他们却期望如此，因为他们经常不得不在我们的大客户那里等候好几个小时才能卸货。"

戴夫·琼斯，美国东部区域物流经理，他的发言让气氛雪上加霜："我的仓库装满了根据对第四季度进行预测而生产出的产品，太多了，我不得不找公共仓库来应付未来几个月的需要。不幸的是，我只能在几个关键市场找仓库，而这些仓库并不便宜。要不是我不得不储存因为上个季度客户过量库存中退回来的库存，我可能不需要去重新找地方。萨拉热（即艾利斯沃，负责销售与市场）有没有说他准备怎么处理这些退货？"

"没有，还没有说。"鲍勃叹了一口气，回答道。

"鲍勃，我能说几句吗？"凯瑟琳·波一多插了一句，她是团队最近招的聪明人之一。

"当然可以，"鲍勃用鼓励的语气回答道，他希望这对话能向积极的方向转变。

"似乎我们并不必要那么简单化地、硬碰硬地在做这些事情。好像罗格（CEO）已经给我们开绿灯，允许我们做点儿新的、不同的事情，来一场革命而不是小打小闹的改进，我想是这样。"

　　"这正是我们得到的指示，"鲍勃表示赞许，"实际上，阿特肯斯先生（罗格的姓，即 CEO）希望我们更聪明地工作，超越竞争地思考。这可能听起来像陈词滥调，但的确是我们要做的事情。我们需要反思，问问我们自己为什么要这样来做这些事情，实际上，要问问为什么我们要做所有这些事情。"

　　"新的用于未来的口号诞生了啊"，安迪·威尔生嘲讽道，他是团队里面没有异议的"班级小丑"。

　　"安迪，你为什么这么说？"鲍勃问道。

　　安迪站起来回应，"好吧，看来我们都需要有一个装满笔、装满纽扣的抽屉，装满绣有今天这个口号的高尔夫衬衫的柜子。我本人喜欢那个帽子。问题的关键是，我们都被指责说我们投机取巧想要每个人更卖力地工作，得到更多的回报。但是，即使这些卖力是重要的，它们也常常被看成投机取巧。现在看起来我们的确需要做出改变并且维持已经改进的绩效。但是，我不确定我们怎样才能做到，而且我们过去压着别人做我们想要事情的历史，也会让这变得不乐观。"

　　"安迪说得对。"萨拉·戴维斯补充道，"我们经常压着别人干我们想要干的事情。虽然我们经常能够看到短暂的绩效改进，但一旦这些口号被人淡忘了，每个人又都回到老的方式去做事情了，然后绩效又回到从前的状态。人们都愤世嫉俗。这一次怎么才能保持住绩效？"

　　"如果第一线的工人嗅到了另一个所谓的'效率研究'，那么我们永远也不能达到我们对雇员期望的效果，尤其是当他们认为他们可能丢掉工作的时候。"迈克尔·格雷戈里补充道，他是团队里面的客服经理。

　　鲍勃点头表示同意，他知道迈克尔、安迪和萨拉都是对的。将要进行的改革应该成为一种生活方式，而不是昙花一现。

　　"然而回到鲍勃的观点，"戴夫（美国东北部的物流经理）说，"我们不得不质问，我们在这里干的事情的本质是什么。把错误的事情做得再好也没有用，那只不过是持续给我产生不必要的成本，并且变得越来越脱离客户。"

　　凯瑟琳又说话了："我知道我刚来这里工作不久，但我不确定自己是否完全理解我们所做的事情。我的意思是说，我理解我每天都负责做什么，但是"大的目标"并不是像水晶那样对我来说看得一清二楚。"

"别着急，小朋友，"哈利（公司的私有车队经理）说，"我们大多数人也不知道。"

"太正确了，"雷克斯补充道，"我知道怎么去找汽车和火车来运产品，但老实说，在运输环节之前发生什么事情，运输之后又怎样，对我就像一个谜。如果要问我玛丽亚是怎么安排进出口的，或者戴夫是怎么找那些他要的仓库的，我就会觉得不知所措。"

事情很清楚了，不论是新来的还是老员工都没有很好地完整的理解物流活动范围，鲍勃建议他们立刻着手改善这种情况。鲍勃在公司里一路走来，并最终承担起了公司的重任，而到现在他才意识到自己是多么地想当然啊。他原以为自己周围的人掌握的知识和他差不多—— 一个最后证明是谬误但却看起来多么合理的假设。

团队首先画出了粗略的价值流图（如图 24-1 所示）以及现阶段的订单流程图（如图 24-2 所示）。画图练习本身产生的问题多于答案，鲍勃也为团队人员对该项任务的好奇心和积极性所鼓舞。物流相关的其他流程图也画出来了，和流程工作最接近的人在旁边解释物流活动的步骤，甚至鲍勃也在问"我们在这流程里面负责什么呢？"通过这项工作人们发现任意两个情况下即使同样的工作也都不是以同一种方式来完成的，这变得越来越明显[⊖]。

尽管没有人在意把工作延续到傍晚，但鲍勃觉得今天是应该告一个段落了。"今天的确是我们开眼界的一天，包括我自己在今天下午走进这间会议室之前，都不知道我们究竟对什么不懂。幸运的是，我们问了正确的问题。毫无疑问，我们变得聪明些了。让我们继续挖掘、寻找这些关键问题的答案吧，这会使我们的公司变成一个聪明的公司，我们必需做到。"说到这，鲍勃在夜幕降临的时候将他的手下们打发回家了。

⊖ 意思是缺乏标准化，做同样的事情不同时期用不同的方法，这里是批判的态度。——译者注

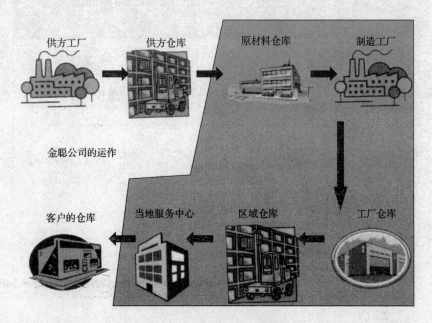

图 24-1　高层次价值流程图

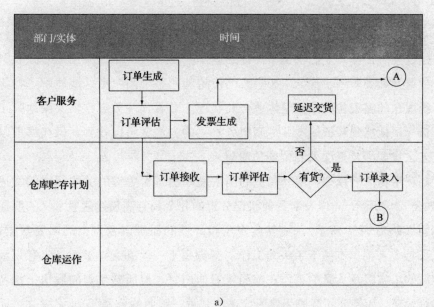

a)

图 24-2　订单流程：现状

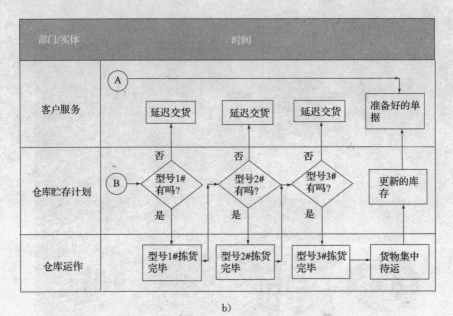

b)

图 24-2　（续）

24.2.5　又见天亮

接下来的几天，鲍勃和他的手下们基于那个第一次会议的理解而进行了建设性的工作。他们收集了关键的运作性数据（如表 24-1 所示）以及财务数据（如表 24-2 所示）。这些数据使鲍勃和整个团队更好地理解了物流系统现在的健康状况以及整体业务的状况。看着这些数字鲍勃深深地吸了一口气，他感到降低成本并提高服务水平的方法都可以找到，但在哪里以及怎么找要涉及更深入的调查和理解。

利用物流桥模型，鲍勃和他的团队发展出了对关键的关注领域的阐述（如表 24-3 所示），以及对目前状况分析的几个具有高屋建瓴般意义的明显问题（如表 24-4 所示）。鲍勃检查了指导性的原则以及剩余的必要数据，发现每个人都在专注于手头的工作，感觉到了一丝满意。然而，当意识到难做的决定以及大量的工作在前面等着他们时，他所感受到的愉快很快就被削弱了。如果公司要成为他所描述的那种"聪明的公司"，他必需知道还要收集什么信息，以及怎么把那些信息转化为可以指导公司走出危机并迎来繁荣的知识。

表 24-1　金聪公司运作数据

金聪公司数据收集结果		
运作数据		
收集数据的客户占每个工厂一般客户数量的百分比	35%	
收集数据的供方占每个工厂供方数量的百分比	40%	
支付运费的供方数量（预付）	65	
用做进料货物使用的配送中心的比例	0%	
使用的承运商（卡车运输公司）的数量	82	
前 10 名承运商运费占总体比例	65%	
整车运输的承运商数量	64	占运费的 40%
零担运输的承运商数量	10	占运费的 28%
快递公司数量	2	占运费的 2%
特快专递公司（expedited carriers）数量	6	占运费的 10%
自有车队拖车和牵引车比例	3.5：1	占运费的 20%
外租的仓储总面积	375 000 平方英尺	
用于成品的仓储总面积	800 000 平方英尺	
用于原材料仓储的总面积	250 000 平方英尺	
每个拖车可利用装载体积	70 平方立米	

工厂信息的每周总结（仅工厂 1 和工厂 2）					
	星期一	星期二	星期三	星期四	星期五	总计
来料运输车次						
工厂 1	40	10	25	5	20	100
工厂 2	50	5	40	0	30	125
出货运输车次						
工厂 1	10	20	0	40	80	150
工厂 2	5	40	15	5	90	155
收货量（立方米）						
工厂 1	2 000	300	1 000	50	800	4 150
工厂 2	2 500	100	1 600	—	1 800	6 000
发货量（立方米）						
工厂 1	500	800	—	1 200	4 000	6 500
工厂 2	200	2 800	750	300	6 300	10 350
零部件精益元素分析						
考察是否存在关于零部件订货和零部件消耗的流动和拉动现象						
零部件号 A12345——每单位用量						
耗用的零部件	600	500	600	550	600	2 850
收到的零部件	4 000					4 000
转运中的零部件			3 000			3 000
已经订货的零部件					2 500	2 500

表 24-2 金聪公司财务数据　　　　　　（单位：美元）

		平均持有
财务数据		
销售收入	787 500 000/年	250 800 000
销售产品的成本	511 000 000/年	26 250 000
所使用的原材料成本	273 750 000/年	
成品的平均库存天数	105 天	
原材料的平均库存——在制品	35 天	
总物流成本		
订货	400 000 完全分配	400 000
供方管理	325 000 完全分配	325 000
物流设计	一完全分配	—
发货运费	48 500 000 完全分配	48 500 000
进货运费	18 750 000 完全分配	18 750 000
公司仓库贮存——配送中心	15 750 000 完全分配	15 750 000
外租仓库	2 850 000 完全分配	2 850 000
场地管理	325 000 完全分配	325 000
收货管理	1 275 000 完全分配	1 275 000
库存持有成本		
一般管理费用	平均库存的 0.50%	1 160 250
资金成本	平均库存的 6.00%	13 923 000
货损	平均库存的 1.00%	2 320 500
保险	平均库存的 1.00%	2 320 500
工厂间的班车	平均库存的 1.00%	2 320 500
过期	平均库存的 3.00%	6 961 500
缩水	平均库存的 1.00%	2 320 500
空间	平均库存的 6.00%	13 923 000
仓储系统	平均库存的 0.50%	1 160 250
税金	平均库存的 3.00%	6 961 500
	库存持有成本	53 371 500
	物流总成本	**141 546 500**

表 24-3　物流专业人士的关键专注领域

A. 物流专业人士的关键专注领域

物流专业人士将会领导物流和供应链的实践，以在行业的运作方面达到卓越。这包括推动相关计划性的活动，支持组织在质量、美誉度和客户满意度等方面愿景的实现

通过团队合作和协作，物流专业人士将能够建立、实施与物流系统和物流实践相关的战略，最后持续地实现"完美订单"的执行。这就是我们说的"以最低的成本将正确数量的正确产品在正确的时间送到正确的地点，并保持质量和状态完好。"

关键专注领域	包括设计、计划、执行和控制以下项目
物流	运输、物流设施和仓库贮存、安全、包装和订单处理
采购（Procurement）	供方发展、供方质量保证、采购、全球采购
库存控制	库存分类、零部件计划[①]、库存摆放、预测、订单处理
战略支持	预算、战略计划、人力资源发展、合并和收购支持
运作支持	销售和运作计划、培训和发展

B. 战略责任

客户之声	物流专业人士的责任
客户的期望	保证所设计的供应链结构能够支持客户期望的实现
客户的感知	保证供应链管理对于客户内部的战略来说是增值的
客户的挑战	保证供应链具有满足客户、满足市场变化的灵活性
业务之声	**物流专业人士的责任**
公司的期望	保证供应链管理能够满足组织对胜利的愿景
公司的感知	保证供应链管理对于公司客户内部来说是增值的
公司的挑战	保证供应链管理能够应对内部的挑战

C. 物流专业人士的责任：流动

物流流动	
资产流动	**有效地发展、利用组织的资产**
人	招聘、培训、发展并建立高效的团队
库存	实施有效的库存控制
固定资源	合理化并有效利用工厂和设备
信息流动（信息流）	**保证实现信息分享、利用，以最大化公司对员工的影响力**
数据	要理解、实施对技术的有效利用以及信息管理
知识	发展并适应针对"最佳实践"的分享
沟通	有效地实施管理层评估流程
财务流动	**发展物流流程以支持公司财务目标的实现**
损益表	消除浪费并且使运作更具效率化
资产负债表	资产利用及合理化
现金流动（现金流）	缩短"现金到现金"的周期时间

（续）

D. 物流专业人士的责任：能力	
物流能力	
预测性	**设计并执行对于所有利益相关方都具有预测性的物流系统**
组织	保证设施和流程都干净整洁并且得到良好组织
协同	发展那种经过计划的、积极主动的物流和供应链实践
复杂性	简化流程、识别波动性导致的浪费之源
稳定性	**设计、执行对所有利益相关者均稳定的物流系统**
标准化	发展、实施标准化的运作程序和政策
灵活性	创建灵活的流程和技术，以满足变化的市场需求
控制	将控制机制付诸实施，实时地管理计划状况——实际状况
可视性	**设计并实施对所有利益相关者都具有可视性的物流系统**
可理解性	创建一个所有用户都理解的供应链
可衡量性	发展"公司仪表盘"[②]以及有效的"衡量系统"
可行动性	根据反馈机制，有效地根据需要实施变革和改进
E. 物流专业人士的责任：纪律	
物流纪律	
协作	**创建一个基于团队合作、内外部协作的环境**
团队合作	创建有内外部参与的高度职能性的团队
战略采购	理解和实施与"客户买什么就造什么"的决策相关的有效实践
项目管理	实施并推动结构化的、有纪律性的"项目管理"
系统优化	**执行基于"全系统方法（_total systems approach_）"的有效的实践**
总成本	设计、使用用于总成本分析的决策支持工具
水平整合	水平整合的目的是保证生产率得到优化，浪费得到消除
垂直整合	垂直整合的目的是保证生产率得到优化，浪费得到消除
消除浪费	**设计并实施无情地消除浪费的计划**
源头质量	设计并执行"防错"计划以及"源头质量"计划
持续改善	发展并推动正式的持续改进项目
执行	发展并推动有效的问题解决和运作实施实践

① 这是精益方法里面的很重要的一种技术，是执行精益的基础之一，也简称为 PFEP。它是针对每个零部件建立其最完善的物流主数据，包括型号名称、型号描述、每天用量、储存地点、订货频率、供方名称等。

② 公司仪表盘（corporate dashboard），dashboard 原意为汽车前面的仪表盘，这是西方公司广泛使用的一种方法，可以是报表等多种形式，有数据指标分析，通过这个直观的衡量系统可以了解到公司或业务的运营状况，起到公司或业务的"晴雨表"的作用。

表 24-4 高屋建瓴的现状分析

A. 高屋建瓴的现状分析	
问题	
客户之声	
客户的期望	客户对"质量"的定义是什么
客户的感知	客户对其接受的产品或服务的质量的感受是怎样的
客户的挑战	客户面临的内外挑战是什么
业务之声	
公司的期望	公司对质量的期望是怎样的
公司的感知	公司对所生产的产品或服务的质量的感受是怎样的
公司的挑战	公司面临的与物流相关的内外挑战是什么

B. 物流桥模型的评估流程：流动	
供应链流动	问题
资产流动	
人	人都在什么岗位上？他们的技能和职责是怎样的
库存	库存管理有哪些基础设施
固定资源	工厂和设备的基础设施有哪些
信息流动	
数据	可以得到哪些技术和数据？是怎样使用的
知识	有哪些最佳实践？怎样分享这些最佳实践的
沟通	管理层评估的流程是怎样的
财务流动	
损益表	损益表能告诉我们什么
资产负债表	我们的资产负债表的战略是什么
现金流动	我们的现金流战略是什么

C. 物流桥模型的评估流程：能力	
物流能力	问题
预测性	
组织	我们有干净整洁并且组织得当的设施和系统吗
协作	物流和供应链流程都经过计划并且形成了文档了吗
复杂性	大的波动源头是什么
稳定性	
标准化	我们有标准化的流程和程序吗
灵活性	我们流程的灵活性是否足以有效地管理偶发事件
控制	我们如何管理计划事件以及实际事件

（续）

可视性	
可理解性	管理层能够清楚看到并理解物流相关的流程吗
可衡量性	实施了什么样的"仪表盘"和衡量系统
可行动性	设置了什么样的工具来保证现在和未来行动项目的执行

D. 物流桥模型的评估流程：纪律

物流纪律	问题
协作	
团队合作	如何让团队合作在目前的环境里面开花结果
战略采购	哪些产品或服务应该由内部提供，哪些应该外包
项目管理	能运用哪些项目管理的技能和工具
系统优化	
总成本	我们如何设计并衡量"总系统成本"
水平整合	我们如何建立跨部门的专门知识和技能
垂直整合	我们如何管理外包的供应链关系
消除浪费	
源头质量	我们的防错流程进行得怎么样
持续改善	我们有什么正式的程序来进行持续改善
执行	我们如何保证新计划的有效执行

第 25 章

总结与结论

精益六西格玛物流还不到盖棺论定的时候。从很多方面来说，我们不过是开了个头儿，它会成为物流和供应链管理方面的推动性力量。当我们迎来下一个 10 年的时候，我们的方法可能不再被称之为精益六西格玛物流了，可能这个方法被称为业务卓越（Business Excellence），但不管叫什么名字，都会包含精益和六西格玛的原则。对于设计和维持一个强大的物流系统，这些原则和工具都是在所必需。这意味着我们可以停止踌躇、观望那些该做什么、该专注于什么以及什么时候做了的想法。物流桥模型提供了指南针并且设定了工作的阶段，对于一个人则只需要加入决心和坚定不移的意志就可以了。最后，认识到精益六西格玛物流不仅是一个"值得拥有的东西"而且是"必需拥有的东西"的组织，会走向成功。

作为本书的作者，我们希望我们已经把精益六西格玛物流的远景描述清楚了。我们完全能想到，读完本书的读者，头脑中的疑问可能比答案还要多。从某种意义上说，那正是这本书想要达到的目的。现实是，还有很多组织没有完全理解物流以及基础物流实践的重要性。我们试图着重强调这一点，鼓励物流专业人士在他们的日程表中安排在公司的会议中讨论物流的相关事宜。我们完全理解这需要一些时间才能达到，然而，我们必需从今天就开始来推进。物流和供应链的相关议题是战略管理的最后一个前沿阵地了。供应链管理过去被推崇成了艺术，作为其补充，它需要拥抱科学。

我们撰写了这本书，是为了给物流专业人士设计一个可以用来建立内部物流战略的指南针或者模型（见图25-1）。这是一项有挑战性的工作，首先我们识别出精益、六西格玛和物流的驱动性因素，这使我们认识到波动、浪费、成本和客户价值之间所存在的明显而强有力的关系。

然后我们开始了一个基于大多数物流系统都存在的关于浪费的对话，并强调了我们的物流系统和供应链网络中存在着大量的浪费，这为我们开始唤醒意识的运动建立了一个框架。尤其是库存、运输和贮存这些活动是浪费的源源不断的河流，必需得到解决。最后，我们尽力让人们理解库存是浪费之王。以过量生产和安全库存为代表的库存掩盖了波动，导致了很多其他形式的浪费。管理库存就是管理波动，它们是一个硬币的两面。

我们完成对物流浪费的讨论之后，就介绍了物流桥模型。这个模型是一个可以用于发展组织的战略愿景和运作愿景的指南针。实际上，发展一个像物流这么广泛的一个主题模型，是一件令人退缩的任务。毫无疑问，很多读者会产生很多问题。比如全球采购怎么样？运输能力的问题怎么样？实施这些原则的变革管理方面怎么样？这都是些好问题，每一个主题本身都可以写一本书。

我们的目的是建立一个可用于设计解决方案的指南针，使之可以用于解决物流和供应链管理中存在的各种挑战。我们希望读者能够把他们目前面临的挑战书面记录下来，然后把这些挑战和物流桥模型结合在一起。任何物流人的最终目标是要有效并且有效率地将组织和供方、客户连接起来。物流桥模型为此提供了基础。物流桥模型被设计成像催化剂一样，使批判性思考在组织里面"开花结果"，批判性思考是很多组织所缺乏的基本元素。在我们能够开始实施解决方案之前，我们必需进行严肃的讨论，然后就与物流职能相关的目标达成共识。这种讨论可以从分析物流桥模型的三个主要原则开始。提出针对物流流动、物流能力和物流纪律等相关难回答的问题，可以带来明显的进展。我们相信，任何物流挑战都可以通过这三个主要原则的帮助得以解决。

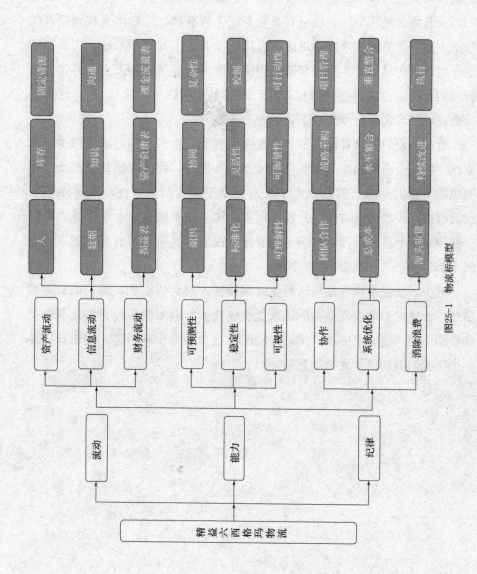

图25-1　物流杯模型

　　其次，我们介绍并且考察了几个对物流人达成目标有帮助的工具。事实上不可能列出精益六西格玛相关的所有工具清单，因此我们决定选择我们认为对物流人开始精益六西格玛物流之旅至关重要的几个工具，这真是一项具有挑战性的工作。任何真正准备好了从事精益六西格玛物流管理的物流人都一定要能够熟练运用这些现成的工具。工具不是战略，工具也不是原则。因此尽管工具能够帮助我们决定如何完成目标，但它们并不会告诉我们为什么要完成那些目标。我们必需要理解这个"为什么"，这样才能保证组织步调一致地朝着正确的方向前进。

　　最后，我们给读者提供了一个真实世界会发生的案例，这可以被用做案例分析。金聪公司这个案例只不过要告诉读者，物流问题是组织成功里面极端重要的一项。然后，大多数公司由于同样的挑战而"受害匪浅"：缺乏数据、缺乏团队合作以及没有运用物流总成本的概念。希望我们能够一起改变这个进程，用我们看待和管理物流的方式来争取有意义的、巨大的革新。

　　至少，我们希望你最后认为花时间读这本书是值得的。我们的最高期望是，希望这本书以及里面的思想能在你及你的组织里面起到催化剂和指南针的作用，使你们完全"拥抱"物流并且在各方面真正追寻完美，这是一个让我们激动得要发抖的愿望。

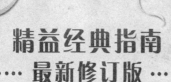

生产管理 卓越品质

华章经管 HZ BOOKS

ISBN 7-111-22613
作者：彼得 S. 潘德
定价：46.00 元

ISBN 7-111-22804
作者：斯蒂芬·金克拉夫
定价：46.00 元

ISBN 7-111-22045
作者：戴维 M. 莱文
定价：42.00 元

ISBN 7-111-20755
作者：霍华德 S. 吉特洛
定价：68.00 元

ISBN 7-111-12000
作者：迈克尔 L. 乔治
定价：46.00 元

ISBN 7-111-13009
作者：福里斯特 W.布雷弗格三世
定价：66.00 元

ISBN 7-111-19982
作者：罗纳德 D. 斯尼
定价：35.00 元

ISBN 7-111-19401
作者：佩内洛普·普热科普
定价：28.00 元

ISBN 7-111-07978
作者：马士华 林勇
定价：35.00 元

ISBN 7-111-20724
作者：冯耕中 李雪燕 汪应洛 汪寿阳
定价：48.00 元

ISBN 7-111-15212
作者：王玉荣
定价：36.00 元（含 1CD）

ISBN 7-111-19983
作者：田智慧 王玉荣
定价：28.00 元（附光盘）

ISBN 7-111-10995
作者：罗伯特 G. 库佰
定价：48.00 元

ISBN 7-111-24606
作者：龚其国
价格：36.00 元

ISBN 7-111-18954
作者：迈克·杰卡
定价：35.00 元

ISBN 7-111-16263
作者：诺曼·洛夫茨
定价：35.00 元

华章书院俱乐部反馈卡

写书评 赢大奖

身为读者，你是不是常感到不写不快？
无论是感同身受、热烈倾吐，还是淋漓痛批、指点文章，
我们真诚地邀请您，将您的阅读心得与我们共享。
您的心得，将有机会出现在我们的图书、主流媒体、各大网站上。
同时，您还有机会挑选一本自己喜爱的华章经管好书！

书评发至：hzjg@hzbook.com

欢迎登陆**www.hzbook.com**了解更多信息，
本网站会每月公布获奖信息。

华章经管博客已开通，欢迎留下宝贵意见与建议 http://blog.sina.com.cn/hzbook

◎反馈方式◎

网络登记：
登陆 www.hzbook.com，在网站上进行反馈卡登记。

传　真：
将此表填好后，传真到 010-68311602

邮　寄：
将填好的表邮寄到：100037 北京市西城区百万庄南街1号309室　　闫　南　董丽华 收

个人资料（请用正楷完整填写，并附上名片）

姓名_____ 性别:□男 □女 年龄:____ 联系电话:_____ 手机:_____

E-mail:_____ 邮政编码:_____ 传真:_____

通讯地址:_____ 就职单位及部门:_____

职　务:□董事长/董事　□总裁/总经理　□副总裁/副总经理　□高级秘书/高级助理
　　　　□职员　□政府官员　□专业人员/工程人员　□其他（请注明）_____
学　历:□高中　□大专　□本科　□研究生　□研究生以上

所购书籍书名:_____

现在就填写读者反馈卡，成为华章书院会员，
将有机会参加读者俱乐部活动！

所有以邮寄，传真等方式登记，并意愿加入者均可成为普通会员，并可以享受以下服务。

- ◆ 每月3次的免费电子邮件通知当月出版新书
- ◆ 共同享有读华章论坛会员交流平台
- ◆ 享受华章书院定期组织的各种活动
  （包括会员联谊活动专家讲座行业精英论坛等）
- ◆ 优先得到读华章书目
- ◆ 俱乐部将从每月新增会员中抽取10名，
  免费赠送当月最新出版书籍1本
- ◆ VIP会员享受全年12本最新出版精品书籍阅读

1. 您通过什么途径了解到本书？
   □朋友介绍　□会议培训　□书店广告　□报刊杂志　□其他

2. 您对本书整体评价为？
   □非常满意　□满意　□一般　□其他，原因_____

3. 您的阅读方向？（类别）
   _____

4. 您对以下哪些活动形式最感兴趣？
   □大型联谊会　□专业研讨会　□专家讲座　□沙龙　□其他_____

5. 您希望华章书院俱乐部为会员提供怎样的增值服务？

6. 您是否愿意支付500元升级为VIP会员，享受全年12本最新出版精品书籍阅读？
   □愿意　　　□不愿意，原因_____

读华章俱乐部反馈卡